परमानेंटली BLOCKED!!

कहानी संग्रह

प्रतिभा अग्रहरि

अंजुमन प्रकाशन
इलाहाबाद

ISBN - 9789386027306

आवरण व कम्प्यूटर कम्पोजिंग : श्री कम्प्यूटर्स
© : रचनाकार

प्रकाशक :

अंजुमन प्रकाशन

942, मुट्ठीगंज, इलाहाबाद-3 उत्तर प्रदेश, भारत

संस्करण : प्रथम, 2017

Published By : ANJUMAN PRAKASHAN
website - anjumanpublication.com
E-mail : anjumanprakashan@gmail.com
Mob.: 9453004398

समर्पित

मम्मी को

मेरे आत्मविश्वास की नींव बनने के लिए, सपना देने के लिए, हौसला देने के लिए, पंख देने के लिए, जीवन दिशा देने के लिए, अपनी तरह महत्वाकांक्षी बनाने के लिए और संकुचित मानसिकता के परिवेश में रहते हुये भी पहचान बनाने, कायम रखने के साथ-साथ अपनी बात कहने, उसे मानने, उस पर गौर करते हुये हर पड़ाव पर सहेली बनकर मेरी उम्र और निर्णय को रिस्पेक्ट देने के लिए।

पापा को

जिन्होंनें उड़ने की, हमेशा कुछ अच्छा-अलग करने, अपने पहचान, नाम और शौक को जीने की आजादी दी। साथ ही साथ परिस्थिति के हिसाब से कभी पापा, कभी दोस्त बनकर हर कठिन और सुगम रास्ते पर मेरी ख़्वाहिशों को गोद और कंधे पर बिठाकर उड़ने के लिए पूरा आसमान दे दिया।

कहानियों से पहले

कुछ पल कस्बे की लड़की के साथ

कस्बे में रहकर एक निश्चित अनुपात और दायरे में सिमटे, कस्बे के नियम और शर्तों से हटकर, उससे ऊपर उठकर कुछ करना जीवित रहने के लिए किए जा रहे संघर्षों जैसा है। क्योंकि लीक से हटकर, जिद्दी होकर, बेबाकी से कुछ करते या बोलते हुये हम अपने ही समाज में बुरे नहीं बनना चाहते। हर नजर आपके चाल-ढाल, रंग, वेश-भूषा पर बोलने का उतना ही हक समझता है जितना कि परिवार।

अभिव्यक्ति की स्वतन्त्रता अधिनियम के तहत आज़ाद हो चुके देश में अभी भी लड़कियों से आशा की जाती है कि, वो सारे शब्द या बातें जो समाज में नागवार है, टैबु है ना उन पर बात की जाए और ना ही वो उसे सोचे। नियम का छोटा सा विद्रोह उन्हें बदनामी की सूली पर टांग सकता है।

कुछ कहानियाँ लिखते वक़्त कुछ पैराग्राफ्स को मैंने कई बार लिखकर मिटाया है, कई बार मुट्ठियों को भींचा, कई बार सब कुछ साफ-साफ और खुलकर लिख जाने के बाद डिलीट और बैकस्पेस बटन को मिनटों तक दब जाने दिया या वहाँ लगा दिया था एक बड़ी सी खड़ी पायी, जो उस पन्ने, उस बात को मुकम्मल बनाता हुआ प्रतीत होता था। शायद उस खड़ी पायी की जगह एक कॉमा अभी पूरा पन्ना या 2-3 पन्ना भर ही देता। दरअसल किताबों में असल जिंदगी, खड़ी पायी और कॉमा के बीच उलझी हुई कई सारी लाइन या पैराग्राफ होती है। वो पन्ने जो मैं सरपट भागकर भर देना चाहती थी, एक बिन्दु भर से संतुष्ट हो गयी।

हम आसपास के समाज से बाद में हारते हैं क्यूंकी हम सबसे पहले अपने मन के समाज से हार जाते हैं और सिर्फ एक समाज, सरसराते अल्फ़ाज की जगह बेवजह, खराश वाली खंखारती खड़ी पायी नहीं लगा सकता। मैंने फिर डिलीट किया सब कुछ अनडू कर दिया। किताब लिखना मेरे लिए जन्म से लेकर जिंदा रहने तक किए गए संघर्षों का लेखा-जोखा रहा है।

कस्बे की लड़की के कुछ ना होने से लेकर कुछ हो जाने के सफर में उन लोगों का तहे दिल से शुक्रिया जिन्होनें मेरे हर डर, संशय, गलती, गलतफहमियाँ, उतार-चढ़ाव, भ्रम, निराशा, हताशा को मुझपर कभी हावी नहीं होने दिया।

किताब के प्रकाशित होने की देरी में मेरा मनोबल बढ़ाने के लिए छोटी बहन हर्षिता आलोचनात्मक लहजे से बोलती थी शायद अब अगले जन्म में ही आएगी किताब। मुझे नहीं पता था सिर्फ मेरी किताब पढ़ने के लिए तुम अगला जन्म भी लेना चाहती हो। मेरी जॉब और लिखने के व्यस्त प्रक्रिया में, घर की ज़िम्मेदारी अचानक से

बड़ी बहन बनकर बखूबी संभाला है। तुम्हारी वजह से सपना आज सबके हाथों में है।

अनुकृति... लिखने के दौरान बेड पर ही खाना-नाश्ता देने के साथ, रात के तीन-चार बजे भी गहरी नींद से जागते हुये मेरी कहानियाँ सुनती रही, उस पर प्रतिक्रिया देती रही और मेरे उलझ जाने पर मासूम शरारतों से हमेशा हँसाती रही। मेरे हॉस्टल जाने के सपने को घर पर ही पूरा कर दिया। यूं ही नहीं 'ब्लेस्ड गर्ल' हूँ मैं।

मुझे इरिटेट करने और चिढ़ाने के चक्कर में भाई लिटिल हर बार डायरी और पेनड्राइव लेकर भागता था, साथ ही साथ कहानियों के लिए नए-नए आइडियास भी देता था। बाबू तुम जगमगाती झालर हो मेरी जिंदगी के।

धीरज झा... समझाता है, सही राह चलाता है, प्रेरणा है वो, गुरु है लेखन का, अचानक दोस्त हो जाता है। सर! आपकी संगत की वजह से सिर्फ डायरी लिखने वाली लड़की के नाम आज किताब भी हो गयी। मेरी हर कहानियों और कविताओं के पहले रीडर, कमेंटर, एडिटर, एडमायरर हैं आप। आप न होते तो मैं भीड़ का हिस्सा बनकर रह जाती।

ज़ीनत... ज़िंदगी और जॉब के हर उतार चढ़ाव और ठंडी गर्मी को मुझ तक पहुँचने ही नहीं दिया केवल खुद पर झेला और दोस्ती का हर फर्ज़ निभाया।

एनी... बहुत मासूम सहेली हो तुम।

दीपक भाई... हमेशा से मेरे फ़ेवरेट रहे हैं आप

हरपाल भईया... रूढ़ियों को तोड़ने के डर में हौसले की मशाल बनकर खड़े रहे हैं आप।

रीना दीदी... किताब के बारे में जानने और पढ़ने की उत्सुकता, लिखने को प्रेरित करती रही।

सुशील भाई... निरंतर आगे बढ़ने की हौसला अफजाई के लिए।

हिमांशु भाई... किताबों की दुनिया से लगातार मेरा संपर्क बनाए रखते हुये इंजीनियर के अलावा मेरे लिए बुक डिलीवरी बॉय बनने के लिए।

मनीष भाई... बिना ऊबे हर बार टेक्निक्ली सपोर्ट के लिए।

अंजुमन प्रकाशन, वीनस केसरी जी, उन सभी दोस्तों और वेल विशर्स का तहे दिल से शुक्रिया जिन्होंने फेसबुक, व्हाट्सऐप, हर पासिबल मीडियम से हौसला बढ़ाया और किताब को पढ़ने के लिए लंबा इंतज़ार किया। इस किताब की उम्र और जीवनयात्रा आपके स्नेह और आशीर्वाद पर निर्भर है उम्मीद है न मैं निराश करूंगी और न आप...

– प्रतिभा अग्रहरि

अनुक्रम

मुझे कुछ करना है

बैंक में आज ही ऋषिका का अकाउंट बना और एटीएम भी इश्यू कराया जा चुका था। वो बड़ी खुशी-खुशी एटीएम और पासबुक लेकर पापा के पास गयी।

''ये रखिए पापा इसको, आपकी अमानत।'' हक से चहकते हुये उसने एटीएम कार्ड जबरजस्ती पापा के हाथ में रख दिया। ऋषिका की आँखें फूलकर गुब्बारा हो रही थीं।

''क्या करेंगे हम बेटा इसका? आपके पैसे आएंगे इसमें और इसे जैसे मर्जी खर्च करो।'' पापा बड़ी आत्मीयता से एटीएम कार्ड फिर उसे देते हुये बोले।

''अरे पापा! हम कहाँ जाएंगे एटीएम से पैसे निकालने! जब जरूरत पड़े तो आप निकाल लीजिएगा न।'' ऋषिका ने एटीएम फिर पापा को वापस कर

दिया।

''इसे अपने पास रखो ऋषिका, जब जरूरत होगी तब हम मांग लेंगे बेटा।'' पापा गालों को हल्के से छूते हुए, उसका दिल रखने के लिए मुस्करा दिये और वो मन ही मन बड़ी खुश हो गयी कि वो पापा के लिए कुछ कर रही है वो भी अपने दम पर।

जॉब लगने से पहले वो और उसकी चचेरी बहनें अक्सर बातें किया करतीं।

''मान लो तुम्हारे पास पचास लाख रुपये हों तो तुम उसे कैसे बांटोगी?''

सब अपनी-अपनी तरह से ख़याली पचास लाख रुपये बांटतीं, जिसमें से 40 लाख मम्मी-पापा के हिस्से के पहले अलग कर दिये जाते थे।

''मान लो तुम्हारी पहली सैलरी 18 हज़ार रुपये हो तो उसका क्या-क्या करोगी?'' गोल्डेन और क्रीम रंग के पर्दें वाले कमरे में गोल वाली डाइनिंग चेयर पर बैठी दीदी ने ऋषिका से पूछा।

''सबसे पहले तो पहली सैलरी का 10 हज़ार मम्मी-पापा के हाथ में, बाकी के 5 हज़ार गिफ्ट्स लेकर घर में सबको बाँटूँगी और बाकी के 5 हज़ार गरीबों के बच्चों को बिस्किट और खिलौने दूँगी।'' सब उसके इस खयाली बँटवारे पर हँसे थे।

ऋषिका अक्सर सोचती थी कि उसे भी 'कौन बनेगा करोड़पति' में हिस्सा लेना चाहिए ताकि कुछ पैसे जीतकर वो पापा के लिए कुछ करे। हालांकि शहर के रईसों में गिने जाने वाले पापा को उसके पैसे की तनिक भी जरूरत नहीं थी मगर दुनिया की हर लड़की की तरह *''पापा के लिए कुछ करना है''* ये उसका सपना था।

सुबह होते ही सूरज को अपने कंधे पर लटकाए, उसकी तेज रोशनी से गोरे रंग को साँवला होते देख और गर्मी, बरसात, ठंढ की तेज चोट से पापा के होंठों के किनारे हंसने पर उभरकर आने वाली झुर्रियां उसे बड़ा परेशान कर देती थीं। परिवार के प्रति होने वाली सारी ज़िम्मेदारियाँ पापा बखूबी निभाए जा रहे थे और

ऋषिका अपराधबोध में घिरी जिये जा रही थी।

अभी तक उसने पापा के लिए किया क्या है?

क्या हर रात पापा का सिर दबा देना, हर दिन उनके पसंद की खोवा-मलाई, या हफ्ते में मनपसंद बनाकर खिला देना ही एक लड़की होने का फर्ज़ अदा करना है?

वो पापा के लिए कुछ अलग करना चाहती थी जिससे पापा को लगे कि वो अकेले नहीं हैं जिन्होंने परिवार के लिए अपने को पूरी तरह से हर आराम से दूर मेहनत में झोंक दिया है। ऋषिका जानना चाहती थी कि नींद आने पर भी जबरजस्ती उठकर अपने काम पर जाना, बुखार में होने के बाद भी क्रोसिन खाकर रात तक कस्टमर्स डील करना, संडे के दिन सोने और टीवी देखने के बजाय हिसाब के कागज बनाना, कभी बेहद खुश मिजाजी या कभी बेहद चिड़चिड़ा होना; अपने आप से बेहद लापरवाह हो जाने वाले पापा किस मानसिकता के अधीन बस दिन को दिन और रात को भी दिन किए जा रहे हैं। ऋषिका एहसास करना चाहती थी कि एक ही रूटीन पर सालों से चलते आ रहे पापा की मानसिकता अपने आराम को लेकर क्या हो गयी है?

उसने पापा से कई बार कहा था कि उसे नौकरी करनी है और पापा मुस्कुराते हुये बोले थे "बेटा नौकरी क्यूँ करना है? क्या मैंने कभी किसी चीज में, खाने-पीने-पहनने में कोई कमी रखी है?"

और वो पापा को अपनी बात समझा नहीं पायी थी कि पहनने ओढ़ने, खाने-पीने से इतर उसके अपने सपने और शौक हैं *उनके लिए* जिसे उसे पूरा करना है। सिर्फ लड़की बनकर पैदा हो जाना, शादी कर लेना और मम्मी-पापा को नानी-नाना जैसी खुशी दे देना लड़की होना नहीं है। वो पापा के झुकते कंधे को अपने नेतृत्व करने वाले कदम से हमेशा तना हुआ देखना चाहती थी। उसे पापा को मानसिक और आर्थिक मदद करना है। पापा को इसकी जरूरत नहीं है फिर भी।

उसकी जॉइनिंग आ चुकी थी और पापा इस बात को लेकर बिल्कुल राजी

नहीं हुए थे कि उनका राजकुमार बेटा अपना कम्फर्ट जोन छोड़े और मौसम की असली मार अपने तन से ज्यादा मन पर झेले। मगर *पापा के लिए कुछ करना है* का जुनून उसके सिर पर सवार था।

"शौक है तुम्हारा, ठीक है बेटा, मगर एक बार फिर सोच लो। नौकरी करने की जरूरत नहीं है तुम्हें वैसे।'' पापा बिलकुल खुश नहीं थे जॉइनिंग देखकर, हाँ मम्मी का जैसे बरसों का सपना पूरा हो गया था।

सितंबर में जून-जुलाई वाली धूप तो नहीं होती है मगर उस दिन की धूप ऋषिका की त्वचा को लाल कर गयी थी। घर की पहली सीढ़ी से ही स्टोल, फिर शोल्डर बैग, फिर दुपट्टा, हर सीढ़ी पर छोड़ती चली आयी और आँगन में कदम रखते ही उसने पैर में पहनी कैम्पस की कम हील वाली सैंडिल को लहराकर ज़ोर से दीवार पर मारा। वो मौसम के खिलन्दड़ेपन से फ्रस्टेट हो चुकी थी। कमरे में घुसते ही ऋषिका ने गुस्से से पैर में फंसी दूसरी सैंडिल को नीले वाले शोकेस पर दे मारा।

"नहीं करना है ये जॉब-साब हमको, इतनी गर्मी नहीं झेल पाएंगे हम!'' ऋषिका चिल्लाई थी। उसका ये चिल्लाना घरवाले पिछले तीन साल से सुनते आ रहे थे। सुबह उठते ही जल्दी-जल्दी तैयार होते हुये, कभी नाश्ता किए और कभी बिना नाश्ते के ही जॉब पर भाग जाने पर पापा को उसकी इस रोबोटिक लाइफ पर बड़ी कोफ्त होता।

"बेटा जॉब को लेकर शुरू में भी कोई जबरजस्ती नहीं थी और अभी भी कोई जबरजस्ती नहीं है। शौक था पूरा हो गया, कल ही रिजाइन करा देते हैं क्या दिक्कत है!'' और उसने भी मन बना लिया था वो अब जॉब नहीं करेगी। जॉब करना उसका शौक और जुनून भले था और वो शौक को बस शौक तक ही सीमित रखना चाहती थी, इसे मजबूरी नहीं बनाना चाहती थी। मिजाज से बेपरवाह और जिंदादिल ऋषिका को डे टू डे एक ही रूटीन और रूल्स-रेगुलेशन में रहना बिलकुल पसंद नहीं आया था। हर दिन नए तरीके से जीने वाली ऋषिका

तीन साल के बाद भी रूटीन पर एडजस्ट नहीं कर पा रही थी।

मम्मी उसके इस डिसीजन से पूरी तरह नाखुश थीं। ''लड़कियों का अपने पैसे कमाना और अपने पैर पर खड़ा रहना, ये उनके अपने वजूद को कायम रखने का दरवाजा है। ना मायका और ना ससुराल, लड़कियों का अपने ही दम पर शौक पालना उसे पूरे करना ही उनकी जिंदगी है। जॉब करने वाली औरतों की इज्जत घर में रहने वाली औरतों की इज्जत से ज्यादा बड़ी होती है। अपने पैर पर खड़े रहने से किसी के आगे हाथ नहीं फैलाना पड़ता है, अपने शौक नहीं दबाने पड़ते हैं और सबसे जरूरी बात शादी में दिक्कत आने पर उसे झेलने के बजाय किसी मजबूरी और घुटन और नरक से बेझिझक बाहर निकला जा सकता है।'' ऋषिका को ये प्रेक्टिकल बातें समझ ही नहीं आयीं।

पापा भी तो ऐसे रोज़-रोज़ एक जैसे सुबह, एक जैसे शाम, एक जैसे रात से ऊब गए होंगे मगर उन्हें तो अपने काम से कभी शिकायत करते नहीं देखा। ऊबने के बाद भी ऐसे झल्लाते नहीं देखा। मेरे पास पापा हैं हिम्मत के लिए और पापा के पास? पापा के पास मैं हूँ। सबसे थकाऊ, एक ढर्रे पर जिंदगी जीने वाले पापा अकेले नहीं हैं, उनके जैसी जिंदगी जीने वाली उनकी अपनी बेटी भी उनके साथ है। मगर हाँ वो शादी के बाद जॉब बिलकुल नहीं करेगी ये बात मुहल्ले भर में वायरल हो चुकी थी और हर कोई उसे अमृत ज्ञान दे रहा था।

''बड़ी पागल लड़की है, यहाँ तो सरकारी नौकरी मिलती नहीं और ये मिलने के बाद छोड़ने की बात करती है...अभी दुनिया का रंग कहाँ देखा है नौकरी वगैरह खिलवाड़ लग रहा है...अपने पैर पर है; बुराई क्या है।''

शिखर के साथ एक साल की शादी में उसने बहुत सी खुशियाँ देख ली थी। शिखर का परिवार था भी तो कितना सभ्य और पैसे वाला। नए जमाने से ताल पर ताल मिलाकर चलने वाली बॉयकट बालों वाली उसकी सास को सिर्फ ब्युटीपार्लर से मतलब होता था। ससुर थे नहीं। घर में खाना बनाने, कपड़े धुलने और बर्तन के लिए वाले नौकर लगे हुये थे। खुद शिखर भी HCL कंपनी में

बतौर सॉफ्टवेर इंजीनियर के पद पर था। ससुरालवालों को ऋषिका की नौकरी से भी कोई दिक्कत नहीं थी। सास ने तो देखने के समय में ही बोल दिया था कि घर में कोई काम होता नहीं है, शिखर भी 10 बजे के बाद घर में रहता नहीं इसलिए ऋषिका अगर अपना समय काटने के लिए नौकरी बरकरार रखना चाहती है या नहीं भी रखना चाहती है तो उन्हें कोई आपत्ति नहीं है।

“अकाउंट के पैसे, जैसे जरूरत पड़े मैं मेरी मर्जी से खर्च करूंगी” दिखाई वाले दिन ऋषिका ने अकेले में, शिखर के सामने शर्त रखी थी और शिखर हंस पड़ा था

“मुझे कोई दिक्कत नहीं है; आप अपने पैसे से कुछ भी करिए, जरूरत पड़े तो मुझसे भी मांग लीजिएगा, आखिर पति के पैसे पर पत्नी का हक तो होता ही है।”

“नहीं आप मेरी बात नहीं समझ रहे, इस सैलरी पर मेरे पापा का भी हक है। मैं शादी के बाद उस हक की वजह से कभी कोई टेंशन नहीं चाहती इसलिए पहले बता रही हूँ।” शिखर ने उसका हाथ दबा कर उसे तसल्ली दी थी।

फिर भी ‘ससुराल और जॉब’ एक साथ, आसान नहीं होगा, दोहरी जिंदगी जीना। ऋषिका ने कह दिया था उसे अब रिजाइन लेना है मगर शादी के शोर में रिजाइन पेंडिंग रह गया।

ऋषिका एहसास कर रही थी कि मम्मी की वजह से जबरजस्ती इस जॉब में रहना उसके लिए कितना बड़ा समय काटने का जरिया बन चुका था। मायके में तो बहन-भाई, मुहल्ला, पड़ोस की सहेलियाँ सब थीं और यहाँ ससुराल में इतने बड़े घर में अकेले रहकर करती भी तो क्या। दिन में जॉब, शाम में शिखर के साथ घूमना। जब वो शिखर या मॉम के लिए कुछ शॉपिंग कर रही होती तो अपने मम्मी और पापा के लिए भी कुछ न कुछ ले ही लेती।

शिखर अभी अभी सोकर उठा था और बेड टी के साथ-साथ नजरें लैपटाप पर गड़ाए बैठा था। सोकर तो ऋषिका भी अभी-अभी ही उठी थी मगर उसका चेहरा कुछ ज्यादा ही खुश और फ्रेश नजर आ रहा था।

''क्या बात है मैडम, सपने में कोई देश घूमकर आयी हो क्या?'' शिखर ने लैपटाप बंद करते हुये कहा।

''शिखर, वो मैं क्या सोच रही थी, कि हफ्ते बाद पापा का बर्थ डे है...'' ऋषिका अंगड़ाई लेते हुये बोली।

''हफ्ते बाद तो मॉम का भी बर्थडे है।'' शिखर ने ऋषिका की बात बीच में ही काटते हुये कहा।

''क्या बात है! मॉम का भी बर्थडे है! मतलब कि दो-दो खुशी एक साथ।'' दोहरी खुशी से ऋषिका चहक उठी। उसके सामने हल्के बालों पर डाई और प्रेस किए पैंट-शर्ट पहने हुये पापा मुस्कराते हुये आ गए।

''पता है शिखर, मैं हमेशा से पापा को एक कार गिफ्ट करना चाहती थी। मैंने मॉडल और डिज़ाइन भी पसंद कर लिया था शादी के पहले मगर पापा के साथ ही जाकर लाना होता और इसके लिए पापा कभी राजी ही नहीं होते। तभी मैंने सोच लिया था जब मेरी शादी हो जाएगी न तो मैं अपने हसबेंड के साथ मिलकर एक कार उन्हें गिफ्ट करूंगी।''

''दैट्स गुड ऋषिका, तो दिक्कत क्या है इसमें, दे दो पापा को'' शिखर की इस हामी पर वो और भी एक्साइटेड हो गयी।

''तुम्हारे अकाउंट में पैसे तो हैं ही, और अगर इकट्ठे पेमेंट नहीं करना चाहती हो तो EMI पर कार ले लो। EMI तुम्हारी सैलरी से कटता जाएगा।'' ऋषिका सकते में शिखर को देखने लगी।

''मैंने कहा कि मैं अपने हसबेंड के साथ मिलकर एक कार उन्हें गिफ्ट करूंगी!'' ऋषिका ने एक-एक शब्द पर ज़ोर देते हुये कहा।

''देखो ऋषिका! किसी को गिफ्ट दिल से दिया जाता है जबरजस्ती नहीं। गिफ्ट देना तुम्हारा शौक है, मेरा नहीं। और मैं किसी को इतने महंगे गिफ्ट्स नहीं देता।

शिखर की तरफ से एकदम नेगेटिव आन्सर मिलने पर ऋषिका का बीपी

जैसे लो हो गया। क्या एक दामाद बेटा नहीं बन सकता? क्या पापा को कार देने का उसका सपना कभी पूरा ही नहीं होगा?

"ऋषिका डोंट माइंड, तुम्हारे अकाउंट में पैसे हैं न, तो क्यूँ न इस बार तुम्हारे पैसे से मॉम के बर्थडे का सारा अरेंजमेंट किया जाए। हर बार मैं करता था इस बार सब तुम करो तो आई होप मॉम को अच्छा लगेगा"

वो चिल्लाकर बोलना चाह रही थी, जब मेरे पापा का गिफ्ट तुम्हारा शौक नहीं तो तुम्हारी मॉम का बर्थडे मेरे पैसे से क्यूँ। मगर वो सिर्फ 'हम्म' कहकर ऑफिस के लिए तैयार होने चली गई।

मॉम के बर्थडे का सारा अरेंजमेंट बुझे मन से ही सही, ऋषिका ने कर लिया था। मॉम अभी ब्युटी-पार्लर में हेयर कलर के लिए गयी थी और कल के लिए आखिरी गेस्ट को इन्वाइट करके शिखर फोन रख चुका था।

"शिखर! क्या हम पापा को भी कल इन्वाइट कर लें बहाने से, घर पर और फिर मॉम और पापा का सर्प्राइज़ बर्थडे एक साथ मनाया जाए"

"वॉट द हेल यू आर टॉकिंग अबाउट, इट्स माइ मॉमज़ बर्थडे और मैं इसे तुम्हारे पापा के बर्थडे से कम्पेयर या कॉम्प्रोमाइज़ नहीं कर सकता। मेरी मॉम का बर्थडे अनबीटेबल है। तुम्हारे पापा का बर्थडे तब तक तुम्हारा सेलिब्रेशन था जब तक तुम वहाँ थी। अब यहाँ हो तो यहाँ पर ध्यान दो" शिखर लाल तौलिये को गले में डालते हुये बाथरूम में घुस गया।

"I don't know who you are, where u from" बाथरूम से शिखर के गाने की आवाज़ आ रही थी और ऋषिका दम साधे डाइनिंग टेबल की कुर्सी को बहुत ज़ोर से पकड़े हुये आँसू गिरा रही थी। हर बार वो पापा के बर्थडे पर ठीक 12 बजे उनके कान के पास बैलून फोड़ते हुये हैप्पी-बर्थडे गाती थी और फिर केक, गिफ्ट्स से सेलिब्रेट करती थी। पापा कितने खुश हो जाया करते थे।

बॉय कट बाल वाली सास खुश तो बहुत थी मगर इसलिए नहीं कि उनकी कमाऊ बहू ने सब अरेंज किया था बल्कि इसलिए कि उन्हें गिफ्ट में बेटे ने डायमंड रिंग दी थी जिसका पेमेंट ऋषिका के अकाउंट से हुआ था। उस दिन

कचोटते दिल के साथ आवाज़ को बनावटी खुश करते हुये पापा को सिर्फ इतना ही कह पायी "HAPPY BIRTHDAY PAPA"

"ऋषिका तुम अपना ए टी एम कार्ड लायी हो? मॉल में अपने लिए जीन्स पसंद करती ऋषिका से उसकी सास ने पूछा।

"जी मॉम लायी हूँ"

"मेरी शॉपिंग का पेमेंट तुम कर दो; वो एक्चुअली मेरा एटीएम पता नहीं क्यूँ एम्पटी शो हो रहा है।" ऋषिका को पता था मॉम झूठ बोल रही हैं। अभी बर्थडे के दूसरे दिन ही तो शिखर ने शाम को मॉम के अकाउंट में 30 हज़ार डलवाए थे और इतनी जल्दी खतम भी। फिर भी उसने चुपचाप पेमेंट किया।

घर का माहौल जाने क्यूँ अचानक से बदला था। पाँच अंकों में पैसे कमाने वाला पति उसके एटीएम पर नज़र रखने लगा था। उसकी सास जरूरत पड़ने पर ऋषिका से अकाउंट रीफ़िल करने को बोलने लगी। घर के और जरूरी समान भी उसके जिम्मे आ चुके थे। ऋषिका ये सब बिना शिकायत के करती क्योंकि ससुराल उसकी ज़िम्मेदारी थी और वो कभी पापा, कभी मम्मी, कभी शीनू के लिए ऑनलाइन कपड़े या बाज़ार के खूबसूरत सामान खरीदना भी नहीं भूलती क्योंकि मायका उसका फर्ज़ था।

डेढ़ साल में पहली बार ऋषिका के मम्मी-पापा और शीनू उसके घर आए थे। जाते वक़्त ऋषिका ने पहले से ही खरीदे गिफ्ट्स उन्हें दे दिये। पापा के लिए कैनवास शूज, मम्मी के लिए कुन्दन ज्वेलरी और शीनू के लिए गिटार। मम्मी पापा भावुक होकर मना भी करने लगे "इसकी क्या जरूरत बेटा" और ऋषिका ने 'उसका शौक' कहकर उन्हें चुप करा दिया। मम्मी-पापा के घर से जाते ही शिखर उखड़ पड़ा।

"जब मैंने पहले से ही तुम्हारे मम्मी-पापा के लिए कपड़े खरीद लिए थे फिर तुम्हें क्या जरूरत थी उन्हे अलग से कुछ और देकर महान बेटी बनने की"

"तुम्हें तो घर का राशन खरीदना चाहिए था शिखर। घर में या फिर मेरे हाथ में इतने पैसे रखकर जाना चाहिए ताकि घर आए मेहमानों के लिए जरूरत से

ज्यादा आवभगत की जाये'' ऋषिका भी गुस्सा पड़ी। जब शिखर को पता था उसके घरवाले आने वाले हैं फिर भी उसने कोई तैयारी नहीं की। यहाँ तक कि मिठाइयाँ, पनीर, मशरूम, खरीदने के लिए ऋषिका को पहले एटीएम जाकर अपने अकाउंट से पैसे निकलवाने पड़े और फिर उस पैसे से समान खरीदा।

"तुम्हारी तरह फालतू के लोगों पर फालतू के पैसे खर्च करने की जरूरत और आदत नहीं है मुझे और ये बात तुम भी समझ लो तो अच्छा होगा ऋषिका''

"परिवार है वो मेरा शिखर! तुमने शादी से पहले कहा था मेरे अकाउंट के पैसे मैं चाहे जैसे खर्च करूँ तुम्हें उससे कोई दिक्कत नहीं होगी और अब?''

"अब दिक्कत है! तुम मेरे घर रहती हो मेरा खाती हो, मेरा पहनती हो और लुटाती बाहर वालों पर हो। मुझे दिक्कत है तुम्हारे ऐसे वक़्त-बेवक़्त मायके वालों के गिफ्ट देने से। मुझे दिक्कत है जब वो कुछ मांगते नहीं फिर भी तुम क्यूँ पैसे वेस्ट करती हो?''

"जो कुछ नहीं मांगता वही सब कुछ पाने का हकदार होता है शिखर!''

ऋषिका परेशान हो चुकी थी शिखर से। एक साल तक शिखर ऋषिका के लिए ढेर सारे गिफ्ट्स लाता था मगर जिस पहले दिन, ऋषिका ने online shop से पापा और मम्मी के लिए शिखर से गिफ्ट्स पसंद करवाए उस दिन के बाद से अब तक शिखर ने ऋषिका को एक लिपस्टिक तक नहीं गिफ्ट किया। पहनने के लिए सूट, सैंडिल और एक लिपस्टिक भी उसने अपने पैसे से खरीदे थे।

मेरे पैसे-तुम्हारे पैसे, मेरा घर-तुम्हारे पापा, मेरा पैसा-तुम्हारा पैसा। अब तो शिखर ऋषिका को खर्च के लिए पैसे देता भी था तो एक-एक पैसे का हिसाब चाहिए होता था। कब, कैसे और कहाँ खर्च किए गए। कौन सा समान खरीदा गया, अगर ऑफिस से आते वक़्त रास्ते में किसी गरीब बच्चे को दो रुपये की गरी भी खिलाई है तो शाम में उसका ब्योरा शिखर के सामने होना चाहिए। ऋषिका का एटीएम तो उसने उसी दिन ले लिया था जब उसने घरवालों को गिफ्ट दिया था।

ऋषिका ने मॉल से पापा के लिए इंपोर्टेड रिस्टवॉच खरीदा था। एटीएम से निकाले गए पैसों में से कुछ पैसे बचे हुये थे। पापा का बर्थडे गिफ्ट कार के बजाय रिस्ट वॉच। उसने रिस्ट वॉच को कपबोर्ड में रख दिया ताकि शिखर की नज़र पड़ने पर होने वाले फालतू के बवाल से बचा जा सके, मगर शिखर की नज़र पड़ ही गयी।

''वाव, किसके लिए है ये ऋषिका? मेरे लिए न! माइ स्वीट वाइफ'' शिखर ने उससे बिना पूछे ही गिफ्ट रैपर फाड़ दिया और अंदर से 'लव यू पापा' वाला भी छोटा सा कार्ड बाहर लटक आया।

''हुँह, लव यू पापा हाँ....''

''हाँ पापा के लिए गिफ्ट है, बर्थडे गिफ्ट''

''क्या तुम्हारे पापा के पास पैसे नहीं हैं जो ये सब खरीद सकें, जरूरी है तुम यहाँ से गिफ्ट दो'' शिखर ने वॉच बेड पर फेंक दिया।

''बेटी हूँ मैं उनकी और तुम मुझे अपनी सौ प्रतिशत खालिस बीवी नहीं बना सकते'' ऋषिका ने शिखर को उसी तरह घूरते हुये जवाब दिया जैसे शिखर तेज सांस लेते उसे घूरे जा रहा था।

''तो हर बार फर्ज़ के नाम पर तुम अपने घर वालों पर अब पैसे लुटाते फिरोगी न।'' शिखर ने उसे उंगली दिखाई।

''बचपन से जो मैं करते आ रही हूँ वो तो कभी छोड़ूँगी नहीं और तुम्हें किस बात का गुस्सा। मैंने मेरे पैसे से खरीदे हैं। जितना हक तुम मुझ पर जता रहे हो न उतना ही हक मेरे पापा का भी है मुझ पर'' पापा की दूसरी बार की बेइज्जती से वो चिढ़ गयी।

''बहुत घमंड है न अपने कमाए पैसे पर?'' शिखर चिल्लाया था।

''अपने पैसे पर नहीं अपनी मम्मी के डिसिज़न पर घमंड है'' बेड पर पड़ी घड़ी को ऋषिका ने रैप करते हुये कहा।

''तुम आज से जॉब नहीं करोगी'' शिखर ने धमकी वाले स्वर में बोला।

''मैं जॉब नहीं छोड़ सकती शिखर, ये अब मेरी पहचान है''

''ठीक है, या तो जॉब छोड़ो या फिर अपना मायका छोड़ो; तुम्हें दो में से किसी एक को चुनना पड़ेगा।'' दरवाजे को भट्ट से बंद करते हुये शिखर बाहर चला गया और जाते-जाते उसकी बड़बड़ाहट साफ सुनाई पड़ रही थी ''ये जॉब वाली औरतों को अपने पंख पर कुछ ज्यादा ही घमंड हो चला है। इसका तो ओवर कॉन्फिडेंस तोड़ना ही होगा।''

ऋषिका ने रिजाइन लेटर लिखकर टेबल पर रख दिया था। अकाउंट के पैसे ही तो सारे फसाद की जड़ थे; न जॉब रहेगी न झगड़ा। शिखर का सीना उसके इस फैसले से कुछ ज्यादा ही अकड़ गया था क्यूंकि ऋषिका अब उस पर पूरी तरह से डिपेंड होने वाली थी और दूसरा, पुरुष अहं अपनी जीत पर खुश था।

बैंगनी गोल्डेन रंग की दीवारों वाले कमरे में सफ़ेद बेड पर शिखर सो रहा था और ऋषिका खिड़की से लगी पूरी तरह डूब रहे चाँद को देख रही थी। सुबह के साढ़े पाँच बज रहे थे और सामने के पार्क में काफी भीड़ हो चली थी। ऋषिका ने टेबल के पास पड़े रिजाइन लेटर को उठा लिया और काफी देर तक देखते हुए उसे वो सारी औरतें याद आयीं जिन्हें छोटी सी छोटी जरूरतों के लिए हफ्ते हफ्ते पति का मुंह ताकना पड़ा, जिन्हें अपने ही घर में चोरी करनी पड़ी, जिन्होंने स्वाभिमान के आड़ में जरूरतों और शौक को दब जाने दिया। अपने आपमें कोई मजबूती न होने के कारण जिन्होंने बोझिल रिश्तों को भार की तरह बस घसीटा, जिन्हें 'ये सिर्फ मेरा है' जैसा हक़ किसी भी चीज पर नहीं मिला क्योंकि वो सारी औरतें जो आर्थिक परतंत्र हैं वो सिर्फ दासी हैं, गुलाम हैं। उसने अलमारी से सारे कपड़े सूटकेस में भर लिए और ऊपर रिजाइन लेटर भी रखकर चेन बंद कर दिया।

''मैं जॉब नहीं छोड़ सकती वो मेरी पहचान है। मैं मायका नहीं छोड़ सकती वो मेरी हिम्मत है। मैं तुम्हें भी नहीं छोड़ सकती थी क्यूंकि तुम मेरा प्यार थे मगर तुमसे कहीं ज्यादा मैं मेरे पापा से प्यार करती हूँ। डाइवोर्स लेटर जल्दी मिल

जाएगा।'' ऋषिका ने कागज शिखर के फोन से दबा दिया।

''मम्मी सही बोलती थीं अपने पैर पर खड़े रहने से, शादी में दिक्कत आने पर उसे झेलने के बजाय किसी मजबूरी और घुटन और नरक से बेझिझक बाहर निकला जा सकता है!'' वो बड़बड़ाते हुये बाहर चली आयी।

औरत की आर्थिक आज़ादी उनकी भावनात्मक, क्रियात्मक, रचनात्मक, सकारात्मक और अभिव्यक्ति की स्वतंत्रता है। वो ऋषिका जो शादी से पहले जॉब छोड़ने की बात किया करती थी अब शादी के बाद पति को छोड़कर जा रही थी क्यूंकि उसे ताउम्र अपने पापा के लिए कुछ करना है।

2

मुहब्बत मंज़ूर हो

दुकानों के शटर धड़ाधड़ गिरने लगे थे। लोग यहाँ-वहाँ भागते हुये अपनी जान बचाने को आतुर थे। पंछियों को समझ नहीं आ रहा था कि कुछ आपदाएँ अचानक से क्यूँ आती हैं, मुहब्बत की तरह। अपने जगह पर उगी हरियाली मिट्टी को पंजों से जकड़े थी। मौसम का उत्पात, और समूची जगह में प्रकृति के दबाव से कर्फ़्यू लग गया। जहां सबकी आँखों में आँधी का धूल, शूल बनकर चुभ रहा था, वहीं वो फिर से अपनी लाल रंग वाली डायरी को उठाकर छत पर आ गयी। पहले भी वो ऐसा ही करती थी मगर तब, जब बारिश अपने चरम पर होती। मगर अब उसे आंधियों से लगाव हो चुका था। कॉर्निया को काटते, चुभते धूल उसकी जिंदगी के तूफान और चलती तलवार से कम ही थे। एकबारगी उसने नज़र आसमान की तरफ उठाकर देखा। बादल सिर्फ उसके दुख पर ही रोने आए हैं या हर घर की एक छुपी कहानी पर सांत्वना गाने। कलम को दायीं उंगली में फंसाकर डायरी को बाएँ अंडरआर्म्स के नीचे दबाकर, छत के ऊपरी पोर्शन में जाने के लिए बनी सीढ़ियों पर बैठ गयी जो कुछ देर पहले चटकती धूप में जलकर

अंगारा बन चुकी थी। अचानक उसे ज़ोर की खांसी आयी।

''तुम न! तुम्हें ज़रा भी खयाल नहीं है खुद का, बस लापरवाही से जीने को बोल दो और मज़ाक करने को। तुम्हें मेरी ज़रा भी परवाह होती न, तो दवा जरूर खाती। मुझे सही सलामत देखना चाहती हो तो खुद को सही सलामत रखा करो क्यूंकि अब मैं तुम हो, समझी सुगवा...

यादों के अहाते में उसके यूं मुस्कुराने पर पानी जाने आंखों से बरसे थे या बादल अब हिम्मत हार चुका था। वो उसे प्यार से सुगवा ही बुलाता। ऊपर से नीचे उतरते वक़्त हर खड़ी सीढ़ी पर जमे-सधे पाँव रखते-रखते कभी न कभी पाँव फिसल ही जाता है। वो भी फिसली और जा गिरी थी धीर के खुले हाथों और बंद आँखों से मांगे गए मन्नत की चादर में। यहाँ बात दिल की थी जो हर खूबसूरत और पसंद की चीजों पर उमड़ने और मचलने लगता है। कैसे बस कुछ पल में धीर उसका सबसे पसंदीदा बन चुका था।

अपने शबाब की बारिश घरों के तन और धरती के मन में सिकुड़ी जा रही थी। समुंदर की लहरों ने भी तो धीर और परिधि को बहुत सहेज के थामा था। आंखों में काजल लगाती शाम, झूला झुलाती समुद्री लहरें, पैरों से फिसलती जमीन, गीले चिपके कपड़े, मुहब्बत से भीगी रूह, भाग्य रेखा को अपने हथेलियों में गुहते एकदूजे की हथेलियाँ, एक-दूसरे पर चुंबक की तरह चिपकी पुतलियाँ, भीनी मुस्कराहट, सूजी सांसें और उस पल हवा का आखिरी बहाव। वो समुंदर किनारे उस भीड़ में अकेले धीर के साथ सीपियों की तरह, और यादें अपने दुपट्टे के आँचल में गठिया लेना चाहती थी, तभी तो सैंडिल पहनने के बाद भी उसने कहा ''बार-बार कहाँ इस समुन्दर से दोस्ती निभ पाएगी, चलो न इससे आखिरी बार प्यार कर लेते हैं। नफरत करने और फिर भूल जाने में आसानी होगी!'' धीर ने इसे मुहब्बत से जोड़ लिया था।

''हाँ मेरे साथ भी तो यही करना है तुम्हें, प्यार, नफरत और फिर भूल जाना।'' कितने ही क्षण एकटक उसने अपने सामने गीले सफ़ेद शर्ट, सूजी रतजगी आँख, भरी मांसल देह, नाव के कोने जैसे नुकीले होंठ, गदबदाते गाल, सरसराती हवाओं जैसे बालों वाले धीर को देखा और अचानक ही बर्फीली हवा की तरह उससे जा लिपटी। कितना सुरक्षात्मक एहसास देने वाली देह है धीर की

जिसमें उसने हजारों जनम समा देने का वादा कर लिया था। जिंदगी की भूख है मौत और मौत की भूख है मोक्ष। समाजशास्त्र के क्लास में सर ने पढ़ाया था मगर परिधि को सब गलत लगने लगे थे। वो अपनी ही तरह से जिंदगी-मौत की भूख और परिभाषा देख रही थी जिसमें धीर का प्यार उसकी जिंदगी, धीर से दूरी मौत और धीर का साथ उसके लिए मोक्ष बन गया।

किसी ने ऐसे ही एकांत में, नदी के सबसे आखिरी और कोने वाले छोर पर महबूब के सीने से सिर टिकाये ये गाना लिखा होगा न।

"ये रातें, ये मौसम नदी का किनारा, ये चंचल हवा"

परिधि लहरों पर पैरों को तैराते बोली और धीर के जुबान पर वो रात ही रट गयी

"ये रातें ये मौसम नदी का किनारा और चंचल सी तुम!" शब्दों के हेरफेर में धीर को 'सिर्फ उसकी परिधि' के होने वाले एहसास की चमक किसी परी के बॉटल में समेटे गए हजारों जुगनओं की चमक से ज्यादा थी।

"ये हमारी पहली किस हमारी शादी का पहला फेरा है; इसके बाद मैं तुम्हें जितनी बार भी किस करूंगा तुम उसे हर जनम के सातों फेरों से जोड़ते जाना। जितना ज्यादा से ज्यादा मैं तुम्हें किस करूंगा उतने ज्यादा ही जनम हम एकदूसरे के साथ रहेंगे!"

धीर ने उसके ठोड़ी को अपने भरे-भरे मजबूत हाथों से ऊपर कर परिधि के माथे को चूमते हुए कहा। परिधि को उसके ये भरे हाथ दुनिया के सबसे मजबूत पहलू लगते हैं जिसमें वो हमेशा के लिए अपनी सबसे नाजुक सी उँगलियों की मुट्ठी और प्रेम रेखा को सबकी नज़रों से बचाकर रखना चाहती है।

"हट्, तुम लेखक से मैथ के प्रोफेसर कबसे बन गए!" परिधि ने जानबूझकर धीर को छेड़ा।

"तुम न... हर बात मज़ाक उड़ा देती हो, हुंह..." धीर ने जानबूझकर मुंह बनाया और परिधि ने झटके से दूसरी बहुत देर तक गहरी वाली किस उसके माथे की भाग्य रेखा के साथ आने वाले हर जनम के नाम कर दी। सिर्फ सीने तक ही

आने वाली परिधि की हाइट धीर को बहुत पसंद है।

''शांत से चाँद पर प्यार करना कितना आसान और सुकून भरा होता होगा न?'' एक दूसरे की हथेलियों को दबाते, दोनों उस समय एक-एक कदम बढ़ाकर कुछ कदम की दूरी पर लटके चाँद पर जाना चाहते थे जो उस समय परिधि को अपने पास आमंत्रित करता लग रहा था। जाने उस दिन का चाँद खास था या धीर के माथे की चाँदनी। आंखों के तेज से आधा चाँद पूरा रोशन था। रात गहरा चुकी थी। दुक्का-तिक्का लोग उसके जैसे ही प्रेमालाप में कुछ आखिरी वादे कर उठने को हुये थे। ऐसा नहीं था कि समुंदर उन दोनों को प्यारा था। हाँ! ये समुंदर, धीर को परिधि के परिवार और उसके करीब ला खड़ा करने का एक जरिया बन चुका था।

जो आया है उसे जाना ही है के एक अंदेशे ने दोनों की आंखों के कोनों पर नमक इकट्ठा कर दिया।

''देखो बाबू, मुहब्बत आसान होती या पाना आसान होता तो सब न कर लेते। हमने ये बिना सोचे किया था, तो हमें एक दूसरे के हो जाने के लिए सारे मुश्किल रास्ते आसान बनाने पड़ेंगे। तुम वादा करो, घर जाकर तुम कोशिश करोगी... हमारा प्यार हम यूं ही नहीं मरने देंगे'' अपने हथेली के जीवन, प्रेम, भाग्य सभी रेखाओं से धीर ने उसके आधे गालों को ढांप लिया।

''मैं तुम्हारे लिए क्या मायने रखता हूँ?'' एक रात धीर ने यूं ही पूछ लिया और परिधि की आँखें टिमटिमाने लगीं। धीर के लिए मायने शब्द बना ही नहीं है। भगवान शंकर तो अर्धनारीश्वर थे, मगर धीर तो पूरा परिधि है। वो कैसे किसी चाँद-सितारे, अन्तरिक्ष, ब्रह्मांड, सबसे सुंदर गुफा या किसी प्रेम कहानी के पात्र से उसे जोड़ अधूरा कर देती। वो उसके लिए गए हर साँस के साथ अंदर ही अंदर खून में समाहित हो उसे जिंदा बचाए रखा है।

पहली बार जब परिधि ने घर में धीर और उसके बारे में खुलासा किया तो उसकी आंखों में मुहब्बत के सारे वर्णमाला पढ़ने से पहले ही 'न' 'नहीं' 'कभी नहीं' 'इस जनम' में तो बिलकुल नहीं, का जवाब मिला।

उस रात के बाद खुशियों ने काला लिहाफ ओढ़ लिया। ये तो धीर की

चुहलबाजियाँ और शरारतें थीं जो जमाने में दिन हो जाया करता, वरना काली सांय-सांय करती रातें परिधि के तकलीफ़ों वाली गहरी सांसों का परिणाम थीं। वो उसे कहाँ मिला, कैसे मिला, किस जगह मिला ये बात ज्यादा मायने नहीं रखती मगर अब वो उससे बहुत प्यार करती है। ये बात सबकी आँखों में कटारी बनकर प्रहार कर रहा था जिसका सारा दर्द दोनों महीनों से भुगत रहे थे।

उसने सबसे पहले मम्मी से ही ये बात बताई थी कि धीर से वो उतना ही प्यार करती है जितना वो और पापा उससे करते हैं। एकलौते होने के वजह से जैसे उसे पलकों और सिर पे बिठाया गया है, वैसे ही उसने अपने पहले और एकलौते प्यार को सिर और दिल में बसा लिया है। बहुत हिम्मत जुटानी पड़ी थी मम्मी से कहने में; भले मम्मी उसकी सहेली थी तो क्या। जिस तरह उन्होंने अपने जिंदगी का हर अप-डाउन उससे साझा किया था उसके लिए ये इतना भी मुश्किल नहीं होना चाहिए था मगर बात आदत की हो या मुहब्बत की सोशल करने में दिक्कत आती ही है।

''अपने कास्ट का नहीं, डॉक्टर इंजीनियर होता तो एक बार सोचते भी, हमारे यहाँ ये लव मैरिज का फ़ैशन नहीं चलता।'' मम्मी ने साफ मना कर दिया था कि ये सब बातें फालतू हैं और अपने मन से उसे निकाल दे। मम्मी, मम्मी बनकर सही भी थीं। मगर अपनी जिंदगी को वो ऐसे ही एक दिन के फैसले पर लुटा नहीं सकती। मगर वो मम्मी को नहीं समझा पायी कि मन के करोड़ों ऊतकों से होते हुये अब धीर पूरे शरीर से गुजर तरल बन उसमें ही रहने लगा है।

धीर का हक से डांटना, प्यार से मनाना... उसे याद है कैसे धीर ने महीने भर पहले से ही उसके जनमदिन को, महीने में आए एक-एक दिन में मनाए जा रहे सभी त्योहारों से कहीं बहुत ज्यादा खूबसूरती से, दूर रहकर भी हर मुमकिन तरीके से मनाया था। 'परिधि' नाम भी तो धीर का दिया हुआ गिफ्ट है। सालों से ये नाम सुनते-सुनते वो अपना असली नाम भी तो भूल आयी थी। मम्मी पापा से बिना मिले ही धीर ने परिधि के परिवार को अपना लिया था और अब वो भी उन्हें माँ-पापा बुलाने लगा था। धीर को परिधि के माँ-पापा की एनवर्सरी, उसके भाई-बहनों का जन्मदिन सब याद रहता है।

''पता है सुगवा, मैं न माँ-पापा का बेटा बनकर रहना चाहता हूँ, मैं उनके

हर दुःख परेशानियों और खुशी में साथ खड़ा रहना चाहता हूँ, माँ-पापा बस एक मौका दे दें चाहे जैसे; मैं कभी भी उन्हें और न ही उनकी बेटी के पसंद को गलत साबित होने दूंगा।'' क्या नहीं था धीर में जो वो उसे पापा के इमेज से न जोड़ती। कितनी कोशिश कर रहे थे दोनों एक होने के लिए।

''डर-डरकर सिर्फ मजबूरियां हासिल होती हैं बाबू, एक बार फिर सिर्फ प्यार के लिए तो हिम्मत दिखाई ही जा सकी है न! हम दोनों माँ पापा को मना लेंगे ये मेरा दिल कहता है। माँ पापा सिर्फ बच्चों की खुशी चाहते हैं और माँ-पापा भी आपकी खुशी को प्राथमिकता देंगे मैं जानता हूँ।'' मैं पापा से मिला नहीं हूँ मगर जाने क्यों मुझे लगता है वो हमारी बात जरूर समझेंगे। मेरे पापा मुझे छोड़कर जा चुके हैं मगर मैं फिर से पापा का प्यार पाना चाहता हूँ। धीर का मोटिवेशनेल मैसेज पढ़कर वो मदर टेरेसा हो जाती।

परिधि ने मम्मी से दुबारा बात करने की ठान ली थी।

''आज के बाद किसी धीर-वीर का फोन आया तो हमसे बुरा कोई होगा नहीं...। समाज में इज्जत है, नाम है, रुतबा है। सारे लोग चीरने-फाड़ने-खाने को बैठे हैं इस समाज में कि कब लड़कियां कोई गलत कदम उठायें और हम उस कदम को पकड़ घसीटकर पुरखों तक को नोच डालें, और तुम चली हो बेबाक होकर....'' बात अधूरी थी। वो रोने लगी उसने हिम्मत करके फिर सब खोलकर कहा था मम्मी से। मगर 'न' की नुकीली कटारी फिर कानों में पिघल, काँच के टुकड़े में तब्दील उसके जिस्म के हर रोएँ की जगह उग आया था।

''तुम्हें पता है न, मै तुम्हें देखते ही सारे दर्द शिकायतें भूल जाता हूँ और प्लीज यार ऐसे रोया नहीं करो मैं बहुत बेचैन हो जाता हूँ, घबराहट होने लगती है कि मै क्यूँ रोने देता हूँ तुम्हें।'' विडियो चैट के दौरान वो रो पड़ी और धीर खुद रोते हुये उस चुप कराते हुये बोला था।

मम्मी भी तो उसे रोते नहीं देख सकतीं मगर आज चुप होने का एक मौका नहीं दे रही थीं ''शादी कर दूँगी फिर जितना मौज मस्ती और ऐश करना होगा करना जाकर।'' कितना गंदा शब्द था मुहब्बत के लिए ''मौज-मस्ती।'' काश कि कोई तो उसे समझ लेता। वो कहना चाह रही थी सत्ताइस साल की जिम्मेदार और

समझदार लड़की मुहब्बत में मज़ाक-मस्ती नहीं करती और न ही उन्तीस साल का लड़का यूं ही फैसला लेता या बहक जाता है।

"और जरा सा भी खयाल नहीं हम लोगों का तो लाकर तुम्हें जहर खिला देंगे या तो खुद मैं और तुम्हारे पापा जहर खा लेंगे छुट्टी हो जाएगी। फिर जो तुम चाहती हो हो जाएगा और जो मन आए वो करना फ्री होकर आराम से कोई रोकने टोकने वाला नहीं होगा। लोग परवरिश को दोष देने लगते हैं मगर परवरिश कभी गलत नहीं होती हमेशा संस्कार बहक जाते हैं।''

मम्मी का बोलना बदस्तूर जारी था। उसे पता था मम्मी जरूर ये बात समझेंगी और नहीं समझेंगी तो उसे समझायेंगी। मगर दूसरी बार के बाद तो उसके मुहब्बत पर प्रतिबंध ही लग गया हर आने-जाने वाला रास्ता जिसकी मंज़िल धीर था वो प्रतिबंधित हो चुका था। कितना रोयी थी वो, कौन जानता था सिवा उसके तकिये, चादर और सपाट छत के जो उसके रोने के दौरान अपने अधूरे वजूद में धीर को समेट कर उसके आँसू रोके थे। परिधि; उसने सीखा ही क्या था जिंदगी में सिवा रोने के, और धीर ने वादा किया था वो परिधि को इस घुटन की बेड़ी से आज़ाद करा ही लेगा।

उसे तकलीफ ये हो रही थी कि जो बात बहुत गंभीरता से, प्यार से, सिर पर हाथ फेरकर समझाना और समझना चाहिए था, आज जिंदगी के सबसे पहले और सबसे मुश्किल घड़ी में उसके साथ कोई नहीं था। गलती तो यही थी दोनों की कि, वो सही रास्ते से मुहब्बत पाना चाहते थे और सच्चाई ने उनका रास्ता ही बंद कर दिया।

एक लड़की जब रोती है, बहुत रोती है, और उसके आँसुओं में पानी नहीं बल्कि बहता है उसका भूत, वर्तमान और भविष्य। आज परिधि की आंखों से उसका वर्तमान और भविष्य बह रहा था। वो बहुत रो चुकी थी कि आंसुओं का ग्राफ कोई माप नहीं सकता था। वो तब भी रोयी थी जब प्यार के एहसास से खाली थी। वो अब भी रो रही है कि लबा-लब एहसास को समेटने की हुमक भी आज लाजवाब हो रही है। माँ-बाप अपने बच्चों के आगे और बच्चे भी माँ बाप के आगे मजबूर हो जाते हैं मगर कभी-कभी समाज के दिखावों के आगे माँ-बाप खुद को लाचार बना लेते हैं।

उसके पास कोई रास्ता नहीं था कि वो बता सके कि धीर वही इंसान है जो उसके बचपन में खेले गए गुड़िया की शादी वाला दूल्हा है। जो उसकी कविताओं के काल्पनिक नायक का वास्तविक प्रतिरूप है। जो हर कहानी की पुरजोर शुरुआत और सबसे ज्यादा चाहा जाने वाला खूबसूरत अंत है। जो हर पिता के दामाद के ख्वाहिश के रूप में मिलने वाला बेटा है। जो हर लड़की कि दुआ का धागा है। कोई क्यूँ नहीं समझ रहा कि वो सिर्फ उसके साथ ही उस तरह खुश रह सकती है जैसे अभी तक मम्मी-पापा अपने अतुल्य तीस साल की शादी में रहे हैं।

क्या माँ अपने, कटे होंठ वाले, मानसिक असंतुलित, अपाहिज पैदा हुये बच्चे को 'समाज की हंसी का पात्र बनेगा' के नाम पर अलग कर देती है? नहीं न! तो कैसे मम्मी-पापा उसके प्यार को समाज के नाम पर अलग होने दे सकते हैं। समाज को बोलने के लिए बस एक शब्द चाहिए बाकी की परिभाषा तो परिवार या समाज गढ़ता है। परिधि इतनी हिम्मती तो है कि समाज से परे उससे बगावत कर भी ले, मगर माँ पापा के खिलाफ वो कैसे जा सकती है।

उसे पता था ये होने वाला है और उसने जानबूझकर ये कदम उठाया था। उसे बहकना बिलकुल भी नहीं था कि उन दोनों का यकीन बोल रहा था रुकावटें जरूर होंगी मगर मुहब्बत हाँ भी होगी। धीर ने भी तो उसे उकसाया नहीं उसने हमेशा कहा था ''परिधि मुझे तुम्हारे माँ पापा वैसे ही प्यारे हैं जैसे मेरे माँ पापा। हम जी जान से पूरी कोशिश करेंगे; उनके आशीर्वाद से ही हम आगे बढ़ेंगे और एक होंगे।'' जिनकी मुहब्बत सच्ची होती है न, वो गलत रास्ते पर बढ़ते है और न ही गलत रास्ते पर बढ़ने के लिए उकसाते हैं भले मुहब्बत मिले न मिले। आजकल हर उस रास्ते पर धीर अमल करने लगा था जो रास्ता उसे परिधि तक ले जाता था। किसी ने कहा था रात के आखिरी पहर की दुआ कभी खाली नहीं जाती और धीर ने तो सोना ही छोड़ दिया। लड़कियों के सोलह सोमवार का व्रत धीर ने रखना शुरू कर दिया था।

लोगों के किताब लिखने कि कोई भी मंशा हो मगर इससे ज्यादा इज्जत, मिन्नत, तड़प, चाहत, मुहब्बत भरा तरीका कहाँ होगा कि उनकी बेटी को तहे दिल से चाहने वाला सिर्फ उनके एक हाँ के लिए, अपने प्यार का सच्चा सबूत देने के लिए कोई किताब लिख डाले। धीर तो शुरू से शब्दों का जादूगर था।

परिधि तो उसके उस जादू को ओढ़ चुकी थी। धीर वो सारी बातें और सारी इल्तिजा अपनी किताब में कहानी और चिट्ठी के माध्यम से दर्ज कर चुका था, जो उसे परिधि के मम्मी-पापा से कहना था, बोलना था, मनवाना था।

धीर की बेस्ट सेलर किताब आज ही तो उसके पास आयी थी और उसने उसे बिना खोले ही मम्मी के हाथों में पकड़ा दिया था। जितनी देर वो मौसम के बहाने छत पर रहती उतनी देर में मम्मी धीर की किताब भी पढ़ चुकी होतीं।

हड़बड़ी में अक्सर कुछ चीजों के साथ-साथ हम भूल जाते हैं सबसे जरूरी और महत्वपूर्ण चीजें। जिंदगी में भी कुछ चीजें हमेशा याद रहने के लिए, हड़बड़ाने और फिर भूल जाने से अच्छी दवा कुछ नहीं। उस दिन समुंदर से दोस्ती और नफरत के शाब्दिक सिलसिले में परिधि बार-बार धीर की धड़कनों से अठखेलियां किए जा रही थी। परिधि की उठी नजरों की एक-एक पलक से सीने में भींच लेने की इल्तिजा और धीर हड़बड़ा उठा।

अनगिनत रेत पर पड़ते अनगिनत लोगों के पाँव, अब रेत कहाँ और कैसे गिनने बैठता कि किसके पाँव उस पर पड़े। वैसे ही कौन सी नजर इस परवाह में थी कि धीर और रति एहसासों से प्रेमग्रंथ लिखने में व्यस्त हैं। करोड़ों की आबादी वाला शहर जिसमें हजारों की आबादी जाने अपना दर्द समुंदर के किनारे के रेत में उकेरने आयी थी या दफन करने किसे फर्क पड़ता था? मगर धीर को उस भीड़ से घबराहट हुई थी।

"बाबू, ऐसे नहीं करो हमें सब देख रहे हैं!" सुगबुगाते हुये धीर के हाथ परिधि के कंधे पर और मजबूत हुये थे।

"हाँ तो मुझे कोई फर्क नहीं कौन सा रिश्तेदार हैं यहाँ।" कसमसाती परिधी धीर के गीले शर्ट पर अदृश्य दिल उकेरने लगी।

"पर मुझे नहीं पसंद सब आपको ऐसे घूर कर दे......" गालों के पिंपल्स के ऊपर की वो लट फिर अकेली लाल पिम्पल पर चिपक गयी।

"चुप अब!" समुंदर की ज़ोर की लहर वो बाहरी दबाव बनी, जिसने उत्तरी और दक्षिणी ध्रुव को सदा के लिए मिला दिया।

‘‘धीर, मुझे न भरे मार्केट और बीच सड़क पर भी तुम्हारे सीने से लगना है’’ आवारा लट की तरह परिधि ने एक लंबी सांस को अनंत में छोड़ते, अर्जुन की तीर की तरह सीधा निशाना मासूम से धीर के धान जैसे आंखों में किया। धीर ने हाँ कर दिया था। मगर कट्टर खानदान की तरह एक अजीब सा डर हड़बड़ाहट में तब्दील, धीर की हाँ को उस शाम की ‘नहीं’ में जोड़ चुका था। परिधि को भले ये याद न रहा हो कि धीर ने सारे शरम के भरम को तोड़ उसे पीर साहब के दरगाह के बीच गली में भींचा, उसे भले ये याद न रहा हो कि धीर ने आटो वाले की घूरती नजर की परवाह किए बिना उसे गले लगाया, मगर परिधि नहीं भूल पायी कि सिर्फ उसकी हड़बड़ी की वजह से आखिरी बार वो भरे बाजार में खुद धीर को अलविदा किस नहीं दे पायी जिसका उसे अफसोस हमेशा रहा।

उसकी याद में जब कलम सी रही थी प्रेम के नाप की सुंदर कवितायें
उसी वक़्त वो छोटे नाखून से खरोंच रही थी जिंदगी
इंतज़ार की सुइयां सटीक भेदती हैं चमड़ी को
सोंधी सी मुस्कराहटों पर ईसा मसीह की कीलें,
क्रॉस की शक्ल में बन चुकी थी बिछौना
और पेट का मरोड़ छाती से गुजर,
उसके गले की आखिरी नस को कर रहा था निस्तेज
जब कविताओं के भेष में प्रेम आलिंगनबद्ध था महबूब से
तब उसकी मायूस दबी चीखें दर्ज हो रही थीं किस्मत की डायरी में
ढलती शाम के साथ ढल जाता है दिन, रात, पुरानी सुबह,
और कभी-कभी जिंदगी
पत्तियाँ हौंकती हैं प्राकृतिक बेना
छत की पहली सीढ़ी पर,
आंखों के नीचे काले घेरे से शृंगारयुक्त लड़की
शाम की मोमबत्ती में तलाशा करती है
एक छुअन, एक सिहरन, कमर पर कसती कुंडली,
मचलती सांसें, कंपकंपाती आँखें और लरजते होंठ
कौन लिख पाता है ठीक पहले की तरह रबर से मिटाये

शब्द, जिंदगी और प्रेम
भिंची मुट्ठियों में आत्महत्या के हाथों कत्ल होती है मासूमियत
क्यूंकि हम जैसी लड़कियां उस समाज में पैदा होती हैं
जहां है
प्रेम अलिखित, प्रेम वर्जित, प्रेम प्रतिबंधित।''

तुम हर कदम पर, हर रोज़ मुझे महसूस होते हो। सोने से पहले ढेर सारी बातें करते हुये, सोते-सोते एक दूसरे को देख अपने किस्मत पर घमंड करते हुये, शीशे के सामने मेरे साथ बगल में खड़े ब्रश करते हुये, मेरे लिए अलमारी से पहनने वाले अपनी पसंद के कपड़े निकालते हुये, पूजा करते हुये भगवान को लगाए सिंदूर को मेरी मांग में भरते हुये, किचन में चाय में एक की बजाय चुपके से दो चम्मच शक्कर डालते हुये, अपने जॉब पर जाने से पहले मुझे जॉब पर जाने से होनी वाली चिढ़ को सुनते-सुनते अपने मजबूत सीने में मुझे घसीटते हुये, मैं जब-जब चिढ़ जाऊँ उसी समय ज़ोर से मेरे माथे को चूमते हुये।

जब-जब मैं थक जाती हूँ अपनी ही जिंदगी में उस समय तुम मुझे महसूस होते हो। मेरा हाथ थामे अपनी पकड़ को एकदम मजबूत बनाकर छत पर ओस की नदी में बहते हुये, ग्रे कलर की पुलोवर का चैन खोलकर उसमें मुझे समेटते मेरी बात सुनते हुये, मेरे खीज जाने पर माथे और गालों पर चिपके बालों को अपने होंठो से हटाते हुये।

मेरे गर्ल सिंड्रोम से ग्रसित होकर बेवजह रो देने पर तुम मुझे महसूस होते हो कभी मुंह फुलाकर, कभी आँखों को भैंगा कर, कभी जीभ से नाक छूकर, कभी होंठों को लटकाकर, कभी पाउट बनाकर, कभी छोटे-छोटे बालों को नोचकर, कभी माथे पर अलग-अलग रास्ते बनाकर, कभी आँख मारकर, कभी उल्टी जैसा करके, कभी दांतों को ठोड़ी तक लाने की कोशिश कर, कभी झूठ-मूठ का रोना करके मुझे हँसाते हुये।

मेरे बिज़ी शेड्यूल में तुम मुझे महसूस होते हो अपनी तरफ बार बार ध्यान खींचने वाले फेब इंसपिरेशनल सॉन्ग 'जो है शमा कल हो न हो' बनते हुये, बेबसी से अपने होठ कुचलते हुये, मुट्ठियों को भींचकर निराशा के साथ पल-पल इंतज़ार करते हुये, मेरी याद में दर्दनाक-गहरी कोई नज़्म, कविता लिखते हुये,

दूध में पाउडर दूध मिलकर ढाबे वाली चाय बनाते हुये, खुल रही चोटी पर फिर से क्लच लगाते हुये, अकड़ रही पीठ को आराम के लिए खुद को बेड बनाते हुये, चुभ रही आँखों को दबाते, बालों को सहलाते हुये, मेरे लिए अपने भरे सीने को रिलैक्सिंग चेयर के साथ सुरक्षित घोंसला बनाते हुये।

कभी वजह, कभी बेवजह तुम्हें डांटते हुये तुम मुझे महसूस होते हो एक छोटे बच्चे की तरह सिर झुकाकर उदास होते हुये, हाथ जोड़कर माफी मांगते हुये, अचानक से आगे बढ़कर सीने से लग जाते हुये, खामोश होकर होंठ कंकंपाते हुये, मुझसे बहस करने के बजाय लगातार मुझे आश्चर्य - बेयकीनी - प्यार - नाराजगी - से देखते हुये।

तुमसे बात करने और मिलने पर लोगों के रोकने-टोकने पर तुम मुझे महसूस होते हो दूर से ही मुस्कुराते अपने आँखों से तसल्ली देते हुये, मेरी आँखों के मोती चुनकर उसे अपने होंठो से पीते हुये, हाथों की लकीरों में अपना नाम और मुहब्बत की उम्र गिनाते हुये, खुद रोते हुये भी मुझे समझाकर समझदार बनाते हुये।

मैं जानती हूँ हमारा मिलना, हमारा साथ हो जाना, वो लहरें हैं जिन्हें एकदूसरे को छूकर वापस चले जाना होता है इसलिए वो हर बार अपने वादे पूरा करने के लिए, एकदूसरे को जीने के लिए, सपने देखने के लिए सबसे लड़कर, टकराकर सेकेण्ड-नैनो सेकेण्ड में बार-बार जन्म लेती हैं। इस दुनिया के सब कुछ नष्ट हो जाने के बाद भी कुछ बचा रह जाएगा तो वो है पानी और उसमें उत्पन्न लहरें। मुझे यकीन है हम अभी तक हर दिन जितने भाव और उम्र एकदूसरे के साथ जीते आ रहे हैं ये हमारा पुनर्जन्म है और तुम भरोसा रखना दुनिया में मौत और ज़िंदगी मरा करती हैं पुनर्जन्म नहीं। तुम्हें पता है न यूं रो देना और उदासी जैसे नेगेटिव इमोशन्स मुझे कभी से पसंद नहीं। लोग बोलते हैं रोना अपना नसीब और अच्छा भाग्य बिगाड़ना होता है मगर हर सुबह एक तुम्हारे नाम से जगना, तुम्हारे नाम के लिए रोना, तुम्हारे लिए उदास होना ये सब मेरा दिन अच्छा करता है और नसीब, वो तो तुम हो पिछले कितने सालों से खूबसूरत बने हुये हो। बचपन से अब तक जमा किए सारे गुल्लक इसलिए फूट गए क्यूंकी अपनों के लिए खुशियाँ खरीदनी थी। काश! कोई अपना गुल्लक फोड़ मेरी

खुशियाँ खरीद ले मुझे तुम दे दे।

        ईशा की अजान परिधि के कानों में गंगा जल बन उतरे थे। बारिश कब का रुक चुकी थी। धीर के नाम से एक और कविता लाल डायरी में चुन दी गयी। सीढ़ियों से मम्मी उसे तीन बार बुला चुकी थी। साफ आसमान में निकले ढेर सारे तारों को देख उसने उस शाम हौलते दिल के साथ कहा ''मुहब्बत मंज़ूर हो।'' सहसा एक तारा चमकते हुये आसमान से धरती का सफर लम्हों में ऐसे तय किया जैसे धीर के साथ-साथ, कायनात और मम्मी ने भी कहा हो ''आमीन!''

Reproduction

घर से स्कूल के लिए निकलते ही निरंजन पांडे खाली चौराहे पर उससे जा टकराए। ऐसी वैसी टक्कर नहीं थी। जानबूझकर की जाने वाली टक्कर थी ये। जैसे अक्सर भीड़-भाड़ में लड़के झूलते झूले की तरह लड़कियों से टकराया करते हैं और बेवजह ही खुश हो जाते हैं। 48 साल के निरंजन अब लड़के तो रह नहीं गए थे, मगर दिल के साथ-साथ मानसिकता अभी भी इंटर में एडमीशन लिए हुये लड़कों जैसी थी।

निरंजन ही क्यूँ, उस गाँव का हर आदमी उससे जब तब टकराया करते और जानबूझकर हाथ को पतंग बनाकर उसके शरीर पर फिरा आया करते। ऐसे, जैसे वो सिर्फ देखने और छूकर गुजर जाने वाली चीज ही हो।

वो सड़क के दायीं तरफ से जा रही थी और निरंजन पांडे सड़क के बायीं तरफ से मोबाइल पर बात करते हुये पैदल जा रहे थे। दूर से ही उनकी नज़र उस

पर पड़ी।

नीले रंग का चादर जो अब भूरा-मटमैला हो चुका था। उसके कमर के नीचे के भाग ढके हुआ था। शरीर को जबरदस्ती ढकने की कोई कोशिश भी नहीं की गयी थी। निरंजन पांडे की नज़रें मुलमुलाते हुये उस पर उत्सुकता से ऐसे टिकीं कि उन्होंने अपना रास्ता ही बदल लिया और बायीं तरफ से चलने लगे।

वो अपनी ही मस्ती में हाथ में छोटी-छोटी गिट्टियाँ यहाँ-वहाँ उछालते-कूदते-झूमते हुये सड़क पर चली जा रही थी और निरंजन पांडे उसे अर्धनग्न अवस्था में देखकर खुशी से जल्दी-जल्दी पैर बढ़ाए उसकी तरफ लगभग भागे ही जा रहे थे। नजदीक आते ही दोनों आराम से अगल-बगल से गुजर जाते मगर निरंजन पांडे की आँखों और हाथों में जाने कैसी फुर्ती आयी। उसके क्लीवेज पर नजरें टिकाये जा भिड़े उससे और पंजा उसके पेट से चिपका दिया।

‘‘ओह-ओह बहन! माफ करना देखा नहीं मैंने।’’

जैसे जानबूझकर भिड़ा गया था वैसे ही जानबूझकर झूठ भी बोला गया। निरंजन पांडे का पंजा अभी भी उसके पेट से ही लगा था। उसके बदबू आ रहे बालों से उसका ही कोई उड़ाया पत्थर उलझा हुआ है या किसी ने फेंककर मारा था पता नहीं। कोई और देखता तो निरंजन पांडे की इस हरकत पर उसे हरामी बोल देता। वो एकपल को निरंजन पांडे को खौरियाए नज़र से देखती है और उँगली पर रुक रुक कर गिनती है।

‘‘एक...दो...तीन..चार..पाँच.....’’ फिर निरंजन को अपना पंजा दिखाते हुये बोलती है ‘‘पाँच थे......’’ और ज़ोर से हँस पड़ती है।

वो लगातार हँसती है। वो वैसे ही हँसते हुये आगे बढ़ जाती है।

वो है भी तो ऐसी कि जो भी उसे देखता एक पल को उसकी नज़र उसके खुली कमर से होकर जाने कहाँ-कहाँ का सफर तय कर आती है। वो जमीन पर पड़े पत्थरों के पास दौड़कर जाती है और फिर उसे ज़ोर से लात मारकर कहीं दूर उड़ा देती है। दूर उड़कर गए पत्थरों के पास वो फिर जाती है और उसे अपनी लात से ज़ोर मारकर कहीं और दूर उड़ा देती है। उसका ये सिलसिला दिन भर चलता रहता है।

काले-काले रंग के चित्तियों वाला शरीर जो कभी गोरा भी रहा होगा अक्सर धूल से सना हुआ रहता है। हाँ! कभी-कभी कहीं-कहीं चमड़ी चमक जाती थी शायद तब, जब वो नहाती थी।

बालों की असली परत सालों से जम रही धूल से मोटी हो चुकी थी। अब उसे कौन शैम्पू देता बाल धोने के लिए। उसे किसे बालों को उँगलियों में फँसाकर रिझाना था। कुछ भी तो नहीं बचा रह गया था उसके शरीर में, सिवा कुछ खरोचों और गहरे जख्मों के निशान के।

फूली हुई जांघें सूखकर, उसके बदन के बजाय हड्डियों को जबरदस्ती ढकने की कोशिश में थी। और एक वो कैसी बदतमीज़ थी जो अभी भी थोड़े उभरे शरीर को ढके हुये चादर को, हटाकर हाथों से पकड़ लिया। उजाड़ खंडहर थी वो। मगर जब वो सिर उठाकर सूरज को देखती और दोनों हाथों को ऊपर उठाकर कूदते हुये सूरज को पकड़ने की कोशिश करती तो उसका ढीला शरीर तन जाता। शरीर से आती बदबू के बाद भी, पूरी तरह से पागल होने के बाद भी, उसका उघारा खुला शरीर चुंबक हो जाता और वो एक खुला आमंत्रित कमरा लगती।

फिर भी इन सबसे बेखबर वो सड़क की धूल और पन्नियों को, कंधे पर लटके फटे हुये बोरे में भरती रहती है। ऐसा भी करके सुकून में है वो।

दुनिया में अगर किसी इंसान को सुकून से रहना है तो उसे पागल हो जाना चाहिए। हर किसी की भाषा, शब्द, हँसी, मज़ाक, कटाक्ष, कटुता, नफरत, हसरत, चाहत से इतर अपने आप में गुम, अपने आप को खोजते, अपने आप में हँसते, अपने आप से खेलने और अपने लिए जीने वाला पागल।

मोहिनी, कमला, रजनी जैसा कोई नाम भी रहा होगा उसका मगर आठ सालों से सब उसे पगलिया बुलाते चले आ रहे हैं तो वो अब सिर्फ पगलिया बनकर ही रह गयी थी।

उस सड़क और कस्बे में वो अकेली थी जो लोगों का मनोरंजन कर रही थी।

जब वो चादर को शरीर से उतार, हाथों में लिए सड़क पर झुककर पन्नियाँ

बीनती या सड़क पर पैर फैलाकर बैठ जाती तो घर की औरतें या तो भद्द से दरवाज़ा बंद कर लेतीं या दरवाजे की ओट से उसे ताड़ा करती हैं।

नग्नता तो सबको पसंद है न, मगर सब छुपाते हैं क्यूंकि वो नंगा है।

औरतें खुद भी मज़े लेती हैं और औरतों वाले प्रश्न सोचा करती हैं और फिर अपने पतियों से बात करते हुये या तो उसका जी भरकर मज़ाक उड़ा देती हैं या कभी-कभी मन भर गालियाँ भी दिया करती हैं कि उसको नेकेड देख-देखकर उनके जवान हो रहे बच्चे बिगड़ रहे हैं या बर्बाद हो चुके हैं।

औरतें तो फिर भी औरतें थीं। गन्दी मानसिकता उसके उपनाम 'बेचारी' में तैरती दयनीयता को भी पीछे धकेल उलझे बालों में उलझे हुये थे। गन्दी मानसिकता क्या है? उन्हें शरीर चाहिए। पहले से उघारा है तो कोई बात ही नहीं और अगर ढका है तो उसे वो खुद अपनी सोच से उघार लेंगे।

कच्चे-पक्के मकानों के साथ कस्बे का सिर्फ वो मुहल्ला किसी खुदाई में निकला खंडहर ही है, जिनमें कुछ मकानों की दीवारों की छत आगे से टूट गयी हैं। कुछ मकानों की छतों पर पीले-नीले रंग की मोटी पन्नियों से छाजन छवा दिया गया है ताकि बरसात का पानी टिप-टिपाए नहीं। ऐसा नहीं था कि वो सिर्फ गरीबों का मुहल्ला था, पक्के दो मंज़िला मकान भी थे उस मुहल्ले में जिनके आगे बालकनी बनी हुई थी और दीवारों को गहरे लाल या एकदम हल्के बादामी रंग से रंगा गया था।

उस मुहल्ले में एक तिराहा भी है। तिराहे के बायीं तरफ सरकारी जमीन पर फलों और सब्जी वालों का डेरा है और वहीं छोटी से जगह में घिसटते-पिसटते सजीवन बाबा का ढाबा भी पीले रंग की पन्नी के छाजन में अपनी जगह ले चुका था। मिट्टी की दीवारें छोले छौंकने और दिन भर चाय बनने से काली और तेलहूस हो चुकी हैं। मुहल्ले में लोगों का यही एक डेरा है, सुबह की चाय से रात की चाय पर दिन खतम करने का।

ढाबे पर पॉलिटिक्स, नेता की नेताई, महंगाई से लेकर उस पगलिया की बातें कभी खतम होने का नाम ही नहीं लेती है। जो अभी भी सड़क के बीचों-बीच अस्त-व्यस्त कपड़ों से बेपरवाह उंगली पर गिने जा रही है।

''एक..दो..तीन..चार...पाँच..............पाँच थे।''

रोज़ से कुछ ज्यादा ही, आज आसमान चमक उठा था। जैसे किसी ने ऑइल पेंट से पीले रंग की धूप को गोल्डन रंग से रंग दिया। ऐसा लगा जैसे नरक से किसी ने गुस्से में खौलते सरसों के तेल की कड़ाही को ढरका दिया हो सड़कों पर, छतों पर, सिर पर और छाती पर। जितनी तेजी से धूप धरती को चूम रही थी उससे कहीं ज्यादा तेजी से धरती के नीचे कुल जमा पानी वाष्पीकृत होकर सूरज को अपने में भींच रहा था।

मुहल्ले के जितने भी सब्जी और फल वालों की आवाज़ें सुबह और शाम को मंदिर का घंटा और मस्जिद का लाउड स्पीकर होती थीं वो दिन में मौनव्रत पर चली गईं। प्रकृति ने कर्फ़्यू का ऐलान किया और देखते ही देखते पूरा मुहल्ला अपने-अपने घरों में घुस गया।

फल वाले अपने ठेले पर लगे छतरियों में सिमट गए। सब्जी वालों ने जमीन पर बिछे बोरे पर रखी सब्जियों को थोड़ा और सरकाकर, बोरे को गीला करके अपने लिए बैठने लायक जगह बना ली थी। रिक्शे वालों ने हुड उठा लिया। पक्के मकानों में पंखें चलने लगे और कच्चे मकानों की पीली पन्नियों के ऊपर मोटी चादर डाल दी गयी ताकि गर्मी से कुछ बचा जा सके। सड़कों की गिट्टियाँ भी गाड़ियों के चिहरा रहे पहियों में अडंस कर छाँव तलाशने लगीं। हर कोई धूप से बचने के जुगाड़ में था। उस आपाधापी में अगर लगातार कुछ जारी रहा तो सजीवन बाबा की भट्टी, जिसपर चाय उबल रही थी और पगलिया का सड़क के बीचों-बीच बैठकर गिनना।

''एक..दो..तीन..चार..पांच......पाँच थे।''

नदियों के भाप में मिली चाय की भाप के साथ, प्रकृति की भपौती धूप, भीषण गर्मी में चाय पीने वालों की अतड़ियाँ क्यूँ नहीं जला जातीं? शायद जला भी देती हों मगर जिनके पास संवेदनाएँ नहीं होतीं उन्हें एहसास किस बात का।

उन्हीं में से एक थे निरंजन पांडे जो चाय पीते हुये, सुबह-सुबह ही टकराए पगलिया के खुली काली जांघों पर सूरज की गर्मी से उभर रहे लाल चकत्तों को देखे जा रहे थे। मुआयना चल ही रहा था कि पीठ पर ज़ोर का धप्पा लगाते हुये

दूबे जी ने उनका ध्यान भंग कर दिया।

"का हो पांड़े, कब आना हुआ इहाँ। सुने हैं प्रमोशन से आए हो हाई। बताओ ज़रा, इहाँ एक तु हम हैं सालों से चप्पल घसीट दिये और प्रमोशन के नाम पर सिर्फ बढ़ी तनखा पे तसल्ली लिए लेते हैं और एक तु आप हैं कि टीचर से प्रिन्सिपल बन गये हैं। कौनो बात हुआ का इहो" दूबे ने बात निरंजन पांडे से ही शुरू की थी मगर अब ढाबे में बैठे सभी लोग इसका हिस्सा बन चुके थे।

"दूबे भाई, कैसे बतियाते हैं आप भी। अब क्या बताए प्रमोशन मिला है तो छोड़ भी नहीं सकते ना। मेहनत तो टीचरौ बनके करना ही है तो काहे ना बड़ी कुर्सी संभाल लें!" निरंजन पांडे हंस दिये।

"अच्छा अच्छा उ सब तो चलते रहेगा, ई बताओ अभी तक हियाँ ए गर्मी में बैठकर का सेंक रहे थे, कौनों मंशा है का" दूबे की बात पर निरंजन के साथ ढाबे में बैठे सभी लोग हँस पड़े सिवा सजीवन बाबा के, जो पगलिया को प्लास्टिक गिलास में चाय और एक दोना छोले देकर उसे एक किनारे जमीन पर बैठा रहे थे। पूरे मुहल्ले में एक सजीवन बाबा ही थे जिनके रहमो-करम पर पगलिया अब तक ज़िंदा थी। खुद भी गरीब थे मगर हर महीने उसे नया चादर ओढ़ा देते थे। बाकी सभी लोग उसपर सिर्फ नजर और नज़रिया सेंक और फेंक जाते थे।

दुनिया के सारे पागल एक जैसे नहीं होते। सारे पागलों की कहानियाँ एक जैसी नहीं होती, सारे पागलों की स्थितियां एक जैसी नहीं होतीं, सारे पागलों की भाषा एक जैसी नहीं होती, सारे पागलों के एहसास एक जैसे नहीं होते। सारे पागल एक दूसरे से भिन्न होते हैं मगर दुनिया में सभी औरतें, जो पागल हैं और नहीं भी हैं उन सभी के शरीर को एक ही दृष्टिकोण और नज़र से ताका जाता है।

दूबे जी बिहार के थे और ऊपर से हिन्दी के टीचर। इन आठ सालों में जमाना बदल चुका था मगर दूबे की धोती और बे का लहजा जस का तस जुबान पर फंसा रह गया।

निरंजन पांडे भी आठ साल पहले यहीं के हाइ स्कूल में विज्ञान के सरकारी टीचर थे। गोरे रंग के हट्टे-कट्टे निरंजन को चेहरे पर दाढ़ी का एक बाल भी नहीं

पसंद था इसलिए हर दिन वो क्लीन शेव में रहते और स्कूल के लड़कों ने उनका नाम छक्का रख दिया था।

विज्ञान पढ़ाने वाले टीचर रिप्रोड्कशन वाले चैप्टर पढ़ाते-पढ़ाते रंगीन हो जाते हैं या नहीं ये तो पता नहीं मगर, अगर निरंजन पांडे अंग्रेजी या हिस्ट्री भी पढ़ाते तो भी वो रंगीन मिजाज ही रहते।

उनके अपने ही किस्से हैं रंगीनमिजाजी के। बच्चों को पढ़ाते हुये कई दफा वो एडल्ट मूवी भी देख लिया करते थे। विद्यालय एक मंदिर है, वाक्य में से मंदिर शब्द उन्होनें खुद ही डस्टर से मिटा दिया था और नए-नए प्रयोग में इन्टरेस्ट रखने वाले निरंजन पांडे ने ईजाद किया कि ''पूरी दुनिया रंगीन खाना है और विद्यालय मनोरंजन का साधन।''

उनके रंगीन मिजाजी का एक कारण ये भी था कि वो सालों से अकेले ही रहते आ रहे थे। धूमधाम से हुई शादी में 8 लाख हैंडकैश सिर्फ इसलिए दहेज में लिया कि वो एक सरकारी टीचर हैं। जिस तरह वो अपने आपको समझते थे कि वो एक औरत पर टिककर नहीं रह सकते उसी तरह उन्होंने अपनी सती-सावित्री बीवी को भी समझा था और 2 साल के बच्चे के साथ बीवी को ये कहकर घर से बाहर धकेल दिया कि ये बच्चा उनका नहीं है।

हर गाँव, हर शहर, हर कस्बे के हर स्कूल, हर यूनिवर्सिटी और कोचिंग में एक टीचर ऐसा होता है जो अपने और बच्चों के उम्र के लिहाज को गैर जरूरी करते हुये वो सारे पाठ बाल्यावस्था में ही चिथड़ा-चिथड़ा करके पढ़ा डालता है जो उन्हें प्रौढ़ावस्था में जानना चाहिए। वो बच्चे जो अभी तक जानते थे कि बच्चे ऊपर आसमान से मम्मी की गोदी में गिराए जाते हैं या कोई अदृश्य हंस अपने पंखों के बीच नवजात को बैठाकर लाता है, वो अचानक से लव मैरेज और फ्रेंड्स विथ बेनीफिट्स के बारे में भी जान जाता है।

निरंजन पांडे भी उन्हीं टीचर में से एक थे, जो टीचर कम और सरस सलिल ज्यादा मालूम होते थे। हाइ स्कूल के लड़के और लड़कियों को अलग से विज्ञान और अंग्रेजी की ट्यूशन भी दिया करते।

उनके कोचिंग में लड़कियों की भीड़ इसलिए भी रहती थी क्यूंकि निरंजन

पांडे ऐसे टीचर थे जो बाकी टीचरों कि तरह अंग्रेजी के M को ''एम'' ही उच्चारित करते थे ''यम्म'' नहीं। लड़कों की भीड़ इसलिए रहती थी क्यूंकि निरंजन रिप्रोड्क्शन के चैप्टर के दौरान ''हया सबसे महँगा गहना है'' जैसे जुमले पर कभी यकीन नहीं रखते थे।

अंग्रेजी में विज्ञान और विज्ञान में लड़कियों का उदाहरण वो उतनी ही सहजता से लड़के और लड़कियों के सामने देते थे जितनी सहजता से कोई पंडित अंग्रेजी के धुरंधरों के सामने संस्कृत में फेरे के सात वचन बोलता है।

रिप्रोडक्शन वाला चैप्टर स्कूल में पढ़ाने पर सख्त मनाही था। क्यूंकि ये गाँव का जूनियर हाईस्कूल था और स्कूल के खुराफाती और लफंगे लड़के मस्ती मस्ती में फिर उस चैप्टर की बातें और फ़िगर स्कूल की बाहरी दीवारों पर बनाकर आगे लिख देते थे ''विज्ञान के टीचर ने आज ये पढ़ाया है।''

ये मनाही निरंजन के कोचिंग में नहीं थी। स्कूल में जब पांचवा पाठ चल रहा होता तो निरंजन के कोचिंग में आठवाँ पाठ रिप्रोड्क्शन का चलता। जिसकी एक-एक लाइन हफ्तों, एक-एक पैराग्राफ महीनों और उसपर रिवीजन पूरे साल चलता। इस तरह निरंजन रिप्रोड्क्शन चैप्टर कभी खत्म ही नहीं होने देते थे।

निरंजन ने संडे को एक्स्ट्रा क्लास बुलवाई थी और सख्त हिदायत थी कि रिप्रोड्क्शन पाठ के समय गायब होने वाले स्टूडेंट को बोर्ड एक्जाम में बैठने नहीं दिया जाएगा। पाठ आठ से हर साल एक्जाम में 10 नंबर के क्वेस्चन आते हैं। भले ये झूठ था मगर निरंजन सारे लड़के-लड़कियों को अपने शब्दों से भावी जीवन के लिए तंदरुस्ती देना चाहते थे।

''ऐ लड़की सामने देख, शरमा क्या रही है। पढ़ेगी नहीं तो परिवार कैसे बनाएगी''

रिप्रोड्क्शन पढ़कर लड़को का टेस्टोस्टेरॉन हॉर्मोन्स अचानक से उफान पर आया था।

गाँव में गर्ल-फ्रेंड बनाने का चलन तब भी ज्यादा बढ़ जाता है जब-जब उन्हें

चोरी छुपे कहीं से 2gb की भरी हुई चिप मिल जाती है। मगर यहाँ तो पीएचडी का सिलेबस पढ़ाया जा चुका था। निरंजन ने उन्हें छुट्टी के बाद घर आने को कहा।

हरदम शुद्धप्लस खाने वाला रितेश कई दिनों से गुंजा को प्रपोज करना चाहता था और आज कोचिंग के बाद उसके अंदर का एक्सिलेटर हौंक कर चल पड़ा था। रितेश ने भी कोचिंग के बाद गुंजा के घर के बीच बने पुल के पास उसे प्रपोज़ कर दिया।

पान और शुद्धप्लस भरे लाल मुंह वाला रितेश, पढ़ने वाली गुंजा को कभी से पसंद नहीं था। उसने उसे उसी तरह मना कर दिया जिस तरह रितेश ने प्रपोज़ किया था।

घर पर निरंजन ने उजड्डु लड़कों को समझा दिया था कि स्टूडेंट लाइफ सिर्फ लैब में प्रेक्टिकल करने का होता है असल जिंदगी में नहीं। मगर लड़के अपने जिद पर अड़े थे कि उन्हें थ्योरी पढ़ाई गयी है तो अब प्रेक्टिकल भी करना है क्यूंकि विज्ञान बिना प्रेक्टिकल के समझ नहीं आता है। लड़के निरंजन पांडे के घर से ये ठानकर निकले थे कि इसी साल वो प्रेक्टिकल करके रहेंगे।

निरंजन पांडे ने भी सोचा था कहाँ आकर फंस गए वो। पिछले भी बैच के बच्चों को उन्होनें ये सब पढ़ाया था मगर इस बैच के लड़के कुछ ज्यादा ही उतावले हैं। स्थिति की गंभीरता को मापते हुये उन्होंने लड़कों की धमकी के दूसरे दिन ही ट्रान्सफर लेटर लिख दिया था।

निरंजन का अचानक से ट्रान्सफर हो जाना उस दिन की पहली घटना थी और उनके बस स्टेशन तक पहुँचते-पहुँचते ही दूसरी घटना भी घटित हो चुकी थी।

रितेश, मनोज, सुरेश और कमाल चारों लड़के मुँह में उसी तरह पान भर बड़े मस्त अंदाज़ में निरंजन के पास बस स्टेशन आए और बोले ''मास्साब होई गवा प्रेक्टिकल फ्री में। बहुत ना नुकुर की पहिले मगर बाद में धर लिए चारो जन'' मनोज फिर से पानपराग की पन्नी फाड़ते हुये बोला। निरंजन का दिल हौल गया ये क्या कर दिया लड़कों ने। निरंजन के हाथ से बैग छूटकर गिरा था।

‘‘किसको पकड़ कर ले गए तुम लोग’’ रितेश ने शुद्धप्लस की एक पन्नी और फाड़ी और मुँह में भरकर उस जगह का पता बताने लगा। निरंजन पांडे बस स्टेशन से जल्दी से भागकर उस लड़की के पास जाना चाहते थे।

गाँव भर में बात फैलती उससे पहले ही निरंजन वहाँ पहुँच चुके थे। कोचिंग से एक किलोमीटर दूर बाग जैसे जंगल में, नया बन रहे दो तल्ले मकान के ऊपरी छोर पर, फटे कपड़े, टूटी देह और घायल दिल के साथ लड़की उठने की नाकाम कोशिश कर रही थी। चेहरा आँसुओं और पसीने से तर था। निरंजन को सामने देखते ही वो चिल्ला पड़ी।

‘‘सर जी! वो रितेश, मनोज, वो-वो चार लोग सर जी’’ बौखलाई हुई थी गुंजा और निरंजन उसके पास जाकर उसे तसल्ली देने के अंदाज़ में घुटनों पर बैठ गए।

‘‘कुछ नहीं होगा गुंजा मैं हूँ न। सबको जेल में डालूँगा। मैं हूँ न’’

निरंजन बस स्टेशन से भागे-भागे गुंजा को संभालने ही आए थे। उन्होनें गुंजा को कंधे से पकड़ा और दीवार के सहारे बिठा दिया। बैग में पड़ा पानी का बॉटल उसे थमाया और सिर पर हाथ फिराने लगे। सरकते-सरकते हाथ कब पीठ पर पहुँच गया निरंजन को भले पता नहीं लगा मगर गुंजा जो अभी कुछ देर पहले हुई घटना को समझने की स्थिति में भी नहीं थी उसने निरंजन को धकेल दिया। गुंजा फिर चीखती रह गयी थी और निरंजन ने हर चीख को हथेलियों से बंद कर दिया था।

बेहोश होने से पहले गुंजा कुछ बड़बड़ाई थी।

‘‘चार.. नहीं पाँ...’’

कपड़े सही करते निरंजन पांडे उठे, पानी का बॉटल बैग में रखा और पान पराग का पन्नी फाड़ मुह में भर लिया। सीढ़ियों से नीचे उतरते हुये दिमाग में फिर कुछ कौंधा था। जिस तरह वो सीढ़िया उतरकर नीचे पहुँच गए थे उसी तरह वापस सीढ़ियाँ चढ़कर दुबारा ऊपर गए और दो तल्ले के मकान से उसे नीचे फेंक दिया।

निरंजन नहीं चाहते थे कि गुंजा के होश में आने के बाद रितेश, कमाल, मनोज, सुरेश के साथ उनका भी नाम रेपिस्ट में गिना जाए। दो तल्ले से गिरकर गुंजा की मौत ही होनी तय है किसको पता चलेगा कि यहाँ क्या हुआ था।

बस में बैठ किसी दूसरे शहर में जा चुके निरंजन कभी जान ही नहीं पाये कि गाँव वालों की भीड़ ने नाममात्र कपड़े में जमीन पर छितराए गुंजा को देख अफसोस भी किया और पीठ पीछे अकेले उस जंगल वाले मकान में जाने पर मज़ाक के साथ गालियाँ भी उड़ायी।

8 साल बाद उसी मुहल्ले में किराए के एक मकान में निरंजन पांडे रह रहे थे। मकान के ठीक पीछे दो तल्ले का नया मकान बना हुआ था। जिसमें रंगाई-पुताई का काम और दरवाजे लगने बाकी थे। रात का खाना खाकर निरंजन पांडे छत पर घूम रहे थे। कोचिंग में बयोलॉजी का सातवाँ चैप्टर शुरू हो चुका था और वो बेसब्री से आठवें चैप्टर का इंतेजार कर रहे थे।

चारों तरफ अंधेरा था। तिराहे पर किसी के घर के इन्वर्टर का एक बल्ब जल रहा था जिसकी परछाईं भर मुहल्ले पर पड़ रही थी। पीछे वाली छत पर कोई साया दिखा उन्हें। निरंजन अपनी छत के सीमेंट वाली बाल्कनी से आगे झुककर उस छत की तरफ देखने लगे। इतने में छत पर एक नया साया पहले वाले साये को खींचते हुये नीचे लेकर जाने लगा। छत पर अब सन्नाटा पसरा हुआ था। मारे उत्सुकता के निरंजन नीचे गली में झाँकने लगे। उस मकान के नीचे एक और परछाई खड़ी थी।

उससे पहले वो पहला साया पहले तल्ले की सीढ़ियों से उतर नीचे गली में आया और दूसरा साया ऊपर चला गया। कुल 30 मिनट का खेल था। एक नीचे आया और एक ऊपर गया। उस रात, उस दो तल्ले के मकान से निरंजन ने तीन जन में से केवल दो जन को बाहर निकलते देखा मगर तीसरा कहाँ था उन्हें पता नहीं लग पाया। क्या ये चोर थे जो चोरी का माल बांटने आए थे, क्या ये जुवारी या नशेड़ी लोग थे जो नशा करने आए थे। क्या ये किसी इंसान को पकड़कर कत्ल के मंशा से यहाँ आये थे। इन तीस मिनट के अंदर निरंजन अपने मन में जितना कुछ गढ़ पाते गढ़ लिया। काफी देर तक तीसरे साये का इंतज़ार करते-करते निरंजन फिर सोने चले आए।

पहला दिन बीता। सामने के मकान में सन्नाटा था। दूसरा दिन बीता और छत पर फिर कोई साया नज़र आया था। फिर उस साये को कोई घसीटते हुये नीचे लेकर जा रहा था। दो साये नीचे गली में भी खड़े थे। फिर आधे घंटे बाद सिर्फ तीन साये आगे की गली से गायब हो गए। निरंजन ने ठान लिया था वो पता लगाकर रहेंगे कि ये कौन लोग हैं जिनमें आते जितने लोग हैं उनमें से जाते हुये एक हमेशा गायब हो जाता है।

सजीवन बाबा के यहाँ सुबह की जमात फिर से जुट रही थी। हर दिन की तरह चाय उबल रही थी मगर छोले की छौंक से मरहूम था ढाबा। सजीवन बड़े उदास थे। लोग परेशान तो नहीं थे मगर थोड़ा बौखलाए हुये जरूर थे।

''सुना पांडे बाबू, उ पगलिया तो मर गयी'' दूबे जी ने एक खस्ता मुँह में डालते हुये कहा।

''हाँ सुबह सुबह जमीन पे छितराई मिली थी। उतने ऊंचे से कूदेगी तो मरबे करेगी न''

''आत्महत्या की है का कि अंधेरे में देखी नहीं और गिर पड़ी पगलिया?''

''भक्क! पागल थी, ऊका का पता कि आत्महत्या का होता है, कौन तकलीफ ऊका था जो आत्महत्या करती''

''चलो अच्छे हुआ मर गयी, मुहल्ले के बाल-बच्चे अब ऊका देख के बहकेंगे तो नहीं न। पिछले आठ साल से हौल-हौल के बच्चों को पाल रहे थे''

''बच्चे पाल रहे थे कि अपनों दीदा सेंक रहे थे''

''तो आप कौनों कम थे; का हर रात उ मकान में का करने जाते थे जहाँ उ पगलिया सोती थी। पागल थी तो भी तो नहीं छोड़ते थे।''

ढाबे में ढेर सारी आवाज़ें पता नहीं किसके-किसके सवालों का जवाब दिये जा रही थी और निरंजन पांडे शीशे के छोटे से गिलास में मुँह लगाए फुसफुसाए।

''साली आठ साल पहले नहीं मरी तो अब तो मरना ही था उसे''

और अपने ही किए पर मुस्करा पड़े कि कैसे कल रात जब वो अंधेरे में

टॉर्च लेकर पीछे वाले मकान में दूसरे तल्ले पर गए तो देखा कि पगलिया बेधड़क बेखबर सो रही थी। कुछ देर तक निरंजन उसे देखते रहे और उसके करवट लेते ही दायीं पीठ का बड़ा सा मस्सा उन्हें दिख गया था। ऐसे ही सेम मस्सा तो गुंजा की पीठ पर भी था। उन्होंने टॉर्च की रोशनी उसके गर्दन पर डाली वहाँ भी उसी जख्म के निशान थे जो निरंजन ने उसे चमड़े की बेल्ट से दिया था। कलाई के अंदरूनी भाग पर गुंजा नाम का गोदना धूल से हल्का दिख रहा था।

आठ साल पहले जिस गुंजा को वो दो तल्ले से धकेल आए थे बदकिस्मती से वो मरी नहीं थी। गिरने से सिर्फ कंधे की हड्डी टूटी थी जिससे वो थोड़ा झुककर चलने लगी थी। पागल होने के पीछे का कारण था सामूहिक रेप।

उसी गुंजा को उन्होंने फिर से दो तल्ले के मकान से ही धकेल दिया था। और इस बार उसकी नब्ज टटोलकर आए थे। मर चुकी थी गुंजा। सिर के साथ-साथ छाती भी फट गयी थी।

''कहाँ चले निरंजन पांडे, बड़े जल्दी में हो, मुहल्ले की पगलिया के मौत पर शोक नहीं मनाने चलोगे का? चाय भी आधी छोड़कर चल दिये। अए कम से कम आखिरी बार ताड़ने ही चल चलो, कहाँ उ लौटकर आएगी फिर से शरीर से चादर हटाने!'' दूबे ने मुस्कराहट को भौंहों पर चढ़ाते कहा और ढाबे में सभी लोग हंस पड़े।

उधर गुंजा की रूह अपनी लाश पर भिनभिनाती मक्खियों और आस-पास खड़ी भीड़ से सिसक सिसक कर और दौड़-दौड़ कर पूछ रही थी ''क्या औरत हमेशा नुमाइश की चीज होती है? ज़िंदा रहे तब, पागल हो जाये तब और मर जाये तब भी?''

मगर हर औरत की ज़िन्दगानी की तरह उसको भी सुनने वाला कोई न मिला। ज़िंदा रही तब भी, पागल हो गयी तब भी और मर गयी तब भी।

तुम देना साथ मेरा

''ओ साथी रे, तेरे बिना भी क्या जीना। फूलों में कलियों में, ख्वाबों की गलियों में तेरे बिना कुछ कहीं न, तेरे बिना भी क्या जीना।''

सुबह के साढ़े तीन बज रहे हैं। पूरा घर शांति और सन्नाटों में गूँथा सोया हुआ है और 65 साल के नवल के कमरे से गाने की इतनी तेज आवाज़ आ रही है कि बंद दरवाजे के बाहर कोई भी आराम से सुन ले।

हल्के कपड़े वाला सफ़ेद कुर्ता-पजामा पहने नवल अपने कमरे में एक्साइटमेंट और बेचैनी में, पिछले आधे घंटे से कबर्ड के सामने खड़े हैं। तय नहीं हो पा रहा है कि पहना क्या जाए। उन्हें अपनी शर्ट के ढेर सारे कलेक्शन में से कोई एक शर्ट चुनना है जो तन्वी को सबसे ज्यादा पसंद आए। उसे इम्प्रेस करने जैसा कुछ था। नवल जल्दी से choices की ऊहापोह से बाहर निकलना चाहते हैं। छह बजे से पहले ही सारी तैयारी कर लेनी है।

नवल एक नज़र अपने बेड की तरफ डालते हैं। हर रात और हर दिन, बेड के दूसरी तरफ किसी भी वजूद का न होना उन्हें बहुत खलता है। वो वजूद जो कभी उनके पहले और आखिरी जनम के साथ जिंदगी भी हुआ करती थी। इस कमरे में उसका एकदम से और अचानक से न होना, उसके होकर भी न होने से ज्यादा तकलीफ देता है इसलिए वो जल्दी अपने कमरे में आते ही नहीं हैं।

उन्होनें सबसे पहले लाल शर्ट हैंगर से निकाली फिर कुछ सोचते हुये उसे वापस हैंगर में लटका दिया। कुछ और शर्ट्स को बेड पर इधर-उधर फैलाते हुये पीले और सफ़ेद लाइनिंग वाले शर्ट को बाहर निकाला।

''आप न सफ़ेद शर्ट में एकदम फॉर्मल लगते हो, ऑफिसर जैसे। जिसकी सफेदी रिफ्लेक्ट होकर मेरे मन को सुन्न कर देती है और मैं आपके साथ फॉर्मल सफ़ेद रंग की तरह सिर्फ फॉर्मल रह जाती हूँ, रोमांटिक कुछ लगता ही नहीं। हाँ! सफ़ेद रंग में आप कभी-कभी समुन्द्र भी लगते हो तय नहीं हो पाता कि आप पर ठहर जाया जाए या फिर भावनाओं के उफान में डूब जाया जाए। सफ़ेद रंग में आप कभी-कभी चाँद भी लगते हो।''

''ये लड़कियों वाले सारे एड्जेक्टिव्स, चाँद, समुंदर, गहराई मुझ पर क्यूँ टैटू कर रही हो तन्वी?''

''एक्चुली पता है नवल, चाँद-चाँदनी, समुंदर-गहराई, लड़कियों के नेचर को डिफाइन करने वाले गलत कॉम्प्लिमेंट और comparison है क्योंकी लड़कियाँ अनबूझ होती हैं। मूड स्विंग्स उन्हें पलभर में बेस्ट और पलभर में वर्स्ट बना देता है। मगर इन बीते 32 सालों में मैंने हर स्टेज पर आपका एक अलग और ठहरा नेचर देखा है। आपने जब भी खुद को डिफाइन किया है कहीं से भी उलझे नहीं लगते इसलिए आपको चाँद-चाँदनी, समुंदर-गहराई जैसे स्ट्रांग कॉम्प्लिमेंट सूट करते हैं। आपमें ट्रांसपिरेंसी है और हम लड़कियाँ न शर्बत का घोल हैं, ना चलाओ तो तली पर बैठ जाती हैं और थोड़ा सा खुदिहार दो तो सारा का सारा धुंधल्का और खट्टापन चेहरे पर। अच्छा और सुनो....''

''पीले रंग में आप सूरजमुखी के बीच बैठे कोई तितली लगते हो। भँवरा नहीं कहूँगी क्योंकि भँवरे खूबसूरती खतम करने के लिए बदनाम होते हैं। लाल

शर्ट में आप हॉट लगते हो हॉट। हॉट मतलब जानते हो न जिसे देखते ही लगता है की आँखें गलकर बह जाएंगी।''

''अच्छा तो ऐसे बोलो न, लाल रंग में मैं तेज़ाब लगता हूँ।''

''नहीं रे! तेज़ाब-वेजाब नहीं, आपके कलेक्शन में ब्लू रंग नहीं है न, रॉयल ब्लू?''

''कैसी लड़की है ये, अपने पति को रे बोलती है।''

''तो? बाबू, शोना, गुड्डा, गोलू भी बोलती हूँ, फिर प्यार से रे बोलने में क्या है?''

''काले रंग में आप सबसे ज्यादा खिलकर आते हो। आपके चेहरे की पिंकिशनेस और ब्लैक कलर, इससे ज्यादा खूबसूरत कॉम्बिनेशन किसी भी रंग का नहीं। रेनबो का भी नहीं। फिर भी हर रंग में कुछ तो अधूरा है....।''

''पापा आप कब उठे और ये आपने बेड को ही आलमारी क्यूँ बनाया है सारे कपड़े अस्त-व्यस्त हो गए?''

नवल की 25 साल की बेटी दीपाली अपने पापा के कमरे से आ रहे गाने की तेज आवाज़ पर अचानक से उठी थी और गुलाबी रंगत में उदासी की झुर्रियों के साथ मुस्कुराते पापा को रात के साढ़े तीन बजे शर्ट के ढेर के बीच बैठे देख थोड़ा कड़वी हो गयी। उसे पता था पापा क्या सोच रहे हैं।

''अभी भी पापा? अभी भी आप उनके सहर से बाहर नहीं आए। कितने साल बीत चुके हैं इन बातों को गुजरे हुये। आप अपने मन से क्यूँ नहीं निकाल देते ये सब। आपकी ये तैयारियां, इन खुशियों से उनको कोई मतलब नहीं रहा अब।''

''बड़ी सुबह-सुबह उठ गयी तुम तो! मैंने कहा था न मैं सारी तैयारियां कर लूँगा, तुम जाओ और सो जाओ। अभी छह बजने में काफी समय है।'' नवल सुकून भाव से दीपाली की बात को पूरा इग्नोर करते हुये बोले।

''पापा, ये सब करने की उम्र नहीं है अब आपकी। जिस तरह से आप प्लान कर रहे हैं आप जानते हैं हर बार की तरह ये सब प्लानिंग बस खाली रह

जाएंगी।''

अभी भी कपबोर्ड के सामने शर्ट के कलर और तन्वी की यादों के साथ हो रहे कन्वरसेशन और दीपाली की उखड़ी आवाज़ में, नवल की नज़र आई लव यू के गिफ्ट रैप वाले डिब्बे में रखी ब्लू शर्ट पर चली गयी। पूरे मुँह पर हाथ फिराते हुये नवल वो रॉयल ब्लू शर्ट उठा लेते हैं।

''पापा आप सुन रहे हैं न, मैं आपको ऐसे तकलीफ में नहीं देख सकती। वो आस-पास होकर भी अब कहीं नहीं है। वो आपको प्यार करती थीं और मैं प्यार करती हूँ हमेशा करती रहूँगी। उनकी तरह वादे तोड़कर जाने और जीने वाली नहीं हूँ मैं पापा।''

''हम दोनों ने वादे किए नहीं वादे जिये थे दीपाली। वो समय से पहले मुँह मोड़ गयी इसमें उसकी गलती नहीं है। अच्छा सुनो! जरा कढ़ाई चढ़ा दो गैस पर तब तक मैं नहाकर आता हूँ।''

दीपाली गुस्से और आँसू भरी आँख लिए कमरे से बाहर चली गयी। नवल उसे किचन की तरफ जाते देख राहत में आ जाते हैं और कमरे का दरवाजा बंद कर लेते हैं।

''आसमान देखा है न नवल, खुला आसमान, हर रंग में सुंदर लगता है। तुम्हारी पुतलियाँ भले काली हैं मगर मैं चाहती हूँ की इसे पहनने के बाद, ब्लू शर्ट का रंग तुम्हारी आँखों में रिफ्लेक्ट हो और उस छोटे से खुले चमकीले नीले अनंत में जिसपर तुम्हारी ये काली पलकें झीनी ब्रश की तरह मुझे सुनहरा रंग जाती हैं, उनमें आज रात मैं मेरा चेहरा देखना चाहती हूँ। नीले रंग में तुम मुझे अपने सबसे करीब लगते हो, दिल से भी ज्यादा करीब। जिस दिन मैं नाराज हो जाऊँ न उस दिन तुम नीले रंग की थीम चुनना और मैं मानने में एक पल नहीं लगाऊँगी।''

ऑफिस जाते हुये जिस सुबह तन्वी शर्ट के कलर्स और, उसके और नवल के प्यार से जुड़े साईकॉलाजी पर रोमांटिक हो रही थी उसी शाम इस लव टैग के साथ तन्वी ने ये शर्ट नवल को गिफ्ट किया था।

शर्ट डिसाइड करने और नहाने में सुबह के साढ़े चार बज चुके थे और

नवल तन्वी की गिफ्ट की हुई ब्लू शर्ट पहने, दिल में ढेरों खुशियाँ लिए गरम कढ़ाई में आलू और केले के पकोड़े तलने लगे।

आलू और केले के पकोड़े तलकर कुरकुरे हो चुके थे। उन्होंने उसे टिशू पेपर पर निकाला और फिर से हाथ को बेसन के घोल में डुबोकर अरवी और लौकी के पकोड़े तलने लगे। जैसे-जैसे पकोड़ियाँ लाल हो अपने चरम पर आ रही थी नवल के चेहरे की चमक उससे ज्यादा तेजी से खिलकर अनार हो रही थी।

लव मेरेज था उनका। सितंबर की एक सुबह नवल ने प्रपोज़ किया था तन्वी को और तन्वी ने फौरन ना कह दिया था। नवल कॉलेज का बेस्ट स्पीकर और ड्रामा आर्टिस्ट था फिर भी तन्वी ने उसपर उतना ध्यान नहीं दिया था क्योंकी बाइ नेचर वो शांत था।

मिजाज से खुद बेहद शांत तन्वी को ऐसा लड़का चाहिए था जो दुनिया से आजिज और तंग आ चुका हो। क्योंकी ऐसे लड़कों के अंदर खुद एक तूफान कुलांचे मारता है जो उनके आसपास के माहौल में हरिकेन मचाये रहता है। ऐसा लड़का ही उसके अंदर तूफान भर सकता था और वो बदलना चाहती थी खुद को। तन्वी को पता था उसके शरीर में गलत आत्मा जी रही है।

नवल के आने के बाद तन्वी समझ गयी कि आपोज़िट नेचर के साथ जिंदगी का कुछ, और शुरुवाती हिस्सा ही गुजारा जा सकता है, अपने शर्तों और मौज पर पूरी जिंदगी नहीं। नवल के साथ वो सबसे ज्यादा कम्फर्टेबल और शैतान थी। दोनों के शांत मिजाजी ने अलग ही एडवेंचर घोल दिया था जिंदगी में। प्लास्टिक सर्जरी हुई थी उनके नेचर की और ९ दिसम्बर की सुबह तन्वी ने हाँ कर दिया था।

शादी से पहले हर लड़के-लड़कियों की तरह उनके अपने सपने थे। दोनों ने अपने-अपने सपने और बातें एक पेपर पर लिखकर एक-दूसरे को अपने फ़र्स्ट लव एनीवर्सरी पर गिफ्ट किया था।

नवल

1- मैं शादी के सात फेरे में एक नया फेरा और आठवाँ वचन लेना चाहता हूँ कि

मेरे और तुम्हारे बीच कोई तीसरा कभी नहीं आएगा हमारा बच्चा भी नहीं।

2- अगर मेडिकल साइन्स इतनी तरक्की कर जाए तो तुम्हारी जगह मैं प्रेग्नेंट होना चाहता हूँ क्योंकी मैं तुम पर खरोंच का एक दर्द भी बर्दाश्त नहीं कर सकता।

3- अक्सर लव मैरेज दुनिया में अनसक्सेसफुल हो जाती हैं मगर मैं नई मिसाल पेश करके दुनिया को गलत साबित करना चाहता हूँ।

4- मैं तुमसे शादी सिर्फ मेरे लिए नहीं बल्कि तुम्हारे लिए भी करना चाहता हूँ क्योंकी मेरे साथ ही तुम पूरी तरह से ''तुम'' हो जाती हो। मैं तुम्हारे सपनों के बीच वायपर, झाड़ू, बच्चे का डायपर, कूकर की सीटी, बेवक्त की मेहमान नवाज़ी, ओवर पजेसिवनेस नहीं आने देना चाहता। मैं चाहता हूँ कि दुनिया तुम्हें तुम्हारे नाम से पहचाने और जब तुम्हारी आँखें ऊपर उठें तो उनमें मैं दिखूँ।

5- प्यार में होकर, सबसे बड़ी और सबसे नाजुक ज़िम्मेदारी निभाते हुये भी मैं तुम्हें आज़ाद होकर अपनी जिंदगी जीने देना चाहता हूँ।

6- मुझे ताउम्र साथ रहना है जो कि हमारा समाज ऐसे अलाऊ नहीं करेगा। तुमसे शादी करना कोई सपना नहीं है क्योंकी सपने टूट जाया करते हैं। शादी करना इंपोर्टेंट नहीं है तुम्हारे साथ रहना, जिंदगी बिताना सबसे ज्यादा इंपोर्टेंट है।

7- 80 की उम्र में जब तुम अपने झुर्री वाले हाथों से खाना बनाओगी, उस समय भी मैं तुम्हारे बढ़े और उखड़े नाखूनो वाली उँगलियों को चूमना चाहता हूँ। उस समय भी मैं तुम्हारी आँखों में शुरुवाती दौर वाले शरम और आज वाले नखरे देखना चाहता हूँ। उस उम्र में भी एकदूसरे को सबसे मजबूत और सबसे कमजोर लम्हें की तरह संभालना चाहता हूँ।

तन्वी

''मैं तुम्हारे साथ पूरी 'मैं' हूँ 'एक खुला शब्द'। मुझे बहरूपिया बनने की जरूरत नहीं पड़ती और मैं चाहती हूँ कि तुम्हारे साथ रहकर मुझे इंसान की तरह जीने का मौका मिले। जब मेरी डिलीवरी का टाइम हो तो तुम मेरे पास रहो मेरा हाथ थामे मुझे पैम्पर करते हुये। ताकि उस दर्द में मैं तुम्हारे पेट में मुँह छिपाकर

सारे दर्द बर्दाश्त कर जाऊँ। तुमपर लिखने या तुम्हें लिखने के लिए मुझे सपने में बंद आँखों के साथ, हकीकत में कलम चलाने का हुनर आना चाहिए। तुम पजेसिव हो मगर घुटन आने से एक कदम पहले ही मुझे आज़ाद कर देते हो। तुम वो कुंडली या सूली नहीं बनते जिस पर शादी का बहाना लेकर सिर्फ जिंदगियाँ लटका दी जाती है। तुम किसी परी की जादुई छड़ी हो जिससे मुकम्मल खुशी मिलती है और आखिरी बात नवल, तुम मुझे अपनी तरह जीते हो और मुझे एक ही जनम में दो अलग-अलग शरीर में, एक ही आत्मा के साथ, दो बार जीना है।''

दोनों ने ऐसा ही किया था। समझदार होने के बाद इंसान हर जगह सिर्फ कम्फर्टेंब्लिटी खोजता है और ताउम्र रिश्ते में वही खोजते रह जाता है मगर तन्वी नवल के सरनेम के साथ, अपने सरनेम से भी ज्यादा कम्फरटेबल थी। इसलिए नवल का फेसबुक प्रोफ़ाइल 'नवल तन्वी ठाकुर मित्तल' और तन्वी का फेसबुक नेम 'तन्वी नवल मित्तल ठाकुर' हो चुका था।

साम-दाम-दंड-भेद हर तरीके से घरवालों को बहुत मनाने पर भी दोनों की शादियाँ नामुमकिन थीं और एक दिन दोनों ने कोर्ट मैरेज कर लिया।

कॉलेज से लेकर ऑफिस और ऑफिस से लेकर सोशल मीडिया पर दोनों के अंडरस्टैंडिंग और कैमिस्ट्रि की काफी तारीफ थी। सभी को लगता था दोनों कभी झगड़ ही नहीं सकते। पर दोनों अपने झगड़े को लेकर कभी सीक्रेट भी नहीं हुए। खुली और नयी किताब थी उनकी जिंदगी।

गैस पर गरम होने के लिए रखा हुआ दूध फट गया था और नवल इस वजह से थोड़े उदास भी हो गए। उन्हें तन्वी के लिए होटल वाली चाय बनानी थी गाढ़े दूध की कड़क चाय, हल्की शक्कर और अदरक वाली। मगर अब फटे दूध से चाय बन नहीं सकती थी। तन्वी के जाते ही आसान काम भी कितने मुश्किल लगने लगे हैं।

''गेस करो, ये रसगुल्ले किस चीज से बने हैं?''

''म्म रसगुल्ले वाले पाउडर से।''

''तुम भी न हमेशा आर्टिफ़िशियल ही रहना। मेरे टैलंट पर तो कोई भरोसा

ही नहीं है तुम्हें।''

''अब रसगुल्ले बनाने में कैसा टैलेंट तन्वी?''

''हुह! पता है ये मैंने फटे दूध और खोये को मिलाकर बनाया है तभी इतना टेस्टी है।''

''टेस्टी के साथ-साथ सॉफ्ट भी, बिलकुल तुम्हारी तरह।''

कुछ याद करके नवल ज़ोर से मुस्कुरा पड़े। उन्होंने फोन के फेवरेट प्ले लिस्ट को ऑन कर दिया।

''चाँदनी जब तक रात, देता है हर कोई साथ। तुम मगर अँधेरों में न छोड़ना मेरा हाथ। न कोई है न कोई था जिंदगी में तुम्हारे सिवा, तुम देना साथ मेरा ओ हम नवाब!''

तन्वी की आवाज़ में रिकॉर्ड था ये गाना। पहली डेट पर तन्वी ने यही गाना गाया था। तन्वी के लिए इस गाने के लिरिक्स, सिर्फ लिरिक्स नहीं बल्कि दिल की बात और इल्तज़ा थी, जो उसने पहले दिन से आखिरी बार तक नवल के सामने हर दिन गुनगुनाया था।

''कुछ मीठा-मीठा महक रहा है पापा। आप और क्या बना रहे हैं, लाइये मैं मदद कर दूँ।'' दीपाली अपने कमरे में मम्मी की फोटो से बातें करके रोकर आई थी शायद।

''कुछ नहीं बच्चे! खोये वाले गुलाब जामुन हैं तुम्हारी मम्मी को बहुत पसंद है न।'' आखिरी गुलाब जामुन कढ़ाई के तेल में मैरून हो ऊपर तैरने लगा था।

''कितना करेंगे मम्मी के लिए आप। जिसके लिए कर रहे हैं वो पूरी तरह से बदल चुकी हैं। आपकी तन्वी आपकी नहीं हैं अब।''

''जरा चाशनी का तार देखना दीपाली ठीक है न, पानी तो नहीं हो गया है?'' नवल अपने काम में लगे थे।

''टॉपिक बदल देने से हालात नहीं बदल जाते पापा। आप समझ क्यूँ नहीं रहे हैं मम्मी की दुनिया अब अलग है।''

“ठीक है तुम अब जाओ और ब्रश कर लो, सुबह के साढ़े पाँच बज गए हैं। आज बहुत जल्दी उठना पड़ गया मेरी वजह से तुमको।’’

दीपाली सीने में आँसू भरकर किचन की गर्मी से बाहर चली आई।

गुलाबी रंग की कॉफी सीड्स और ब्राउन ब्रैड की डिज़ाइन वाली ट्रे तरह-तरह के ब्रेक-फास्ट से सज चुकी थी।

एक प्लेट में काजू कतली, एक में गरम गुलाब-जामुन, एक में चॉक्लेट बिस्किट, एक में पकौड़ियाँ, एक में साबूदाने की खिचड़ी, काँच के दो गिलास में माज़ा और दो खाली गिलास पानी के लिए। ट्रे छोटा पड़ने लगी तो नवल ने बैंगनी रंग की ट्रे भी निकाल ली जिस पर आर्किड के फूल बने हुये थे।

घड़ी देखा तो पूरे छह बज चुके थे। दोनों ट्रे उठाकर वो किचन के बगल में बने गुलाबी रंग के कमरे में घुसे। दरवाजा खुला हुआ था और अंदर एकदम अंधेरा था। ट्रे को धीरे से डाइनिंग टेबल पर रखा ताकि वो साथ में नाश्ता कर सके पहले के दिनों की तरह और फिर कमरे के सारे बल्ब ऑन कर दिये।

“ये रोशनी नहीं चाहिए अंधेरा करो इसे, अंधेरा करो।’’ सामने व्हीलचेयर पर बैठी औरत बहुत ज़ोर से चिल्लाई थी उसने अपनी आँखें और दाँत भींच लिए। नवल धीरे से उसके पास गए और रिमोट लेकर बंद एसी को फिर से ऑन कर दिया।

“बंद करो इसे, बंद करो मुझे ठंड लग रही है। मुझे जीने दो अपनी तरह से बंद करो इस लाइट को।’’ नवल ने उस औरत का हाथ अपने हाथ में लिया और उसके व्हीलचेयर के पास ही जमीन पर बैठ गए।

“तुम तो जानती हो न तन्वी, मुझे कितनी गर्मी लगती है और प्यास भी। तुम मुझे पसीने में देख कैसे तड़प जाया करती थी। तुम्हें याद है न एसी में भी मुझे पसीने होते हैं और अभी-अभी तो मैं किचन से आया हूँ।’’

“छोड़ो मुझे! कौन हो तुम जो हर दिन मेरे कमरे में आ जाते हो। बकवास मत करो मैं कब मिली हूँ तुमसे!’’

“तन्वी मैं हूँ तुम्हारा नवल। ये देखो आज मैंने तुम्हारी फेवरेट ब्लू शर्ट भी

पहनी है। तुमने ही कहा था न जब तुम कभी नाराज हो जाओ तो ब्लू कलर से तुम्हारी नाराजगी दूर हो जाएगी। और-और तुम्हारा मनपसंद खोवा गुलाब जामुन भी बनाया है मैंने।'' नवल तन्वी की व्हीलचेयर डाइनिंग टेबल के पास लेकर जाते हैं और एक बार फिर से गाना ऑन कर देते हैं।

''दिल को मेरे हुआ यकीन, हम पहले भी मिले कहीं। सिलसिला ये सदियों का कोई आज की बात नहीं। जब कोई बात बिगड़ जाए जब कोई मुश्किल पड़ जाए। तुम देना साथ मेरा ओ हमनवा!''

तन्वी, नवल को बेसुध देखे जा रही थी। नवल को लगा वो अब ऐसा कुछ बोलेगी जिसको सुनने के लिए वो पिछले 3 सालों से तपस्या किए जा रहे हैं। नवल के दिल और चेहरे पर हाँ और ना दोनों के बेचैनी वाले भाव तैरने लगे।

''चले जाओ तुम यहाँ से। कौन हो तुम जो मुझे मरने भी नहीं देते। मैंने कहा न मुझे अजनबियों से बात करना बिलकुल नहीं पसंद।'' तन्वी हिंसात्मक रूप में आ चुकी थी और नवल के बड़े प्यार और मेहनत से बनाए गए ब्रेकफ़ास्ट को अपने हाथों से मारकर नीचे गिरा दिया।

गरम गुलाब जामुन की गरम चाशनी नवल के पैरों को चूमने लगीं। सिसकते हुये नवल कमरे से बाहर निकल अपने कमरे में चले आए और ड्रेसिंग टेबल के पास खुद को आईने में देखते बहुत ज़ोर से रो पड़े।

दीपाली ने उनके कंधे पर हाथ रखा। उन्होंने टेबल के नीचे की दराज़ को खोला और ट्रांसपेरेंट फ़ाइल को निकाल लिया।

तन्वी के मेडिकल रिपोर्ट में लिखा था 'सीवर अल्जाइमर'। भूल जाने की बीमारी। शुरुआत कब आखिरी स्टेज पर चली आई पता भी नहीं चला था। किसी को नहीं पहचानती थी तन्वी अब। न दीपाली को, न नवल को और न ही खुद को। कभी-कभी आईने में देखकर वो खुद का मुंह नोचने लगती और दीवारों पर सिर पटकती। कई बड़े डॉक्टर से कन्सल्ट किया गया था मगर तीन सालों से सारे सिचुएशन नवल के होप के अगेन्स्ट हो चले थे।

कल तीज का व्रत था और शादी के बाद से ही नवल और तन्वी एकसाथ तीज का व्रत रखते थे। तन्वी ने उन्हें मना भी किया था मगर उनका कहना था जब

वो उनके लिए दिनभर बिना पानी के रह सकती है तो उन्हें भी अपना प्यार जताने के लिए भूखा रहना मंजूर है। तीज के साथ-साथ करवाचौथ का व्रत भी नवल और तन्वी साथ रखते और एकदूसरे को पानी पिलाकर खोलते थे।

दोनों ने एकदूसरे से किए हर वादे को शिद्दत से जिया था। नवल को कतई ऐतराज था फिर भी डिलीवरी के टाइम वो तन्वी के साथ उसके सिरहाने उसका हाथ पकड़े, तन्वी के दर्द में खुद उससे ज्यादा तेजी से रोये थे। जुड़वा बच्चे नहीं हुये थे सिर्फ दीपाली हुई थी मगर तन्वी को और दर्द न देने की वजह से उन्होंने तीन जन को ही कंप्लीट फैमिली का नाम दे दिया था। दोनों खजुराहो भी घूम आए थे। हर तीज पर नवल आधी रात उठकर सिर्फ तन्वी को सप्रराइज़ करने और खुश करने के लिए नाश्ता बनाते थे और तन्वी ये बात जानती थी इसलिए वो हर साल जानबूझकर देर तक सोयी रहती थी। नवल ने सारे वादे पूरे किए थे और अब तन्वी की बारी थी।

तन्वी के अल्ज़ाइमर होने के बाद नवल अकेले ही व्रत रखते और अभी भी रात के तीसरे पहर उठकर तन्वी के सारे मनपसंद नाश्ते बनाते और इस उम्मीद से नाश्ते के साथ गाना लगा देते कि कभी तो तन्वी की याददाश्त कुछ समय के लिए वापस आएगी जिसमें वो आगे की बची उम्र के सारे प्यार जी लेंगे।

फ़ाइल से एक कागज उड़कर उनके पैरों के पास गिरा था। तन्वी की हैंड राइटिंग थी

कुछ लड़कियां होती हैं बेहद भाग्यशाली से परे
कुदरत भी जिन्हें तराशा करती है अपनी किस्मत और जिंदगी देकर
कुछ लड़कियां सिर्फ करती हैं कहानियों पर भरोसा
और मोड़ दिया करती हैं प्रेम कहानियों के पन्ने ऊपर से
कि मुड़े पन्ने और जिंदगी पर दोबारा सफर करना आसान होता है
कुछ लड़कियां अपने आप नहीं उतरती धरती पर
उन्हें जबरजस्ती उतरवाया जाता है
नेकी दान करके जन्नत की सीढ़ियों से
कुछ लड़कियों के पास होते हैं कुदरत के इकलौते नगीने
उनके महबूब की शक्ल में

25th एनीवर्सरी पर दिया था तन्वी ने ये स्लिप नवल को और पूछा था

''तुम मुझे कभी छोड़कर तो नहीं जाओगे न?''

''छोड़कर जाने के लिए बगावतें नहीं की थी तन्वी हम दोनों ने।''

''नवल मैं ऐसा आन्सर चाहती हूँ जो मुझे हमेशा याद रहे। बोलो न आने वाले कल में अगर मैं बहुत चिड़चिड़ी हो जाऊँ या बिलकुल भी सुंदर न लगूँ, तब भी तुम मेरे ही रहोगे न? तुम्हें पता है न अंधेरे कमरे और अकेलापन मुझे किस हद तक डरा देते हैं।''

''तन्वी मैंने तुम्हारी शक्ल से प्यार नहीं किया, मैंने तुम्हारे नेचर से प्यार नहीं किया, मैंने इसलिए भी तुमसे प्यार नहीं किया कि तुम मुझसे प्यार करती हो। मैं तुमसे इसलिए प्यार करता हूँ क्योंकी मैं सच में सिर्फ तुमसे प्यार करता हूँ और करना चाहता हूँ। तुम्हारे बाद किसी के लिए ऐसी फीलिंग्स भूलकर या जानबूझकर भी नहीं निकलीं। मैं प्रॉमिस करता हूँ आने वाले समय में तुम अगर मुझे भूल भी जाओ तो मैं तुम्हें खुद को भूलने नहीं दूंगा। हाथ पकड़कर हर जगह से वापस ले आऊँगा और हाथ पकड़कर ही साथ चलूँगा। जिस दिन तुम मुझे अकेला छोड़ जाओगी उस दिन तुम्हारा मुझसे किया गया पिछला प्यार, हम दोनों के लिए काफी होगा।'' नवल ने तन्वी के माथे से बालों को हटाते हुये उसे कंधे से बाहों में समेट लिया था।

और अब उम्र के कमजोर पड़ाव पर, तन्वी के हर वादों से मुँह मोड़ लेने के बाद भी नवल तन्वी के साथ उसी जज़्बे के साथ रह रहे हैं जो जज़्बा तन्वी को प्रपोज़ करने के दिन था। उन्हें यकीन था कि किसी दिसम्बर की सर्द सुबह में तन्वी फिर अपने प्यार का इजहार कस्टमर केयर की एजेंट बनकर अचानक से और शैतान तरीके से करेगी।

दीपाली को देखते हुये नवल मुसकुराते हुये इतना ही बोल पाये।

"तुम्हारी मम्मी और मेरी तन्वी से मैं बीते सालों से अब कहीं ज्यादा प्यार करता हूँ और करता रहूँगा। वादे के मुताबिक मैं उसके हर जनम का पहला और आखिरी प्यार हूँ।"

बगल में तन्वी के कमरे में प्लेलिस्ट पर दूसरा गाना बज रहा है।

"मरते दम तक, अगले जनम तक, सातों जनम तक, जनम-जनम तक। छोड़ेंगे न हम तेरा साथ ओ साथी मरते दम तक.....।"

गाँठ

''कोंग्रेच्युलेशन स्मिता! तुम्हारी सारी रिपोर्ट्स नॉर्मल हैं। घबराने की कोई बात नहीं है ऐसा हो जाता है लक्षण हमें बिमारियों का संकेत देते हैं मगर कभी-कभी वो बस हॉर्मोनल चेंजेस की वजह से होते हैं।''

माथे की चादर में सवालों के गट्ठर लिए स्मिता गहरी साँस लेते हुये अपनी गायनोलॉजिस्ट रुचिका की तरफ आँखों में पानी की सिलवट लिए वीरान सी हो गयी।

''तुम खुद देखो क्या तुम्हें इस एक्स-रे में कोई भी स्पॉट नज़र आ रहा है। रिपोर्ट भी देखो सबकुछ नॉर्मल है तुम्हारे सीने में कोई गांठ नहीं है।''

''आप मेरी बात नहीं समझ रही हैं डॉक्टर, ये रिपोर्ट्स गलत है। मैं अभी भी उस गांठ को अच्छे से महसूस कर रही हूँ। आप छूकर देखिये ये-ये यहाँ मेरे सीने में लेफ्ट साइड में थी और अब राइट साइड में भी....''

''स्मिता! हॉर्मोनल चेंजेस की वज़ह से कुछ दिन के लिए सीने के मसल्स थोड़े टाइट हो जाते हैं मगर जरूरी नहीं सब गांठ में गिनी जायें। आप तो बिलकुल ठीक हैं गांठ जैसी कोई चीज नहीं है। आप नॉर्मल रहिए, मैं विटामिन्स की कुछ दवाइयाँ लिख देती हूँ।''

''रिपोर्ट कुछ भी बोलती हो डॉक्टर मगर ये गांठ एकदिन मेरे शरीर को गला देंगी, घर बना चुकी हैं ये गांठें मेरे शरीर में।''

स्मिता अपने सीने को लगातार मसल रही थी। उसे दर्द हो रहा था कुछ था जो उसके सीने के साथ गले में भी अटक गया। कुछ बोलने की कोशिश में सांसें खिंचने लगी। डॉक्टर रुचिका ने पानी का ग्लास उसकी तरफ बढ़ाया।

''स्मिता मुझे लगता है तुम्हें किसी साइकियाट्रिस्ट से कन्सल्ट करना चाहिए। कभी-कभी हम अपने ही मनोभावों को समझ नहीं पाते हैं और उसमें उलझ जाते हैं। हमें कुछ हुआ नहीं होता है मगर लगता है की हम बहुत बड़ी बीमारी से जूझ रहे हैं। ये डिप्रेशन का ही एक रूप है।''

''मेय बी ऑर मेय बी नॉट डॉक्टर। मगर जिस दिन मुझे इस अनदेखी और अदृश्य गांठ का एक भी सिरा मिला न आपको मानना पड़ेगा की मैं सही थी और आपका डाइग्नोज़ गलत था।'' स्मिता खड़ी होकर जाने के लिए मुड़ी।

''टेक केयर स्मिता''

स्मिता पिछले 12 दिनों में यहाँ तीन बार बेवजह आ चुकी थी और आज उसका यहाँ आना चौथी बार में गिना जा रहा था। बहुत पहले जब स्मिता की माँ ब्रेस्ट कैंसर से जकड़ी इसी हॉस्पिटल के बेड पर आखिरी हिचकी ली थी और जब स्मिता पहली बार माँ बनी थी उसी समय डॉक्टर रुचिका से स्मिता का और स्मिता का डॉक्टर रुचिका से सहेली वाला रिश्ता जुड़ गया था।

कुछ दिनों से स्मिता पर अजीब सा एहसास तारी हो चुका था। कुहरे की सिहरन, फोड़े सा दर्द, पहाड़ सा भारीपन, सिसकता सा डर, भारी सी उलझन छाती से होकर दिमाग की नसों में फफोले बनाए जा रही थी। उसने अपने सीने में इकट्ठा दर्द को महसूस किया था। ये कोई एक गांठ नहीं बल्कि ऐसी और कई गांठें सीने में बायीं तरफ, दायीं तरफ, बीच में, कुछ गांठें खाने वाली नली में,

फेफड़े में यहाँ तक की उसकी जुबान में भी उभर रही थी, और वो इन सबको अपने गुलाबी हाथों से या जीभ से बखूबी महसूस कर पा रही थी।

''स्मिता...स्मिता...स्मिता! देखो यार एक ही बीमारी की रट लगाने से वो बीमारी हो तो नहीं जाती है न। मैं देने को तुम्हें झूठी गांठों को गलाने की झूठी दवाइयाँ दे सकती हूँ मगर नुकसान सिर्फ तुम्हारा है। तुम्हें गायनोलॉजिस्ट के बजाय साइकियाट्रिस्ट की जरूरत है।''

चौथे दिन के तीन दिन बाद ही स्मिता फिर डॉक्टर रुचिका के गोल्डेन ऑरेंज रंग में रंगी दीवारों वाले केबिन में उसके सामने बैठी थी। गाँठ वाली बात फिर से दुहराने पर डॉ रुचिका थोड़ा खीजते हुये बोली थी। केबिन में दो और पेशेंट की मौजूदगी में उनकी इस खीज भरे जवाब पर स्मिता को कोई बेइज्जती महसूस नहीं हुई।

''कल तुम आशीष के साथ आना मैं उन्हें समझाऊँगी कि आपकी मिसेज को एक्सट्रा केयर की जरूरत है'' डॉक्टर रुचिका के साथ-साथ दोनों पेशेंट भी हंस पड़ी।

''डॉक्टर क्या आपके साथ भी ऐसा हुआ है कि अपने हसबेंड से सब बताते-बताते आप अचानक से एक दिन कुछ बहुत बड़ा छुपा लेती हैं?'' गहरी आवाज़।

''मतलब, मैं समझी नहीं?'' उलझा मिज़ाज।

''क्या कभी आपकी बेटी ने आपसे उल्लूल-जुलूल सवाल किए हैं, क्या उसने कभी ऐसा सवाल किया है जिसका जवाब आपके पास न हो या होकर भी आप उसे बताना न चाहती रही हों। क्या आपकी बेटी ने कभी आपको ऐसी बात बतायी है जिसे सुनकर आपको रातों नींद न आयी हो?''

डॉक्टर रुचिका ने सवालिया नज़रों से उसे देखा। तब तक स्मिता ने ब्राउन कलर के अपने शोल्डर बैग से वो पेपर निकाला जो उसकी दस साल की बेटी अनार्या ने कुछ दिन पहले उसे दिया था।

''मम्मा वो ताऊ के बेटे अमित भैया बहुत गंदे हैं। ताई ने मुझे चाय की ट्रे

भईया को दे आने को कहा। भइया कहीं नहीं मिले क्योंकी वो कमरे में अकेले टीवी पर एक्शन मूवी देख रहे थे। हमने बेड पर लेटे भईया से पूछा ''चाय कहाँ रखें?'' वो पहले कुछ बोले ही नहीं और टीवी का वॉल्यूम तेज कर दिया। फिर बेड से उठते हुये बोले ''मेरे पास बेड पर ही रख दो। मैं चाय रखकर जैसे ही जाने लगी भईया मुझे फिर बुला लिए। मैंने उनसे पूछा कोई काम है क्या। उन्होंने मुझे खींचकर अपनी गोद में बिठा लिया। मैं अपने आपको छुड़ा रही थी मगर वो मुझे छोड़ ही नहीं रहे थे। बहुत गंदा लग रहा था मम्मा, मैं डर गयी थी। बहुत ज़ोर से उन्हें दाँत काटा था मैंने और उन्हें धक्का देकर भागी थी। चाय का कप भी टूट गया था और मेरे पैर पर भी गिरा था। मम्मा प्लीज मुझे डांटना मत मैंने कुछ नहीं किया है। भईया बहुत गंदे हैं, घिन आता है मम्मा उनसे। अब मैं पापा के पास भी नहीं जाऊँगी पापा में भी भैया दिखते हैं मम्मा, वो भी तो लड़के हैं न।''

आखिरी लाइन पढ़कर डॉक्टर रुचिका की आवाज़ कांपी थी। कुछ पल वो चेतनाशून्य हो गयी। मन झुरझुरा गया, जैसे केबिन में बैठे और दोनों पेशेंट का मन हुआ था।

स्मिता केबिन में सामने के रैक पर रखे ज़ार को देख रही थी जिसमें बेरियम वॉटर सूख चुका था और 6 हफ्ते के भ्रूण के सूख चुके हाथों और पैरों को काँच के स्लाइड पर टेप से चिपकाया गया था। ऐसा लगा जैसे ईशा-मसीह उस भ्रूण के दर्द को सहने के लिए खुद, लटके गर्दन, बेबस चेहरे और दर्द को पीते हुये, ज़ार में लटक गए हों।

''ये एक लड़की थी न डॉक्टर?''

''दिस इज़ पर्सनल रुचिका वी कान्ट शेयर।''

''आई नो डॉक्टर, लड़कियों का ही वजूद टूटने-फूटने, जलाने-दफनाने, पागल करने और सूली पर लटकाने में इस्तेमाल होता है। ये भ्रूण अगर लड़का होता तो समय से पहले ही इसकी सांस रोकने का हक इससे कोई न छीनता।'' फंसी हुई फीकी हंसी केबिन के अहाते में फैली।

''लीव दैट। ये बहुत सिरियस मैटर है, तुमने आशीष को दिखाया अनार्या का लेटर?''

''डॉक्टर हर लड़की के साथ ऐसा होना जरूरी क्यूँ है? क्या बनाने वाले ने किसी लड़की को इकलौता ऐसा नहीं बनाया जो इन सब गिनगिने एक्सिडेंट से दूर सिर्फ मासूम बनकर पैदा हो और मासूम बनकर ही जीती रहे और एक दिन मासूम बनकर ही मर जाए?'' डॉक्टर रुचिका के सवाल अनसुने ही रह गए।

''जावेद मेरे केबिन में आओ।''

''ये लो स्लिप और दवाइयाँ रूम नंबर-8 के पेशेंट को अभी खाने को बोलो और रूम नंबर-15 के पेशेंट के घरवालों को बुला लो उसकी डिलीवरी कल-परसों तक हो जाएगी।'' डॉक्टर रुचिका ने जावेद को पर्चा और सलाह थमा दिया।'' और हाँ! अभी किसी भी पेशेंट को एक घंटे तक केबिन में मत भेजना।'' जावेद हैरानी से डॉक्टर रुचिका को देखते हुये बाहर चला गया।

''स्मिता, सेक्सुअल हरेसमेंट कोई नयी ईज़ाद नहीं है। सबसे पहले आदमी और सबसे पहली औरत के इस दुनिया में उतरते ही ये एक प्रथा की तरह हर घर में निभायी जाती रही है। आदम के ज़माने से शुरू हुई और आज तक चल रही ये वो हकीकत है जिसमें, हर सौ में से सौ लड़कियाँ, औरतें, महिलायें, बच्चियाँ इसका शिकार होती हैं। सबसे पहले अपने ही घर में होती हैं और, हर उस रिश्ते के लिए, कसाई के कांटे में टंगी खाने वाली मांस होती है, जिसे बहुत पवित्र कहकर, शक की सुई से बहुत नीचे रखा जाता है।

हर लड़की की जिंदगी में वो समय, वो पल जरूर आता है जब वो बाहरी अंजान के साथ-साथ, अपने कहे जाने वाले रिश्तों द्वारा भी छली जाती है। वो अपना, फुफेरा, ममेरा, चचेरा, मौसेरा, मामा, अंकल यहाँ तक कि अपना पति भी हो सकता है। हर लड़की उस दर्द से जरूर गुजरती है, जिससे गुजरने के बाद लड़की का पुरुष से जुड़े हर रिश्ते को देखने का नजरिया असंतुलित हो जाता है। और सबसे बड़ी दिक्कत ये है कि सामने लाने वाली चीजों को छुपाकर अलमारी के सबसे नीचे कोने में कहीं घुसा दिया जाता है, फिर औरतें अपनी आने वाली पीढ़ियों को भी इसे छुपाना और इस सच से भागना सिखाती हैं।

हम मुंह मोड़ सकते हैं पर हम इस सच से एक इंच भी दूर नहीं भाग सकते कि हर लड़की के जीवन में वो दौर जरूर आता है, जब वो घर की चहरदीवारी में,

बंद खिड़की-दरवाजों और समाज से उपजने वाले सुरक्षात्मक रिश्तों के बीच बहुत ही ठगी, लावारिस, लाचार महसूस करती है। पैदा होते ही जमाने भर की रुकावटें और बंदिशे लड़कियों के कद के साथ ही बढ़ने लगती है। महफूज रहने के लिए जगह-जगह पर किसी पुरुष का साथ थमा दिया जाता है।''

''सही भी है घर के सबसे शांत जानवरों से अच्छा और सीधा माध्यम बाहर कहाँ मिलेगा क्योंकी घर की गाय-बकरियाँ लोक-लाज, बदनामी या रिश्ते बिगड़ जाने के डर से मुंह में सीमेंट भरकर प्लास्टर कर लेती है और वो प्लास्टर बहुत कम टूट पाता है या कभी-कभी यूं ही बिना टूटे जीवनभर जमा रह जाता है। जिसके दीवारों पर घुटन, कुढ़न, मानसिक कुंठाओ की जलकुंभी, औरत की असली खुशी, उसके आत्मविश्वास पर उलझी टेढ़ी-मेढ़ी दुनिया बसा लेती है मगर हम शायद बाहर महफूज हो भी जाए पर क्या हम इन रिश्तो के खोल में रहकर भी महफूज होते हैं? कभी नहीं। मैं रिश्तों के महत्व को नकार नहीं रही मगर मगर किसी भी रिश्ते के अस्तित्व को बचाए रखने के लिए उस विशेष दूरी कि जरूरत पड़ती है जिसका इस्तेमाल तारे अपने अस्तित्व को बचाने के लिए करते हैं।''

''आप एक डॉक्टर हैं आपके लिए ऐसे खुलकर बोलने पर कोई ऑब्जेक्शन नहीं कर सकता न। हमारा समाज आपके समाज से अलग है, हमें तो हमारे समाज में जीना है एक उंगली उठी तो सारा मुहल्ला बदनाम कर देता है।'' पहली पेशेंट भौंहे चढ़ाते हुये तीखे अंदाज़ में बोली।

''किस तरह की बदनामी? पढ़ी-लिखी होकर भी अनपढ़ों वाली बातें करती हो। बदनामी तो उसकी होनी चाहिए जो ऐसा करता है। डर तो उसे होना चाहिए जो अपने फुफेरी, चचेरी, ममेरी बहनों पर ऐसी भावनाएँ रखता है। वो लोग खुद डरे हुये होते हैं इसलिए आपको भी डराते हैं कि किसी से बोला तो वो सबको बता देंगे। जब आप सही पक्ष सामने लाने में डर जाती हैं तो गलत करने वाला अपना गलत पक्ष सामने लाने में भी डरता है। सही होकर भी गलत बनने से बेहतर है की गलत की गलती सामने लाकर उसे गलत साबित कर दिया जाए। औरतें क्यूँ इस घुटन के साथ ताउम्र जीती रहती हैं, क्योंकि औरतों का बिना गलती को भी गलती मान लेना उनकी सबसे बड़ी और कभी भी न माफ की जा

सकने वाली गलती है। मैं एक डॉक्टर हूँ इसका ये मतलब नहीं कि मैं बरी हूँ इन सबसे। एक स्त्री डॉक्टर, इंजीनियर, गृहणी, फौजी, सिपाही होने से सबसे पहले सिर्फ एक स्त्री ही होती है और एक पुरुष सिर्फ पुरुष। अच्छी या बुरी मानसिकता बचपने के साथ या तो किसी लिल्ले की तरह बढ़ती जाती हैं या फिर समझदारी के पैने धागे के साथ कटकर गिर जाती हैं। ग्रहण के दाग से न चाँद बचता है न सूरज।''

''तो क्या आप के साथ.... ?'' बात अधूरी रह गयी।

''हाँ बिल्कुल! मेरे खुद के साथ भी हुआ है ऐसा। मैं उस समय सात साल की थी। सेपरेट फ़ैमिली में रहते थे हम। नीरव भैया अंकल के बेटे थे अक्सर मेरे घर आया-जाया करते थे। मुजफ्फरपुर वाली मौसी की बेटी से अफेयर था उनका। भैया मुझे बुलाकर कभी टॉफी, कभी चॉक्लेट या कभी च्विंगगम थमा देते और बोलते ''ये सरिता दीदी को दे देना'' । मैं बहुत खुशी-खुशी ये काम करती क्योंकी बदले में कुछ टॉफी मुझे भी मिल जाता। भैया बड़े प्यार से सिर पर एक बोसा देकर 'शाबाश' भी बोल दिया करते थे।

 प्यार, इश्क़, मुहब्बत के बारे में सात साल की बच्ची को क्या पता। मुझे नहीं पता था मैं कोई गलत काम कर रही हूँ। भैया ने भी नहीं सोचा कि 7 साल की लड़की के हाथों टॉफी भिजवाना, लव-लेटर देने-लेने वाला पोस्टमैन बनाना, बहाने से गिफ्ट्स भिजवाना, उसकी मानसिकता पर क्या प्रभाव डाल सकता था। घर में सख्त हिदायत थी बाहर का कोई भी अंजान इंसान कभी भी बुलाये तो कहीं मत जाना। कोई बाहर का कुछ खाने को दे कभी मत खाना। घर का पता कोई पूछे तो मत बताना, क्योंकी बाहर लकड्सुंघे घूमते हैं जो बच्चों को कोई बेहोश करने वाली लकड़ी सुंघा देते हैं और पकड़कर अपने साथ ले जाते हैं। बच्चों के हाथ-पैर कटवाकर भीख मँगवाते हैं। लड़कियों के साथ गंदी हरकतें करते हैं। वो गंदी हरकतें क्या होती हैं मैं अपनी मम्मी से भी नहीं पूछ पायी कभी। भैया और मेरी उम्र में 8 साल का फर्क था।''

एक दिन उन्होंने मज़ाक मज़ाक में मेरी पैंट नीचे खिसका दी। वहाँ खड़े कुछ और लोग उनके इस मज़ाक पर ज़ोर से हँस दिये। मैं रोते-रोते घर के अंदर भाग गयी। भैया अक्सर ये मज़ाक करने लगे और सबके सामने करने लगे। 7

साल की मैं, डॉक्टर रुचिका एक मज़ाक वाली वो गुड़िया बन गयी थी, उनके हिसाब से 7 साल के बच्चे में कोई शरम या एहसास नहीं होते। वो भूल रहे थे की नंगे पैदा हुये बच्चे को, पैदा होने के बाद ही शरम का लिहाज रखने के लिए कपड़े में लपेट दिया जाता है। हर बार रोकर तो मैं भाग आती थी मगर एक दिन मुझसे रहा नहीं गया और मैंने मम्मी को डरते-डरते सब बता दिया। मम्मी ने भैया को बुलाकर खूब फटकारा था। कुछ दिनों बाद हम फिर पहले जैसे रहने लगे। अब भैया मुझे डॉक्टर-डॉक्टर वाला कोई गेम खिलाने लगे थे, जिसमें वो अक्सर झाड़ू की तीली से मुझे हाथ पर इंजेक्शन लगाते थे और मुझे ज़ोर से चिल्लाना होता था। कभी-कभी ये मौका मुझे भी मिलता और झूठमूठ की ही डॉक्टर बनकर मुझे बहुत खुशी मिलती थी।''

एक दिन भैया ने कहा इंजेक्शन हाथ पर नहीं अब पेट पर लगेगा। मैंने भौंहे सिकोड़कर उन्हें देखा। तब तक कमरे के बाहर मम्मी के आने की आवाज़ सुनाई पड़ी। उन्हें कुछ गलत का अंदेशा हुआ और वो भैया को बहुत गरम और तेज नजरों से घूरते हुये, मुझे अपने साथ डांटते हुये लेकर चली गयी। भैया अभी भी बहाने-बहाने से मुझे बुलाते थे। मैं बच्ची भले थी मगर एहसास हो गया था कि कुछ लकड़सुंघे घर के अंदर भी मौजूद होते है।'' डॉक्टर रुचिका ने लंबी सांस ली।

''सही कहा आपने मैम, ये सिर्फ कुछ औरतों की कहानियाँ नहीं है। हमारी दादियों, नानियों ने भी ऐसे किस्से मन के जंग लग चुके बक्से में छुपा रखी हैं। जब मेरे साथ भी ऐसा कुछ हुआ तो मेरी मम्मी ने अपनी कहानी बताकर मुझे समझाया था मगर तब तक मैं अपने अनुभव से किसी और को समझाने लायक हो चुकी थी।'' साँवली औरत नफरत से बोली और स्मिता अभी भी सेंडिल से आज़ाद पैरों से केबिन के पक्के फर्श को खुरच रही थी।

''मेरी अम्मी मेरे अब्बू की दूसरी बीवी थीं और अब्बा को पहली बीवी से तीन बेटे थे। तीनों भाइयों की मैं एकलौती मगर सौतेली बहन थी। घर में सगे और सौतेले को लेकर अक्सर लड़ाइयाँ या खट-पट हो जाती थी, मगर अम्मी-अब्बू उसे सुलझा लेते थे। सगे और सौतेले के फर्क को परे रख मैं तीनों भाइयों को उतना ही प्यार करती, जितना मेरी सहेलियाँ अपने सगे भाइयों को करती थीं।

गैर का खून कभी सगा नहीं बन पाता लोग मुझे सलाह देते थे मगर मेरे तीन भाइयों का घेरा मुझे महफूज महसूस कराता था।''

''एक दिन अब्बू दुकान पर थे, अम्मी पड़ोस में थी और घर पर सिर्फ मैं और मुजीब भाईजान थे। नीचे के कमरे में सोये भाईजान ने सीढ़ियो से आवाज़ देकर मुझसे पानी लाने को कहा। मैं नीचे गयी और दरवाजा खोल जैसे ही अंदर की ओर बढ़ी, दरवाजे की ओट में छुपे भाईजान ने मुझे अंदर खींचकर दरवाजा बंद कर दिया। मेरे पैर लड़खड़ा के अभी सीधे से सधे ही थे, भाईजान हाथ पकड़ के बोले ''रुही मैं तुमसे बहुत प्यार करता हूँ मगर कभी कह नहीं पाया।'' खौफ के मारे खून रुक गया था मेरा।

''भाईजान ये क्या कह रहे हो मैं रुही हूँ।'' मेरे हाथों में जो पानी का गिलास था उसी से पूरी ज़ोर से उनकी नाक पे दे मारा मैंने। वो उस कमरे में कितनी देर बेहोश रहे पता नहीं।''

एक ही जाति में उत्पन्न, एक ही तरह की परेशानियाँ उस समूह के लोगों को सबसे पास ले आती है। डॉ रुचिका के केबिन में अब कोई डॉक्टर-पेशेंट नहीं बल्कि सिर्फ चार औरतें रिश्तों के बदरंग, कसैले रहस्य को सड़ चुके ऊन वाले स्वेटर की तरह उधेड़ रही थी। और इन सबके बीच स्मिता बारी-बारी से सिर्फ चारों औरतों को चुपचाप देखे जा रही थी। गांठ शायद पेट में भी जगह बना चुकी थी और उसका पेट उमेठने लगा, गले में कुछ कड़वा, नमकीन मुंह का रास्ता खोजने लगा, उसे उल्टियाँ आ रही थीं।

साँवली पेशेंट की बात से डॉक्टर रुचिका के चेहरे पे स्माइल दौड़ गयी।

''ऐसा ही होना चाहिए। दरअसल बचपना जहाँ से खत्म होता है और बड़े होने की कवायद जहाँ से शुरू होती है, बच्चे वहीं से अपने शरीर को खोजने लगते हैं। खुद को हर तरीके से, हर कोण से, हर मनोस्थिति से खोजना और जानना एक प्राकृतिक प्रक्रिया है। फिर उनके हाथ ऐसी जगहों पर अक्सर हाजिरी लगाने लगते है, जिस पर माँए गंदी बात कहकर उन्हें डांट दिया करती हैं। मगर जब हमारे ही शरीर को कोई और खोजने लगे तो ये है बैड टच। ऐसी छुपी प्रताड़ना जिसमें कोई एक कठपुतली बन जाता है और दूसरा उसे चटखारे लेकर

देखता है, नचाता है। लड़कियों को बस बैड टच और गंदी बात से बचने की सीख दी जाती है, पर असल में बैड टच होता क्या है, कभी कोई खुलकर नहीं बताता। बैड टच के असल मायने तब पता चलते हैं जब हकीकत में बैड जैसी कोई चीज गहरे टच होकर गुजर जाती है।''

''घर, बच्चे का पहला पारिवारिक-सामाजिक-मानसिक स्कूल होता है। मगर घर वाले स्कूल में भी नहीं बताया जाता की कोई भी रिश्ता इतना सर्वोपरि नहीं होता की उसके टूट जाने के डर में हम अपना स्वाभिमान या आने वाला कल, बदनामी के डर से चुपचाप नीलाम कर दे। हम अपने बच्चे को मॉरल साइन्स, सोशल साइन्स, जनरल साइन्स तो पढ़ा लेते हैं मगर फ़िज़िकल साइन्स के लिए उसे उसके अपने अनुभव पर जानने-समझने के लिए छोड़ देते हैं।''

''हर माँ, हर घर, लड़कियों की परवरिश में बहुत टोका-टोकी करता है। ये टोका-टोकी उनका वो डर होता है जिनसे वो खुद गुजरी होती हैं। माँए यहाँ-वहाँ जाने से रोकती हैं। किसी के बहुत क्लोज़ होने पर टोकती हैं। कुछ बुरा हो जाए और बता देने पर समझाती बाद में हैं, पहले डांटती हैं। माँ हर चीजों को गंदा कह तो जाती है, मगर माँए कभी खुलकर ये नहीं बता पाती की 'गंदा' है क्या।''

गल्ती किसी भी माँ की नहीं होती दरअसल माँओं के पास वो सटीक शब्द, सटीक पैराग्राफ, सटीक परिभाषा ही नहीं होती जिससे वो सेक्शुअलिटि या उससे जुड़े अलग-अलग तरह के हरेशमेंट के बारे में सही लाइन जोड़ पायें। कभी खुद की उम्र का लिहाज कर कभी हमारी उम्र का लिहाज कर माएँ खुल नहीं पातीं।''

''औरत कितनी ही मुँहफट या बेबाक हो जाए, उसकी कुछ बातें जीभ की वो छोटी कोशिका बन जाती है, जो दाँतों के बीच आ जाने पर, न कटकर बाहर गिरती हैं और न ही अपनी जगह पर सही से बैठ पाती हैं। जिसके दर्द को बार-बार मसूड़ों पर रगड़कर सपाट करने की कोशिश की जाती है। कुछ खुशियाँ नसीब लूटती हैं और कुछ खुशियाँ हमारे वो अपने लूट जाते हैं जिनपर बचपन से ही भरोसे वाला रिश्ता बांध दिया जाता है। छुपी-अनछुपी, कही-अनकही हर बातों की अपनी दुनिया होती है जो अपने हिस्से की ज़िंदगी जीकर मरती हैं, या फिर हमारी दुनिया की तरह विरोधाभास के एहसास में अत्महत्या कर लेती हैं या

खून कर दी जाती हैं।''

''माँ बनना आसान होता है मगर माँ बनकर जीना आसान नहीं होता। माँ का बच्चों के प्रति असली फर्ज़, उन्हें हर तरह की बातों का सही समय पर चेत कराना है। और सिर्फ लड़कियों को ही नहीं बल्कि लड़कों को भी सचेतना जरूरी है। गलतियों को छुपा देना, छुपा लेना या उसपर चुप्पी साध लेना अनहोनी का निमंत्रण है।'' पहली पेशेंट बाएँ होठों को दांतों से काटते हुये बोली।

''तुमने अपने साथ हुये हादसे को क्या कभी किसी से बांटा है स्मिता?'' स्मिता से पूछा गया सवाल उसके खोये अंदाज़ में गुम हो गया।

''आ....हाँ...ना...'' फिर से उलझा हुआ जवाब।

''उलझ जाने से रास्ते नहीं निकलते सिर्फ गांठें बनती है स्मिता।'' डॉक्टर रुचिका के हाथों की गर्मी उसके हाथों में जब्त होकर बर्फीली जुबान को बहा ले गईं।

''पंद्रहवा साल लगा था मेरा। घर में पूजा थी। पूरा घर मेहमानों और रिश्तेदारों से भरा पड़ा था। मेरे ही हमउम्र या मुझसे 2-3 साल बड़े भाई-बहनों की कोई कमी नहीं थी। जून की असहाय गर्मी और लाइट की ढेर सारी कटौती की वजह से सब लोग छत पर सोने की प्लानिंग में थे। मगर अचानक आए तूफान ने सबको घर में बने तीन कमरे में सोने पर मजबूर कर दिया। घर की सारी औरतें एक कमरे में, सारे मर्द एक कमरे में और सारे बच्चे तीसरे कमरे में खुद ही एडजस्ट हो गए। बड़ी होती कुछ लड़कियों को औरतों वाले कमरे में बुला लिया गया। मुझे कूलर के ठीक सामने वाली जगह मिली। मेरे बगल में दाहिनी तरफ मौसी, बुआ और ताऊ की बेटियाँ आड़ी-तिरछी होकर सोयी थीं। सिर से पाँव तक चादर ताने मैं, दीवार से सटकर सोयी हुई थी।''

''पूरा मुहल्ला, पूरा घर, घर की दिवारें, दीवारों के सन्नाटे सब के सब रात के दूसरे पहर में गहरी नींद की पालकी में झूल रहे थे। अचानक ही मेरी नींद का झूला बड़ी ऊंचाई से टूटकर नीचे आ गिरा। मेरे पीठ की तरफ कौन है पता नहीं चला मगर वो जो भी था मेरे इतना नजदीक आ चुका था कि मेरा बैक उसकी टाँगो को छू रहा था। बेहद डर की वजह से बस ये जताने के लिए कि मैं जाग

गयी हूँ, सिर से पैर तक तनी हुई चादर को मैंने और ऊपर खींच लिया। मेरी तुरंत की हरकतों से पीठ की तरफ का इनसान अब शांत हो चुका था। मैं बहुत ज़ोर से चिल्लाना चाहती थी। मैं किसी को मुझे बचाने के लिए आवाज़ लगाना चाहती थी। मैं मेरे बचाव के लिए हर मुमकिन कोशिश करना चाहती थी, मगर मेरी हिम्मत लकवाग्रस्त हो चुकी थी, मेरा शरीर बेहोश हो रहा था।''

''अरे अविनाश! तुम यहाँ क्या कर रहे हो, तुम तो बगल वाले कमरे में पापा लोग के साथ सोये थे न?''

मौसी नींद से जागी थीं। वो मेरे बगल में ही थी तो इतनी जगह कहाँ से बच गयी की कोई और आकर जगह बना लेता मगर गंदी मानसिकता सूक्ष्म अमीबा में भी सांस ले सकता है। मैं अभी भी डर से बेआवाज रोते सब बातें बस सुन रही थी।

''मम्मी वो, मैं, वो....।''

''क्या! कर क्या रहे हो यहाँ बेड पर?''

''वो हम... हम... मम्मी हम चादर लेने आए थे ठंड लग रही थी।''

''घिघयाती आवाज़ के साथ बेड से नीचे उतरकर दूसरे कमरे में जाते हुये अविनाश की आहट मुझे साफ सुनाई पड़ी। मौसी ने दो तीन बार मुझे पुकारा था मगर डर के आगोश ने पूरे बदन में कफ़्र्यू लगा दिया था।''

''मैं रातभर आँख बंद किए जागती रही। सुबह उस कमरे से निकल मैं बाहर के कमरे आ गयी। यहाँ अब मैं आराम से सो सकती थी क्योंकी बाहर के कमरे में आवाजाही से मैं हर किसी की नज़र में रहती।''

''गहरी नींद में से सिक्स्थ सैन्स नाम के किसी एहसास ने मुझे झकझोर कर जगाया था। सांसे धौंकनी बन चुकी थी। फिर कोई मेरे बगल में मेरे उतना ही करीब था जितना की रात में था। मैं एक झटके में उठी। मेरे झटके से उठने पर अविनाश जमीन पर गिरा था मगर फिर भी वो हँसते हुये उठा और बोला।''

''तुम जग गयी स्मिता, जाओ तुम्हारी मम्मी बुला रही हैं।'' कितनी ही देर मैं बुत की तरह बेड पर बैठी रही। मन उसके छुवन से लत्ता हो चुका था। मुझे

यकीन नहीं हो रहा था 'अविनाश' मेरी मौसी का बेटा, मेरा रक्षाबंधन वाला भाई ऐसा कर सकता है। मेरे मन में मेंटल, इमोशनल जख्म उभरे थे।'' सीने में अतीत के मोटे, गंदले, छुपे और तकलीफ देह गांठ को वर्तमान में अचानक से खोलने में स्मिता की सांसें फूल गयीं।

"इक्ज़ेक्टली स्मिता! वो हर टच, चाहे आंखों से हो, बातों से हो, इशारों से हो, मैसेज से हो, आमने-सामने से हो, जो आपको मेंटली-इमोशनली-फिजिकली गंदा फील कराये वो बैड टच ही है। और तुम चुप रही स्मिता, इसे होने दिया?''

"हाँ! मेरी ही गलती थी मेरी चुप्पी की गल्ती क्योंकी मैं लगातार ऐसा होने दे रही थी। मैं गुनहगार की सबसे ऊपरी सीढ़ी पर खुद की नजरों में सिर झुकाये खड़ी थी लाचार बनकर, हजारों लाखों लड़कियों की तरह जो सिर्फ बदनामी के डर से चुप हो जाती हैं। जिन्हें पता ही नहीं होता हुआ क्या है। जिन्हें समझ ही नहीं आता इसके बाद करना क्या चाहिए। जिन्हें पता ही नहीं होता ये उनकी गलती नहीं होती। जो जानती ही नहीं कि ऐसी हरकतें छुपाने वाली नहीं होती। उस समय 'हल्ला बोल' जैसा कोई 'रियलिटी शो' टीवी पर नहीं आते थे, जो खुद से हुये हर गलत व्यवहार के लिए लड़ने और सबक सिखाने की प्रेरणा देते, वरना हर घर की लड़कियाँ प्रतिक्रिया करना जरूर सीख जातीं।''

"घर में सबके लिए जिंदगी एक सी ही थी। पर एक रात ने मेरी जिंदगी और कई रिश्तों के मायने बदल दिये थे। मुझे लगा कि ये सिर्फ मेरे ही साथ हुआ है। मैं रोना चाहती थी, मुझे खुद से घिन आ रहा था। मैं मेरे शरीर को किसी पत्थर से रगड़ कर खून निकालना चाहती थी जिससे अविनाश के हाथों का रेंगुवा कीड़ा मर जाए। पर मैं कुछ नहीं कर पा रही थी। दिन में सारे बच्चे फिर, हर दिन की तरह आइस-पाइस खेलने लगे। हत्थी कटा कर मैं भी उनके खेल का हिस्सा बनना चाहती थी, पर सारे भाइयों में मुझे अविनाश की शक्ल दिखने लगी।''

"मैं नींद का बहाना करके कमरे में चली आई और पेट के बल बेड पर ढह गयी। लोग क्यूँ नहीं समझ रहे थे कि एक रात ने ही मेरा खुश रहना छीन लिया था। सबक के जरिये ज़िंदगी, बच्चे को जिम्मेदार या बड़ा बनाती है और शायद मेरे लिए ऐसा ही सबक तय किया गया था और मैं 15 की उम्र में मन और दर्द से

बड़ी हो गयी थी। एक रात के बाद हंसी-मज़ाक से मुझे घुटन होने लगी थी। किसी को पता भी कैसे चले की बंद सीप के अंदर का मोती देने वाला कीड़ा जिंदा है या अपने आप ही सांस न ले पाने की वजह से मरकर सड़ गया।

अधमरी सी अधजगी अभी भी कोई हरकत नहीं थी मेरे बदन में। तभी दो हाथ मेरे पीठ पर फिर गिनगिनाने लगे। डर एक बार फिर बहादुरी पर हावी होने चला था। वो हाथ अब मेरे गर्दन के बाल हटा रहे थे। मगर पिछली बार के डर ने इस बार मुझे तैयार कर दिया था। मैंने करवट बदली और तकिये के बगल में रखा टॉर्च हौले से हाथ में ले लिया और अचानक घुमा कर ज़ोर से उसके सिर पर मारा।

''मुझे छुयेगा न हाँ मुझे छूएगा। मैं चुप रहती थी इसका मतलब तुमने क्या समझा कि तुम भईया हो उसका लिहाज करके मैं कुछ बोलूँगी ही नहीं'' मैं अविनाश को टॉर्च से मारे जा रही थी और चिल्लाये जा रही थी।

पिछले कुछ दिनों से एक डम्बो लड़की जो अपने शरीर का, अपने मानसिक स्थिति का खुलेआम मज़ाक बनने दे रही थी उससे इस तरह के रिएक्शन की उम्मीद शायद अविनाश को नहीं थी। लाल आँखें, और माथे पर काले उभर रहे निशान लिए वो बेड से नीचे गिर पड़ा। एक बेझिझकी आगे आने वाले कई रस्तों को खोल देती है। मैंने जिस मजबूती से वो टॉर्च पकड़ा था उससे कहीं ज्यादा मजबूती से मैंने अविनाश के सिर पर फिर मारना शुरू किया। उसके हाथों में मेरा स्कर्ट फंसा हुआ था। वो कैसे-कैसे उठा और बाहर भागते हुये उंगली दिखते हुये बोला ''बहुत भुगतोगी एक दिन देख लेना''

''पहले तुम तो भुगत लो।''

हाथ में पकड़े स्टील के टॉर्च को मैंने अविनाश के पीठ पर दे मारा। उस रात के बाद मेरे शरीर पर अक्सर गोजर रेंगने लगे थे। मैं अभी भी अविनाश का चेहरा नोचना चाहती हूँ उसे इतना मारना चाहती हूँ कि वो लकवाग्रस्त हो जाये।'' स्मिता की आवाज़ आक्रामक हो चली थी उसने एक ज़ोर का मुक्का टेबल पर मारा। डॉक्टर रुचिका को ये सब अजीब नहीं लगा। हालांकि पहली पेशेंट काफी देर से कुछ बोलना चाह रही थी मगर रुचिका ने उसे इशारे से चुप रहने को कहा

और स्मिता को बोलते रहने दिया।

''मैंने अपनी माँ को सब बता दिया था। माँ पूरे एक दिन तक खामोश रहीं थी उनके मन में क्या चल रहा था मुझे पता नहीं और माँ ने उसके बाद क्या एक्शन लिया था मुझे पता नहीं मगर उस दिन के बाद से अविनाश कभी घर नहीं आया।''

''आप खुशकिस्मत थीं कि आपके पास इतनी हिम्मत थी और आपने अपनी माँ से ये सब बता दिया था। हम जैसे ही दुनिया की हर माँ को शरम की डेडसेल्स रिमूव करके ये बताना चाहिए कि ''सम्मान उम्र का नहीं, व्यवहार का करना चाहिए। हर क्रिया की एक प्रतिक्रिया होती है और लड़कियों को भी ऐसी क्रिया के प्रति जोरदार प्रतिक्रिया देनी चाहिए। बात हतोत्साहन की हो या प्रोत्साहन की, समय पर न मिले तो बातें अक्सर बिगड़ जाया करती है। दुनिया में कई लड़कियां खुद को मज़लूम बनाकर अपने डर को कोसने के बजाय किस्मत को कोसते हुये हर रात रोती हैं।

जिंदगी हमारी, साँसें हमारी, हंसी हमारी, खुशी हमारी, जीने का तरीका हमारा, उदासी हमारी, जीवन के सतरंगी इंद्रधनुषी रंग हमारे, कोशिशें हमारी, मंज़िल हमारी, जब सब कुछ हमारा तो हम क्यूँ किसी रिश्ते या बंधन के लिहाज या डर में हमारी जिंदगी घुटन भरी बना दें। जब रिश्ते खुद अपनी गरिमा की औकात बेचने पर उतारू हो जाएँ तो कुछ बेहयाई हमें भी दिखानी चाहिए।'' साँवली पेशेंट की हौसलाई प्रतिक्रिया और सब मुस्कुरा पड़ीं।

''माँ को बेटियों के सामने दोस्ती का हाथ बढ़ाना होता है फिर दोस्ती वाले रास्ते पर दोनों को तल्लीनता से एक-दूसरे को संभालते ताउम्र चलना होता है। जिन लड़कियों की माँ, दोस्त नहीं बन पाती, वो मासी दोस्त, बहन दोस्त, खुद की दोस्त, सहेली दोस्त, चचेरी बहन दोस्त, नानी दोस्त, दादी दोस्त, पड़ोस की आंटी दोस्त, अजनबी दोस्त, सहेली की सहेली दोस्त जरूर बना सकती हैं। एक औरत ही औरत को अच्छे से समझ सकती है क्योंकी हर औरत और उसकी जिंदगी कहीं ना कहीं किसी मोड़ पर, एक सी ही होती है।'' पहली पेशेंट चहक गयी।

''लड़कियों के पास आत्मसाहस जैसे मनोबल होते हैं। लड़कियां जन्मजात बहादुर होती है हर परिस्थिति में। वो सारी चीजें जो तुम्हें बुरी लगें उसे न कहना सीखो चाहे वो प्रेम में हो या गुस्से में। जो बुरा हो रहा है या बुरा कर रहा है उसके बारे में छुपाने के बजाय सामने लाना और बताना सीखो। पर्दे और चादर के भीतर छुपा देने से होने वाले या हो रहे अपराध कम नहीं हो जाते हैं। दूसरों के डर का आतंक हटाने के लिए हमें अपने दिल से डर हटाना होगा। लड़कियों का आत्मविश्वास ही उनका सबसे बड़ा अस्त्र है।'' डॉक्टर रुचिका बोलीं।

''राक्षसों की भीड़ में, जब-जब कोई लड़की
लक्ष्मी बाई की जगह, बनना चाहेगी सीता
तब तब उसे अग्नि परीक्षा में
न तो राम बचा पाएंगे और न ही रावण
सर्वस्व नष्ट हो जाएगा और बचेगी
तो सिर्फ एक स्त्री की जिंदा लाश।''

''और इतनी सी हिम्मत का सिरा मुझे मिल नहीं रहा था और मैं उलझ गयी थी। मैं भी माँ हूँ न अपनी माँ की तरह ही सब कुछ जानते हुये, झेलने के बाद भी, अपने बच्चे को समझाने की बजाय चुप हो गयी।''

बचपन से ही औरतों को चीजों में गांठ लगाने की आदत हो जाती है। मन्नत के धागों में, गुथे बालों में, दुपट्टे में, बच्चों के कपड़े में, गांठ लगाते-लगाते जाने कब, वो बातों के साथ-साथ, तन-मन और दिल में भी गांठ लगाने लगती हैं। उन्हें खुद इसका भान नहीं होता और एक दिन खामोशी की एक पूरी बड़ी सी गांठ उनके पूरे जीवन पर कब्जा कर लेती है। मौत के बाद औरतों की वहीं गांठ कूल्हे की हड्डियों और आदमियों की अनकही बातें सीने की हड्डियां बन बच जाती हैं जिन्हें अंततः बहा दिया जाता है फिर से भटकने के लिए। अनकही रह गयी गांठें कीमोथेरेपी, लेसर या दवाओं से नहीं बल्कि कह देने से, बोल देने से गल जाती हैं।

''और हाँ डॉक्टर! एक औरत के लिए एक औरत से बेहतर साइकियाट्रिस्ट कोई नहीं होता।'' स्मिता की छाती बच्चों की तरह खिलखिला

पड़ी। अतीत की कस रही गांठ वर्तमान में एक घंटे के भीतर ही खुल गईं। स्मिता को अचानक से छाती के भीतर ठंड का अनुभव हुआ। सीने पे हाथ फिराया अब वहाँ कोई गांठ नहीं था, सारी गांठें पिघलकर शब्द बन चुकी थीं।

Over possessiveness

पिछले बीस मिनट में वो बीस बार अपना whatsapp और skype चेक कर चुकी है हर जगह सन्नाटा पसरा हुआ है। रात के दो बज रहे हैं और सबसे जल्दी सो जाने वाली लड़की की आँखों में नींद नहीं है। वो ये भी सोच सकती है कि उसकी नींद उड़ गयी है या किसी ने चुरा ली है पर इस तरह के जुमले उसे दिल्लगी, बनावटी और अजीब गिनगिने लगते हैं। उल्टी आती है ऐसे सेंटेन्स बोलने या सोचने में। तो वो सोच लेती है कि उसे नींद नहीं आ रही है।

बिस्किट रंग की दीवार पर सामने दो छिपकलियाँ आपस में, कभी पूंछ लड़ाकर, कभी मुँह से मुँह पर वार करके जाने लड़ रहीं हैं, या अपनी बात मनवा रही हैं, प्यार कर रही हैं या जाने दिन भर के व्यस्त समय के चलते शिकायतों का ठीकरा एक-दूसरे पर फोड़ रही हैं। और एक वो मरून भूरे रंग के सोफ़े में शरीर को लत्ता छोड़, पेट घुसाये सोचे जा रही है।

‘‘रात का पहर दो लोगों के नाम होता है एक वो जो प्यार में होते हैं और दूसरे वो जो याद में होते हैं। प्यार में होते हुये मोमेंट क्रिएट होना और फिर उस मोमेंट से यादों का सिलसिला बन जाना आसान होता है। मगर याद में होते हुये प्यार महसूस करना उसके लिए उतना ही मुश्किल था जितना उसे ये आदत डालने में हो रही है कि कुछ न बदलने वाली जगह पर सब कुछ तो बदल गया है। वो कैसे मैनेज करेगी समीर को, समीर के साथ को, समीर की वजह से बोझिल और चोटिल हुये जा रहे दिन और अपनी जिंदगी को, समीर कैसे भूल सकता है उसे ‘गुडनाइट’ बोलना।

वो हर समय whatsapp और skype को मोबाइल में हाइड करके रखती है और पासवर्ड भी डाल रखा है। इस डिस्टेन्स रिलेशनशिप में एक whatsapp और skype ही तो उसे समीर के करीब ले जाने का जरिया था और है।

एक मिनट में उसका मोबाइल फिर लॉक हो जाता है और वो फिर साइड बटन दबाकर अनहाइड किया हुआ whatsapp और skype देखती है।

नोटिफ़िकेशन तो वो कब का ऑफ कर चुकी थी। उसने सेटिंग्स में जाकर पॉपअप लाइट्स भी ऑफ कर दिया था ताकि देर रात दो बजे या कभी-कभी सुबह के चार बजे तक समीर के साथ होने वाले चैट में जब मम्मी या पापा कोई उठ जाएँ या उनमें से कोई एक करवट बदलने लगे तो वो भी दम साधे मोबाइल को साइड से ऑफ करके कमर के नीचे या ओढ़े गयी चादर के अंदर डाल दे। जिससे देखने वाले को लगे कि वो सबसे गहरी नींद ले रही है एकदम अकड़ी मुर्दों जैसी। और इस बीच में दूसरी तरफ से समीर के आने वाले लगातार मेसेज का पता किसी को भी न चले।

मगर तीन दिन से ये सब गैरजरूरी चीजें बन चुकी थीं इसलिए उसने whatsapp और skype को अनहाइड कर दिया था। अब तो उसका फोन भी जनरल पर रहने लगा है।

अननोन काल्स से सालों पहले ही नाता बंद हो चुका था। जैसे उसने सिम कार्ड या फोन लेने से पहले फॉर्म में रिलेशनशिप स्टेटस भी भरा हो *‘इन अ ट्रू, स्ट्राँग, डीप्ली, मेंटली, ऑनेस्टली रिलेशनशिप विथ समीर।’*

कोई कहानी लिखने नहीं बैठी है वो। कहानी जैसा शुरू और अंत का कोई पैराग्राफ या चित्र भी नहीं है उसके दिमाग में और न ही कोई गुबार जो दो बजे वो डायरी पर निकाले।

मोबाइल की चमकती स्क्रीन पर उसने सिर घुमाकर देखा एक भी मेसेज शो नहीं हो रहा है।

उसने मोबाइल का स्क्रीनलॉक ड्यूरेशन एक मिनट से बढ़ाकर अब 5 मिनट कर दिया है ताकि हरे रंग के whatsapp पर खट-खट, एक-दो-तीन-सात-पंद्रह मेसेज सेकेंडों में शो हो जाएँ...

"कैसी हो। कहाँ हो। क्या कर रही हो। हद् है यार, जाना आओ न।"

मगर आज सब शांत है। वो तबसे इंतज़ार कर रही है समीर का। समीर इतना लापरवाह कैसे हो सकता है। कभी-कभी इंतज़ार सिर्फ इंतज़ार लेकर आता है, घना इंतज़ार, लंबा इंतज़ार।

इस समय उफान पर है उसकी आँखें, लफ़्ज, शब्द, ध्यान। शांत है तो बस प्यार, वो प्यार जो दोनों एकदूसरे से पिछले तीन महीने से करते आ रहे हैं। ओह नहीं! फिर एक गलती.... तीन महीने नहीं, तीन साल से।

जुनूनी लड़की है वो अपने काम के प्रति और चौबीस घंटे में चौदह घंटे पेंटिंग्स में ही गुम रहती थी तब समीर उसका इंतज़ार किया करता था। कैसी कोफ्त होती थी, कोई लड़का किसी से इतना प्यार कैसे कर सकता है कि हर बार उसके बिजी होने पर, उसके कुछ घंटों के लिए गायब होने पर, उसे बड़े-बड़े मैसेज करता है। वो बड़े मेसेज उसे अक्सर रुला जाया करते थे। मगर तब उसके हिस्से में सिर्फ दलीलें और बहाने थे। समीर के हिस्से में आया था एडजस्टमेंट, कॉम्प्रोमाइज़, इंतज़ार। समीर से इतना गहरा इश्क़ कहाँ था तब।

बगल के कमरे से पापा के खर्राटे की आवाज़ साफ सुनाई पड़ रही है।

वो जानती है समीर का उसकी जिंदगी में होना सबसे बड़ा सुकून है और उसका न होना किसी लंबे रेगिस्तानी सफ़र जैसा है, सबसे थकाऊ, उदास,

उजाड़-बंजर। सबसे थकाऊ सिचुएशन में सबसे गहरी नींद आती है खर्राटे वाली। पापा का आलम वो समझ सकती है। मगर अब तो समीर कहीं नहीं है तो वो क्यूँ नहीं थक रही है। समीर के होने पर कैसे वो नींद से पहले ही नींद में चली जाती थी और समीर को उससे इस बात की बड़ी शिकायत रहती थी और अब खुद वो समीर के न होने का सबसे बड़ा सफर काट रही है और उसे भी थक के सो जाना चाहिए खर्राटे भरना चाहिए मगर वो अब समझी थी कि नींद का, सुकून और थकान से कोई खास लेना-देना नहीं है। नींद एक अप्रत्याशित मानव अभिक्रिया है जो याद और इंतज़ार का अतिक्रमण नहीं देखती। उसका आना-ना आना, उसका खुद का फैसला है एक आज़ाद स्त्री की तरह।

काले रंग की 'सोनी वाइयो' लैपी पर रखे पेपर कॉइल और माचिस को हटाते हुये वो कवर के धूल को हाथ से पोछ देती है। वो भी तो इसी तरह समीर के प्यार से छू भर लेने से ही चमक जाया करती थी।

लैपी पर लिखने की आदत से उसकी डायरी राइटिंग स्पीड भी स्लो हो चुकी है, फिर भी उसे डायरी में लिखना सबसे ज्यादा पसंद है। वो मेट्रो की स्पीड से कलम को, घिस देने के अंदाज में डायरी में चलाने लगी ताकि मन में चल रहे अंधड़ को जल्द से जल्द समेट ले।

<u>*8 सेप्टेम्बर (रात 2 बजे) डायरी*</u>

एक लड़का और एक लड़की दोनों का प्रोफेशनल होना, दोनों के नेचर पर अलग-अलग प्रभाव डालता है। एक लड़की प्रोफेशनल होते ही और ज्यादा मातृत्व से भर उठती है और एक लड़का प्रोफेशनल होते ही पूरी तरह से लड़का हो जाता है।

मेरे दो चेहरे हैं एक वो जो लिखते और पेंट करते वक़्त होता है और एक वो जो आम है। समीर एक सेलेब्रिटी है एक सिंगर। उसके तीन चेहरे हैं। एक वो जो सिंगिंग के दौरान होता है। एक वो जो मेरे साथ रहते हुये होता है और एक वो जो वो खुद है। हर चेहरे के साथ इंसान उसी कैरेक्टर में ढल जाता है। मैं भी ढल जाती हूँ लिखते हुये, पेंट करते हुये। मगर मेरे साथ होते हुये, तीन चेहरे रखते

हुये भी, अपने आप में होते हुये भी, वो मेरे सामने सिर्फ एक चेहरा रखता है और वो है प्यार वाला चेहरा।

मुझे पता है आज शाम समीर के लिखे नए सॉन्ग की डबिंग थी। मुझे सबसे ज्यादा खुश होना चाहिए था पर मैं दुखी हूँ। मेरा दुखी होना मुझे गलत बना सकता है कि समीर की जॉब से मैं तकलीफ में हूँ मगर ऐसा बिलकुल नहीं है। आदतें किचन के डब्बे पर जमा वो ढीठ तेल है जिसे कितना भी साफ कर लिया जाए कहीं न कहीं चिपचिपापन बचा रह जाता है। मैं ये भी जानती हूँ कि वो बहुत थका हुआ था इसलिए बिना गुडनाइट कहे ही दस बजे सो गया। एक गुडनाइट इतना बड़ा मैटर नहीं होना चाहिए कि मैं रोऊँ। फिर भी मैं रो रही हूँ। क्यूँकि मुझे उसकी आदत है क्योंकी मुझे उसकी याद आ रही है। मैं उसे लेकर ओवर पजेसिव नहीं हूँ, एक्चुली आई लव हिम सो मच।''

उसकी आंखो में बेतहाशा जलन हो रही है। ओहह! वो तो भूल गयी उसने कुछ देर पहले ही ढेर सारी मिर्ची वाली चिकेन खायी थी। बिना लेंस के उसे साफ-साफ कुछ भी नहीं दिखता है। अब लेंस लगाते वक्त बची हुई मिर्ची के एहसास उसके लेंस को तीखा और तेज कर गए थे। बेरहमी कहाँ देखती है सादगी या मजबूरी।

उसने डायरी को बेड से समेटा और फिर जमीन पर आकर बैठ गयी। मोबाइल पर बीप हुआ है '2 न्यू मेसेजेस'।

वो बेतहाशा खुश हो गयी। अब वो बहुत शिकायत करेगी समीर से, कितना मिस किया है पिछले कुछ घंटो से उसको, उसके बिना वो किसी बूढ़ी के उजड़े, फंसे, उलझे गांठ बंध चुके बालों की तरह बेजान और बेदम हो जाती है।

पर नहीं... ये एयरटेल वाले ज्यादा हार्ट कनेक्टेड निकले। नेट पैक ऑफर का मैसेज था। उन्हें भी पता था कि एक हफ्ते बाद खत्म होने वाले नेट पैक की जानकारी डीप्ली इन लव कपल्स को देना ज्यादा जरूरी है क्योंकी हर दिन 4-5 घंटे सोशल साइट्स की बदौलत साथ रहने वाले लॉन्ग डिस्टेन्स कपल कैसे बर्दाश्त कर पाएंगे एक घंटे के लिए भी दूर रहना।

बीते दिनों की बातें थी जब रैना जुनूनी तरीके से खाना-पीना सब भूल

पेंटिंग्स करते हुये खुद कैनवास में ही पेंट हो जाया करती थी। वो अक्सर समीर को बिना बताए और बिना गुडनाइट कहे ही सो जाया करती थी... ये जानते हुये कि समीर घबराहट ओढ़े उसका इंतज़ार करता है।

वो रैना से थोड़ा समय ही चाहता था मगर रैना सबसे बेखबर अपनी नींद में गुम हो जाती थी। बेहद बेचैनी और दूरी में रात-रात की नींद गायब किए समीर उसे सुबह तीन बजे, और कभी कभी पाँच बजे तक मैसेज करता रहता।

"बाबू यू नो न, हमारा हार्ट टू हार्ट कनैक्शन है। हम एक दूसरे को महसूस करते हैं, तुम अभी आओगी न। कल भी रात तुम्हें प्यास लगी और तुम अचानक से उठी थी और मुझसे बात की थी। तुम कहती हो ना शिद्दत से याद करने पर हम दोनों एक-दूसरे के सामने होंगे हर पॉसिबल मीडियम के थ्रू।"

वो भी तो आज इतनी शिद्दत से उसे याद कर रही है तो आज समीर को प्यास लगनी चाहिए थी न। समीर हार्ट टू हार्ट कनैक्शन क्यूँ नहीं फील कर रहा है। वो टेबल पर रखी मिल्टन की बोतल उठाती है और एक हल्की घूंट छाती को और भर देती है।

समीर तो हमेशा सपने में रहता है उसके ही सपने में। सपने और यादें एक दूसरे के कट्टर हैं। सपने कभी हिचकियों में तब्दील नहीं होते और यादें नींद आने नहीं देती। ज़ोर की खांसी में आधा पानी गले में अटक गया और आधा पानी नाक और आँख से बाहर आ गिरा है। कितना बेदर्द है समीर उसने तो दो दिन से ये भी नहीं पूछा कि उसकी हंसी गायब कर देने वाला फोड़ा जो उसके घुटने के ठीक ऊपर और पैर मोड़कर बैठने वाली जगह पर निकला है वो कैसा है।

क्या प्रोफेशनल होना इमोशंस खत्म कर देता है या प्रोफेशनल होने के साथ इमोशनली ब्लॉकड होकर इंसान प्रेक्टिकल हो जाता है। दो बजने में अभी दो मिनट बाकी है और वो उसे whatsapp करती है।

"दूसरे पहर में अभी टाइम है जाना। मैं जगी हुई हूँ आप सो जाओ आराम से। मैं हम दोनों के एक होने के लिए दुआ मांग लूँगी। हम दोनों में से कोई एक सो जाता है और कोई एक जगा रहता है शायद इसलिए ऐसा होता है ताकि दोनों में से कोई एक दुआ मांग सके दोनों के लिए।"

रैना और समीर के ज़्यादातर चैट में किस, हग, हार्ट, इमोटिकन्स होते थे। स्माइल भेजने का मतलब कि बातें बुरी लग रही हैं, कोई तकलीफ दिल में है, मन दुखी है। रैना ने जानबूझकर किया था ऐसा। दोनों को दोनों के साथ ऐसा करने की, खुली छूट थी। ट्रांसपरेंसी रिश्ते का आधार है।

समीर की सबसे बड़ी फैन थी रैना, ऐसा वो खुद अपने आपको कहती थी। हाइटेक जमाने के गली, मुहल्ले, चौराहे की शक्ल पर होने वाले लव एट फ़र्स्ट साइट या टू लव की जगह पर फेसबुक, रांग नंबर, जीमेल, इंस्टाग्राम का पोस्टर चस्पा हो चुका है।

रैना ने भी समीर को सबसे पहले यूट्यूब पर देखा था उसके खुद के लिखे और कंपोज़ किए हुये गाने को गाते हुये। समीर का अपना यूट्यूब चैनल था जिस पर लाखों फैंस फालोइंग्स थी। उसके गाने के अंदाज़ से ज्यादा वो समीर के लिखे गहरे मतलब वाले लीरिक्स से इम्प्रेस हुई थी।

रैना खुद भी बड़ी मात्रा में फेसबुक फैन फालोइंग रखने वाली पेंटर थी जिसकी पेंटिंग्स शहर के बड़े-बड़े एग्ज़ीवीशन की दीवारों से उतर फिर नामी घरों की शान बन जाती थी।

दोनों को एकसाथ होने में कुल एक साल लगे थे। और इन एक सालों में फैन से दोस्त, दोस्त से लव और लव से इश्क़ वाले लव में बदलते हुये दोनों की जिंदगियाँ गोल्ड वर्क से लिपटी चमकीली खूबसूरत हो चुकी थी।

दोनों के बीच मिजाज और इजहार का तालमेल सबसे खूबसूरत था। दोनों के फन और काबिलियत एकदूसरे के प्रति पल रहे प्यार को सबसे आसान और अद्भुत तरीके से इजहार करते थे। समीर के साथ बिताए हर एक नैनो सेकंड को भी रैना अपने पेंटिंग्स में ब्रश के एक-एक सहलावन से सफ़ेद केनवास पर उतार देती थी। लोगों ने देखा था रैना आजकल रंगो के खूबसूरत संयोजन को जीवित करने लगी थी और सबने ये भी महसूस किया था कि समीर के लीरिक्स में प्यार ने घुसपैठ कर लिया है।

दोनों के अपने-अपने बिज़ी शेड्यूल थे। एमबीए न करने के बावजूद दोनों ने एक दूसरे के लिए, एक दूसरे के साथ, एक दूसरे का टाइम मैनेज किया था।

फिर भी समीर को थोड़ी जायज शिकायतें होती थी रैना से। ज़्यादतियाँ रैना की तरफ से ही थीं और आजमाइश समीर के लिए हो जाती।

हर बार खुद को बदलने का सोचती रैना, फिर भी अक्सर ऐसा हो जाता कि मारे थकान के जब वो रात बिना बताए, बिना गुडनाइट मेसेज किए सो जाती थी तो सुबह समीर के कितने रुलाने वाले मेसेज मिलते थे। जिसका लास्ट सीन चार बजे से छः बजे के बीच का होता मतलब समीर ने उसके इंतज़ार में फिर एक रात स्वाहा कर दी।

कोई और देखता तो दोनों को साइको बोल देता। कभी-कभी वो चिढ़ जाया करती थी ऐसे एक्ट पर। उसे घुटन होने लगी थी। हर दिन एक जैसे जीना और एक ही ढर्रे पे जीना, रैना को अब लगता था वो प्यार में नहीं बल्कि किसी बंदिश या पिंजरे में है। इस बात को लेकर कितना झगड़ चुके थे वो दोनों।

उस दिन अपने प्यार के पहले एहसास को शाम सात बजे से पेंट करते-करते रात के एक बज गए। पूरे छः घंटे बाद रैना ने फोन उठाया था और पूरे छह घंटे तक समीर एकटक नज़रें फोन पर ही गड़ाए था। ये छह घंटे समीर के लिए खौलते तेल वाली कढ़ाई में बैठे रहने जैसा था। छह घंटे वो समीर के एहसासों के साथ लिपटी रही थी फिर भी समीर ने रोते हुये शिकायत की थी।

"क्या तुम्हें मेरी जरा सी भी याद नहीं आती रैना। मैं सोया नहीं अभी तक तुम्हारे इंतज़ार में जबकि कल सुबह नौ बजे ही स्टुडियो जाना है मुझे। बहुत तड़पाता है ये "जाना" कि आप जिससे प्यार करो वो आपको इग्नोर कर दे। आते ही सो जाए या बोल दे की उसे नींद आ रही है।"

"तो सो जाओ न समीर या सो जाया करो। मैंने मना नहीं किया है और न ही मैं शिकायत करने आऊँगी। रात सोने के लिए ही बनी है।"

"कितना फॉरवर्ड बोल रही हो रैना। प्यार करता हूँ तुमसे कुछ तो खयाल कर लिया करो। मैंने आज खाना भी नहीं खाया सिर्फ तुम्हारे एक बार पलटकर

देखने का इंतज़ार किया है।''

"तुम मुझे उलझन में डाल रहे हो समीर। हम दोनों का काम इंपोर्टेंट हैं।''

"क्या एक बार जरूरी नहीं समझा कि एक मैसेज ही कर दो।''

"पजेसिव होना ठीक है पर ओवरपजेसिव होकर घुटन नहीं बढ़ाओ। मैं गुलाम नहीं होना चाहती समीर, प्लीज मुझे आज़ाद जीने दो। मैं हम दोनों को ही सहेज रही थी। मैंने सोचा था आते ही तुम्हें अपनी पेंटिंग्स दिखाऊँगी पर... :/''

"मैंने तुम्हें कभी आजमाइश में नहीं डाला है न, इसलिए ऐसे बोल रही हो रैना। मैं तुम्हें डालूँगा भी नहीं क्योंकी मुझे मेरा रोना मंजूर पर तुम्हारी उदासी नहीं। मैं तुम्हारी तरह कभी पत्थर नहीं हो सकता। :(''

"लाइफ में प्रेक्टिकल होना भी जरूरी है समीर। तुम खाना-पीना छोड़कर बच्चे जैसा क्यूँ कर रहे हो। हम अब 18-19 साल के टीनएजर नहीं रहे कि कैरियर को ताक पे रखकर बस बातें करें। समझदार हो जाओ थोड़ा। :/''

"समझदार हम्म.. समझदार लोग सिर्फ बिजनेस करते हैं रैना। प्यार सिर्फ नासमझ लोगों के लिए ही है। पता है बच्चों से सबको और सभी को बच्चे क्यूँ प्यारे होते हैं क्योंकी वो नासमझ होते हैं, बिलकुल साफ दिल के और साफ भावना के। और हर सच्चा आशिक जब तक बच्चों जैसा नहीं हो जाता वो प्यार नहीं कर सकता। काश की तुम समझ पाती इस नासमझी को''

बातें चुभी थीं दोनों को मगर न समीर अपनी तड़प कम कर पाया और न ही रैना अपनी आदतें बदल पायी थी।

समीर उसे समझा नहीं पा रहा था कि इंतज़ार, याद और प्यार दूसरे की मर्ज़ी के साथ, अपनी भी मर्ज़ी से नहीं चलता। इन यादों पर उसका अपना ज़ोर नहीं है।

रैना को प्यार में आज़ादी चाहिए थी। रिलेशनशिप टैग के साथ सिंगल वाली लाइफ चाहिए थी। जब मन करे सोए, जब मन रोमांटिक हो ले, जब मन लेट नाइट चैट करे। उसे अपनी शर्तों पर जीना था।

पिछले कई सालों का शौक और खुद के बल पर बनाई गयी पहचान समीर के लिए अब जाकर आजीविका का साधन बनने वाली थी। किसी म्यूजिक कंपनी से उसके लिए लीरिक्स रायटर का जॉब ऑफर हुआ था। कितने सालों बाद समीर से ज्यादा रैना के दिल में सुकून उतरा था। उसे हमेशा लगता था समीर को जहाँ होना चाहिए वो अभी अपने उस जगह नहीं हैं, समीर सिर्फ यूट्यूब के लिए नहीं बना है और ऐसा ही हुआ था। वो बहुत खुश थी या शायद रैना इसलिए भी सुकून में थी कि उसे अब समीर को पेंटिंग्स में उतारने के लिए पर्याप्त समय मिल जाएगा।

अक्सर हम अपने प्यार के साथ जिये पलों पर ओवर सिरियस हो जाते हैं और फौरन दो चेहरे लिए, दोहरी जिंदगी जीने लगते हैं। एक तो वो जो हम प्यार के साथ जीते हैं और दूसरा वो जो हम किताबों, डायरियों, चिट्ठियों, पेंटिंग्स, गानों या अन्य इजहार करने वाले माध्यम से प्यार को सहेजना या संजोना चाहते हैं। दोहरी जिंदगियाँ बिलकुल आसान नहीं होती वो भी तब, जब हम वर्तमान में ही वर्तमान को भूतकाल में बदलकर किसी सन्दूक या शीशी में ढक्कन लगाकर बंद कर लेना चाहते हैं।

रैना जानती थी समीर की जॉब के बाद बहुत कुछ बदल जाएगा। वो इसके लिए तैयार भी थी कि अब उसे आदत से ज्यादा एडजस्टमेंट की जरूरत है।

5 september (समीर के ऑफिस का पहला दिन) (Whatsapp)

"सुनो न रैना, मेरे काम के बीच बहुत सा वक्त ऐसा होगा जब तुम अकेला महसूस करोगी। पर तुम्हें ये सब छुपाने की जरूरत बिलकुल नहीं होगी तुम फौरन मेरे पास कॉल करोगी और मैं सब कुछ छोड़कर तुम्हारे पास हूँगा। तुम परेशान बिलकुल न होना हम जैसे थे वैसे ही रहेंगे लड़ते झगड़ते, प्यार करते और रूठते मनाते हुये :) :)

"अरे हाँ ना! मैं जानती हूँ सब वैसे ही रहेगा जैसे था। हाँ, बस disciple तरीके से होगा, टाइम मेनेजमेंट का एक्सपर्ट बनना होगा। दोनों का प्यार हैं कम थोड़े होगा :)"

"अच्छा मेरी M.B.A क्लाईंट"

"कितना भी बिज़ी शेड्यूल हो या कितना भी काम हो तुम्हें मगर समीर तुम कभी ये नहीं बोलोगे की तुम बिज़ी हो। ये बिज़ी शब्द न मुझे हथौड़े की तरह लगते हैं। ऐसा लगता है कुछ शब्द जानबूझकर ईज़ाद किए गए हैं ताकि जब किसी इंसान को उसकी औकात या सही जगह दिखानी होती है या जब किसी दूसरे की वैल्यू अपनी जिंदगी में कमतर, सबसे नीचे करनी हो तो बोल दिया जाए कि मैं बिज़ी हूँ। हाँ! तुम बोल देना कि बाबू काम कर लूँ फिर आता हूँ। मुझे बहुत प्यारा लगेगा।"

"हाहाहा अब ये क्या है मुझे हंसी आ रहा है बच्चा मेरा। अच्छा हुआ बता दिया वरना मैं तो यही बोलने वाला था मैं अब बिज़ी होने वाला हूँ, बार-बार मेसेज करके परेशान मत करो :P :P"

"तुम्हारा मुंह न तोड़ दूँ जो ऐसे बोलकर दिखाओ तो :/ "

"नए शहर और नए परिवेश में प्यार करना और प्यार के एहसास थोड़ी बदल जाते हैं रैना। मैं काम के बीच-बीच में से वक्त चुरा लिया करूंगा "अपनी जिंदगी" के लिए :) "

"haww....I love you lots and loadzzz handsome :)"
"I love you too tonzzz shoniye:) :)"

6 september *(समीर के ऑफिस का दूसरा दिन)*

डिस्टेन्स रिलेशनशिप में किसी एक के जगह बदलने से दूसरे को वही फर्क पड़ता है जो, एक कमरे या एक शहर में रहने वाले प्रेमी जोड़े जो एक दूसरे को हर पल देख सकते हैं और अचानक दूसरे शहर चले जाने पर करते हैं। समीर का सिर्फ शहर बदला था वो पहले के मुक़ाबले में रैना से अब 1100 किलोमीटर के बजाय सिर्फ 600 किलोमीटर ही दूरी पर रह रहा था या यूं कहे वो अब और पास आ चुका था मगर रैना को न जाने क्यूँ एक रात में ही समीर पृथ्वी से बृहस्पति ग्रह जितना दूर लगने लगा। वो बेफालतू रो पड़ी। इन दो दिनों में समीर

को ऑफिस भी जाना पड़ा, अपने लिए पीजी भी ढूँढना पड़ा, टिफ़िन के लिए किसी होटल से भी कांटैक्ट करना पड़ा, साथ ही साथ उसे लीरिक्स भी लिखना पड़ा और पुराने लीरिक्स को भी कंपोज करना पड़ा। फिर भी उसने रैना के आधे-आधे घंटे पर किए जाने वाले हर मेसेज का जवाब दिया था। उस पूरे पल रैना सबसे ज्यादा उदास थी और समीर बस उसे समझाते रहा।

Whatsapp

"सबकुछ सैटल हो जाए रैना मैं सारी शिकायतें दूर कर दूंगा।"

"इंतज़ार करना बहुत रुलाता है समीर, तुम्हारे हमेशा पास होने से मुझे कभी इंतज़ार करने की आदत नहीं थी न। तुम जाने क्यूँ बहुत दूर लगने लगे हो।"

"और किसने कहा की मेरी रैना को मेरा इंतज़ार करना है :"*

"जानती हूँ तुम मुझे कभी आजमाइश में नहीं डाल सकते। हम डिस्टेन्स में शुरू से ही थे। दूरियों से और दूरियों में बढ़ती नज़दीकियाँ परियों के किस्से में होने वाले चमत्कार जैसा है मगर इन्हीं नज़दीकियों में बढ़ती दूरियाँ हकीकत में दिल तोड़कर रख देती हैं। कभी तुम्हें इतना दूर नहीं देखा न, तो ये सब बहुत रुलाता है। काश! कि तुम पास होते तो ऑफिस से वापस आते ही मैं तुम्हें घंटों अपने पास बिठाये रहती। तुम्हें हग कर लेती :(:"("

"हेय! ओए पागल लड़की! ये पास ही हूँ मैं 'जाना'। हाथ बढ़ाओ, हूँ तो इत्ता पास, इन आँसुओ के पास से ज्यादा पास"

"सॉरी आज तुम्हारे ऑफिस का दूसरा दिन है और मैं उदास बात कर रही हूँ"

"आप नहीं करोगी तो कौन करेगा ऐसे उदास बात पड़ोसी क्या :) "

"अजीब हो रही हूँ मैं। यही सब चाहती थी तुम्हारा नाम, एक डिसर्वेबल प्लेस। मैं इसके खिलाफ नहीं हूँ। मगर तुम अब बहुत दूर लगते हो समीर :(:("

"बुरा लग रहा है या दुख हो रहा है। मैं ऐसे तुम्हारा उदास चेहरा सोचकर

काम नहीं कर पाऊँगा रैना। तुम जो चाहोगी वैसा ही होगा :(”

“मुझे तकलीफ हो रही है। तुम्हारे ये सुबह के 10 से रात के 8 बजे तक बंधुआ शेड्यूल से तकलीफ हो रही है। काम के बीच तुम मुझे वन लाइन रिप्लाइ करते हो मुझे उससे तकलीफ है। तुम वहाँ अकेले सबसे जूझ रहे हो मुझे उससे तकलीफ है। तुम थके हुये हो मुझे उससे तकलीफ है :”(:”(

“ओए ऐसे न बोलो कल कहीं किडनैप न हो जाओ तुम मेरे ही हाथों अपने घर से। उदास न हो प्लीज मैं कैसे रहूँगा। मैं सच में बदल गया न एक दिन में। मैंने पूरे दिन पूछा भी नहीं तुम कैसी हो, तुम्हारा कोल्ड कैसा है :(

“एक्चुअली समीर मैं ओवर पजेसिव हो रही हूँ तुम्हें लेकर”

“चल हट्; बड़ी पढ़ी लिखी हो न। अबे! ये केयर है इडियट। यहाँ तो रोना हँसना, प्यार, दुलार सब तुमसे है। अब तुम थोड़ी ढीठ हो जाओ तो अलग बात है :P

“भाड़ में जाओ तुम और साथ में मुझे भी ले चलो, सिरियस इमोशंस पर सिरियस भी नहीं होने देते :D

<u>7 September</u> (समीर के ऑफिस का तीसरा दिन)

बदले की भावना न होते हुये भी समीर की जॉब लगने पर रैना सोचती थी अब समीर को एहसास होगा कि काम के बीच, ऑफिस में चार लोगों के बीच फोन पर लगे रहना, मेसेज के बड़े-बड़े रिप्लाइ करना या पूरा प्रेम हैंडल करना कितना मुश्किल होता है, जो वो अब तक करते आयी थी।

मगर रैना अपने ही मकड़जाल में चिपक चुकी थी। जाने क्यूँ वो समीर के अथाह प्यार को सिर्फ वन और टू लाइन के रिप्लाइ से कम्पेयर किए जा रही थी और प्यार महसूस ही नहीं कर पा रही थी। उसने कितनी कोशिश की थी खुद को समझाने की। वो बिज़ी रहता है, ठीक उसकी तरह जैसे वो रहती है, उसे भी काम होते हैं और किसी के अंदर में काम करना अपनी आज़ादी की हद को तह करके अलमारी में रखने जैसा है।

वो नहीं सोच पा रही थी की अगर वही समीर को प्यार भरे मेसेज या कोई लव कोटेशन या रोमेंटिक सॉन्ग सेंड कर दे जैसा समीर हमेशा करते आया था, तो उससे कहीं ज्यादा मेंटली और फ़िजीकली अपने काम में उलझे समीर को ठंडी बरसात की बूंदों सी राहत मिल जाएगी। पर अपनी हद से निकल कोई इंसान कहाँ सोच पाता है किसी और इंसान के 'बेहद' की हदों को।

Whatsapp

"missing yuh so badly :"(:"(

''मैं बस अभी आया बाबू। कुछ काम मिला है। फिर साथ रहूँगा''

"I said I am missing you so badly nd u r not listening me:"("

''तुम अब बच्चे जैसा कर रही हो रैना''

''हाँ शायद :(''

रैना जानती है वो जो बार-बार उदास होकर उदास और गहरे मतलब वाले मेसेज कर रही है वो समीर के लिए बिलकुल बेहतर नहीं है, मगर प्यार में बेहतरी का कोई ऑप्शन नहीं होता।

वो भी तो अब समीर के जैसा ही समीर के साथ कर रही है। कभी वो समीर को बच्चा और नासमझ बोलती थी। रैना अब तक मेच्योर थी और अब अचानक से बच्चा बन जाना भी आसान नहीं है। परिस्थितियाँ ऐसी हो चुकी हैं या समय कि वो immature हो चुकी है।

अक्सर ऐसा होता है कि पार्टनर के बिज़ी शेडयूल को हम प्यार के खात्मे कि शुरुआती सीढ़ी मान लेते हैं। कारण भी शायद यही है कि ज़्यादातर रिश्ते उस समय पार्टनर को समझने, समझाने, रिश्ते को स्पेस देने और उस पर सोचने की बजाय इंसटेंटली समय, रिश्ते और प्यार पर कुसूर थोपने लगते हैं। अपने डिसटरबेंस के लिए दूसरे पर ब्लेम लगाना आसान होता है मगर खुद की वजह से दूसरे को हो रहे डिस्टर्बेंस को हम अनसुना कर देते हैं। हर हाल में हम अपने

कम्फर्ट को प्राथमिकता देते हैं जबकि प्यार में मेरा-तुम्हारा, मैं-तुम, मुझसे-तुमसे, मेरी वजह से-तुम्हारी वजह से, ऐसा कोई डिसक्रिप्शन नहीं होता।

सबसे बड़ी दूरी होती है अपने आपसे, अपने मन की दूरी। इंसान जितना अपने मन से दूर होता जाता है उतना ही दूर अपने से जुड़े लोगों से भी होने लगता है। खुद से उलझा हुआ और खुद से दूरी बनाये रखने वाला इंसान सबसे दूर हो जाता है। रैना भी आजकल ऐसे हो चली थी।

"यार क्या करूँ बाबू। यहाँ सामने सब लोग सिर पर बैठे रहते हैं कि मेरी अगली लीरिक्स क्या होगी, मैं कितना डेडिकेटेड हूँ अपने काम के प्रति। जैसे ही फोन हाथ में लो वो लोग पूछने लगते हैं, पैसे देते हैं वो इस काम के लिए मुझे :("

"जैसे कभी तुम नहीं एडजस्ट कर पाते थे समीर, समझकर भी नहीं समझ पाते थे और मैं समझाये जाती थी। मैं अब तुम्हें इतना काटने लगी हूँ :"("

"यार हद् कर रही हो रैना। कभी अकेले में बैठना और सोचना की मैं कब गलत हुआ हूँ या कम पड़ा हूँ। मैं खुद हर एक घंटे पर तुम्हें मेसेज करता हूँ, रिप्लाइ करता हूँ और यकीन मानो तुम्हारे लिए नहीं बल्कि अपने सुकून के लिए करता हूँ।"

"हाँ रोबोटिक रिप्लाइ। मुझे क्यूँ तुम पहले जैसे नहीं महसूस होते। तुम मुझे पेराग्राफ में आन्सर क्यूँ नहीं करते?"

"मैं भी इंसान हूँ रैना, बातें चुभती हैं और उससे ज्यादा ये तुम्हारा बेमतलब उदास होना तकलीफ देता है। मेरे से शर्त लगा लो अभी जल्दी कोई और आ जाएगा तुम्हारी लाइफ में तुम्हें सहारा देने ये जानकर कि तुम उदास हो और हाँ छोटे आन्सर एहसास के कम होने की निशानी नहीं है "

"और तुम्हें लगता है कि मैं ट्राई मारूँगी न :/"

":/ :/ :/ हुह तुम अजीब हो। ये भी बोल दिया कि तुम मुझे काटती हो"

"यही झगड़े तो मैं मिस कर रही थी। जब ऐसे झगड़ते हो न बहुत पास

लगते हो। तीन दिन से सिर्फ प्यार देख रही तुम्हारा थी तुम्हारा :)’’

“मेरी उदासी तुमसे, मेरी खुशी तुमसे मानो न मानो मेरा आसमान तुमसे मेरी जमीन तुमसे। प्लीज ऐसा मत करो मेरे साथ समझो इस सिचुएशन को’’

“कैसे आएगी समझ क्योंकी प्यार तो नासमझ ही करते हैं न, समझदारों के लिए पीएचडी की किताबें हैं न ;) ;) :*’’

“बड़ी नीरसता आती है न तुम्हें :/’’

“तुम्हारे बिना सच में नीरस है’’

“मेरे बिना तुम हो ही नहीं :*’’

“अगर हम अपने डेली चैट्स कायदे से स्क्रीन कैप्चर कर लें या लिख लें न तो हर महीने अलग-अलग टॉपिक पर एक नॉवेल तैयार हो जाएगी। रियलिस्टिक भी, प्रेकटिकल भी, इमोशनल भी और इंट्रेस्टिंग भी।’’

“चोर लड़की अभी कुछ दिन पहले मैंने भी यही बात कही थी :D ’’

“चोट्टा भी तो तुमने ही बनाया है :P ’’

<u>8 september (सुबह 4 बजे)</u>

शाम की थकी अंगड़ाई अब रात के आखिरी पहर की बाहों में गुम थी। कुत्ते रह-रहकर बाहर भौंके जा रहे थे। टिटहरी और झींगुरों ने कब का बोलना बंद कर दिया था या आज उसने जानबूझकर सब नज़रअंदाज़ किया था।

“न हाल की खबर हो न मिजाज का पता हो। तुम वहाँ रहो मायूस हम यहाँ खफा हों। पता नहीं मैं क्यूँ इतनी कॉम्प्लीकेटेड होती जा रही हूँ। तुम्हारी नींद कब से इतनी जरूरी हो गयी कि मुझे पहली बार गुडनाइट बोले बिना सो गए :,(’’

रैना ने समीर को फिर एक और आखिरी मेसेज किया। लगातार ऑन रहने से फोन की बैटरी अब पैंतालीस से बीस परसेंट हो चुकी हैं। वो अभी तक अपने और समीर के पिछले चैट्स पढ़ रही थी, वो चैट जो प्यार भरे थे। सुबह के चार

बज चुके हैं और छुप रहे तारों की खामोश मौत को अपने सीने में उतारते हुये वो भी सो गयी। रात काफी भारी और कहर बनकर गुजरी थी।

"1001 messages from one sender"

बेड पर लगभग उछलते हुये रैना सोते से बैठ गयी। एक हज़ार एक मेसेज वो भी समीर के। धड़कते दिल के साथ उसने whatsapp ऑन किया।

"I love you:"(I love you:"(I love you:"(I love you:"(I love you:"(I love you:"(I love you;"(I love you:"(...........................

तर्जनी से रैना इनबॉक्स के आई लव यू को 10 मिनट तक गिनती रही। पूरे एक हज़ार एक आई लव यू। चेहरे पे स्माइल के साथ आँखें सितारा हो गईं। पल भर में सारी शिकायतें और तीन दिन का सारा बोझिलपन हवा हो गया।

Whatsapp

"जब तुम नहीं बदले थे तब भी तुम्हारा ही हाल बुरा था और अब, जब मेरे लिए सब सही करने के लिए तुम बदल रहे हो तब भी तुम्हारा ही हाल बुरा है। क्योंकी तब तुम अपनी तरह थे और मैं बदलने की कोशिश करती थी मगर मैं नम्ब बन गयी थी। वो मैं ही हूंगी जो तुमसे लडूँगी सबसे ज्यादा और तुम्हें मुझे झेलना होगा। वो मैं ही हूंगी जो सबसे ज्यादा तुम्हें डिप्रेस करेगी मगर तुम्हें सहना होगा। वो मैं ही हूंगी जो तुम्हें सबसे ज्यादा परेशान करेगी मगर तुम्हें परेशान होना पड़ेगा"

"कहते हैं इश्क़ को तब ही हमदोनों से इश्क़ हो गया था जब हम दोनों इश्क़ के रंगों को खुद में बड़े अलग तरीके से घोल रहे थे।

"हाय रे मेरा बच्चा, आई लव यू रे।"

"अच्छा एक बात बताओ अगर अभी कोई स्मार्ट हैंडसम लड़का तुम्हें प्रपोज करे तो क्या करोगी। वो भी दिल से। पागलों की तरह तुमसे प्यार करता

हो?''

''नाट इण्ट्रेस्टेड का साइन बोर्ड लगा है दिल के सामने। रिलेशनशिप कमिटेड है। उसका दिल टूट जाएगा या फिर ब्लॉक इज द बेस्ट वे टू ट्रीट हिम।''

''अगर कहीं मारने-मरने की धमकी दे कि सुइसाइड कर लूँगा तो?''

''ई का है बे?''

''अबे बताओ न का करोगी, अगर एकदम मॉडल टाइप लड़का सामने आ जाए तो?''

''उससे कहूँगी कि सबसे ज्यादा हैंडसम, क्यूट, लविंग, केयरिंग, दुनिया के सारे एक्जाम्पल में जो हीरो हैं न उनसे बेहतर कोई है मेरे पास। जिसे किताब में नहीं लिखा जा सकता, जिसका बदलना बताया नहीं जा सकता, जिसकी एक स्माइल जाने कितने नॉवेल्स के स्माइल और गहराई से ज्यादा बड़े हैं। जिसका कोई कम्पेरिजन नहीं है। है मेरे पास वो लड़का जिसके सीने से लगते ही हटने का मन नहीं करता। जिसके हाथों को अपने हाथों में लिए, उसके पास बैठे-बैठे मैं पूरी जिंदगी बिता सकती हूँ। :)''

''तुम अमेजिंग हो। शायद मेरे सवालों का सबसे सटीक जवाब है ये :* ये खुशनसीबी है मेरी कि मैं तुम्हारे मन को जीत पाया। तुम्हारे समझ की बराबरी मैं कभी नहीं कर सकता।''

''बराबरी और स्टेटस का रोना तो रिश्तेदारों और खानदान वाले करते हैं। बहुत परेशान किया है मैंने तुम्हें? :(''

''बहुत ज्यादा :P''

''एक्चुली मैं न, वन वर्ड रिप्लाइ में प्यार का पैराग्राफ खोजने लगी थी पहले के दिनों जैसे। जबकि मैं ये अनदेखा कर रही थी कि तुम्हारे सबसे व्यस्त समय का वो रिप्लाइ मेरे लिए प्यार और चाहत से भरी लाइब्रेरी है।''

''अब आया ऊंट पहाड़ के नीचे :P सुन छोरी अब तू उठ जा सुबह घनी हो रखी है तन्ने तारे एग्ज़ीबीशन में भी जाना से। पर जाणे से पहले सुन-मारी नींद में

भी तू से, मारे जीवण में भी तू से:D''

"तुम न, फरिश्ता हो फरिश्ता। कभी सही से रोने भी नहीं देते। आई प्रॉमिस आज के बाद से ऐसा कभी नहीं होगा।''

"ना-ना हम दोनों बच्चे ही अच्छे हैं। नासमझ बच्चे और बच्चों से ज्यादा सच्चा प्यार कोई नहीं करता।''

"और हाँ मैं ओवर पोजेसिव नहीं एक्स्ट्रा केयरिंग हूँ, शायद एक्स्ट्रा एमोशनल''

"चल झूठी ;) :p''

कुछ खूबसूरत लोग

''नटुवा-भटुल्लूवा कहीं का, भगवान ने और भाँटा बनाया होता तो और झगड़ा करता!''

''करिक्की भइसिया हो तुम, बुढ़िया कहीं की!''

''बौने हो न, दिमाग भी तो बौनों वाला ही होगा!''

''टीली लीली, बुढ़िया खटाई खाई ले, बुढ़वा के देख के मिठाई खाई ले!''

''मम्मी समझा लो तीन फुटहवा को, वरना हम मार देंगे!''

लड़का और लड़की लड़ रहे थे, बातों से नहीं एहसासों से, कोई तीसरा उन्हें चुप करा रहा था।

''ये कौन सा तरीका है लड़ने का उसे नाटू मत बोलो! वो दिल पे ले लेगा।

ये सिर्फ शब्द नहीं हैं, तलवार सी लगती है सीने में; जिंदगी बर्बाद हो जाती है।''

''बुलायेंगे, हज़ार बार बुलायेंगे ''नाटू नाटू!''

''करिक्खी बुढ़िया''

झगड़े में उस तीसरे की सुन कौन रहा था। एक दूसरे के शरीर पर कुंठाओं के शब्द उछालने का चक्र फिर से चालू हो उठा।

ऐसे ही किसी नाजायज नाम से आहत होकर अदिति भी घुटने में सर दिये घर के सबसे पीछे वाले आँगन में बैठी थी। एक घंटे के बीच एकाध बार उसने अपना सिर उठाया भी और लीप गए आँसुओं को बड़ी बेरहमी से, चेहरे पर, अपने ही हाथों कत्ल कर देने के अंदाज में रगड़ लिया। उसे आज स्कूल की बैडमिंटन टीम से निकाल दिया गया था। वो समझ ही नहीं पा रही थी कि इस बात को कैसे हैंडल करे। क्या जैसी वो थी ऐसे हो जाना उसका अपना मन था?

प्रेयर के बाद ऐसम्बली में अनाउंस किया गया ''जिन बच्चों को स्पोर्ट्स में इन्ट्रेस्ट है वो अपने-अपने क्लास टीचर के पास अपना नाम लिखवा दें।

अदिति के क्लास में कुल 8 ही लड़कियां थीं। स्किपिंग, 100 मीटर रेस के लिए अदिति, बेबी, आशिता और रागिनी ने अपने नाम दिये। शॉर्टपुट के लिए यामीन और स्वरा ने अपने नाम दिये।

''बैडमिंटन के लिए अभी भी किसी ने नाम नहीं दिया; कोई भी इण्ट्रेस्टेड नहीं है क्या?'' सर ने नाक पर सरक आए चश्मे के ऊपर से झाँकते पूछा था।

''सर मेरा नाम लिख लीजिये।'' अदिति अपनी सीट से खड़ी होकर बोली। उसके खड़े होते ही आशिता, यामीन और बेबी भी खड़ी हो गयीं। क्लास टीचर ने एक नज़र खड़ी उन 4 लड़कियों पर बारी-बारी से डाला।

''अदिति तुम बैठ जाओ'' सर ने बाकी तीनों का नाम रजिस्टर में लिखते हुये कहा।

''बैडमिंटन के लिए तुम्हारी लंबाई कम है।'' सर ने फिर पेन की नोक अदिति की तरफ करते हुये गला खंखारते हुए कहा।

''मगर सर मैं 8th में हूँ, सीनियर टीम में हूँ, लंबाई से क्या होता है?'' दोनों भौंहें सिमट कर माथे पर एक लंबी लकीर बना गए।

''तुम बैडमिंटन नहीं खेल पाओगी अदिति, वहाँ दूसरे स्कूलों से सीनियर टीम में लंबी-लंबी लड़कियां आएँगी और बैडमिंटन में शटलकॉक की अच्छी सर्विस के लिए लंबी हाइट ज्यादा अच्छी होती है!'' सर ने पेन को रजिस्टर पर रख अदिति को समझाते हुये कहा। पूरा क्लास सन्न मारे सर को देख रहा था।

''अब देखो, बेबी, आशिता और स्वरा को तुमसे मिलाया जाए तो तुम उनके मुक़ाबले 3-4 इंच छोटी हो; तुम नाटी हो, और नाटी लड़कियाँ ज्यादा कूद नहीं पातीं'' अदिति, सर के इस स्टेटमेंट पर बेहद उदास हो गयी। हाथ की मुट्ठियों ने नीले स्कर्ट के तीसरे प्लेट को ज़ोर से भींचा था। सर ऐसे कैसे उसे सबके सामने बेइज्जत कर सकते हैं या नकार सकते हैं। भरी आँख लिए वो सीट पर बैठ गयी।

आशिता भी तो उससे बस 4 इंच ही लंबी है, फिर भी सर ने उसे खुशी-खुशी बैडमिंटन खेलने की इजाजत दे दी। देते भी क्यूँ न? वो स्कूल की सबसे सुंदर लड़की जो थी। बेबी तो पढ़ने में भी सबसे पीछे है। बैडमिंटन में भी एक मिनट से ज्यादा की सर्विस नहीं दे पाती फिर भी सर ने...

स्कूल की लाइन में सबसे आगे लगने वाली अदिति जाने क्या-क्या सोचे जा रही थी। वो तो क्लास के टॉप 5 बच्चों में 4th नंबर पर है और सारे टीचर उसकी इस इंटेलिजेंसी पर खुश भी रहते हैं। उसे ये भी पता है कि आम बच्चों के मुक़ाबले उसकी फिजिकल ग्रोथ बहुत धीरे हो रही है। जिस उम्र में उसे साढ़े चार फुट से ऊपर होना चाहिए, उस उम्र में वो बस 4'1'' की ही है। अदिति ने सफ़ेद रूमाल से अपनी आँखें पोंछ ली। बगल में बैठी रागिनी ने उसका हाथ अपने हाथों में लेकर दबा लिया।

रागिनी ऐसम्बली में रोजाना लगने वाली लाइन की दूसरे नंबर की लड़की थी जो अदिति के ठीक पीछे खड़ी होती। अदिति और रागिनी की लंबाई में कोई फर्क नहीं था मगर आगे रहना अदिति की मर्ज़ी थी। झुकना और पीछे रहना बचपन से उसकी आदत में नहीं था। सारे बच्चे अदिति को देख मुस्करा रहे थे।

आज वो जानबूझकर मज़ाक बना दी गयी। इस बात ने अदिति को इन्टरवेल तक खामोश रखा।

"तुम्हारी हाइट भी तो छोटी है आशिता, फिर भी सर ने कुछ नहीं कहा, क्यूँ?" अदिति ने बीच की लाइन में, तीसरी बेंच पर बैठने वाली आशिता से पूछा।

"मुझसे क्यूँ झगड़ रही हो अदिति, जाकर सर से पूछो न! देखने में तुम जूनियर लगती हो, तो सीनियर में कैसे ले लें वो?" आशिता ने अदिति के सीधे से लहजे को, झगड़ा कहकर सारी लड़कियों को बटोर लिया।

रागिनी ने अदिति को उस झगड़े से खींचकर क्लासरूम से बाहर किया।

दोनों सहेलियां, अपनी टिफ़िन खतम करके स्कूल के पीछे लगे नल के पास आयीं, जहाँ सफ़ेद शर्ट, नीली टाई, नीली स्कर्ट और नीले पैंट में बहुत से बच्चे यहाँ-वहाँ बिखरे अपनी-अपनी टोलियों में हंस-बोल रहे थे।

"दीदी तुमने किस-किस चीज में पार्टिसिपेट किया?" 6th में पढ़ने वाली उसकी बहन आकृति ने पूछा।

"बैडमिंटन, शाटपुट, लॉन्ग जंप, हाई जंप छोड़कर बाकी सबमें..." किचकिचाते हुए, टिफ़िन पर ज़ोर की पकड़ बनाते अदिति ने सीधा सा जवाब दिया।

"फिर बचा ही क्या सिर्फ रेस?" बैडमिंटन क्यूँ छोड़ दिया? तुम तो कितना अच्छा बैडमिंटन खेलती हो!" मुहल्ले में बड़े से बड़े भैया को बैडमिंटन में हरा देने वाली अपनी चैम्पियन दीदी से आकृति ने हैरानी से पूछा। अदिति ने कोई जवाब नहीं दिया।

"अरे तुम भी यहाँ हो क्या अदिति! इतनी छोटी हो, मुझे तो दिखी ही नहीं!" बेबी भी उस नल पर पानी पीने आई थी या लगे हाथ अदिति का मखौल बनाने, पता नहीं चला। किसी एक गले की खराश आवाज़ में तब्दील होते ही कई सारी आवाज़ें अपने आप ही अज़ान बन चारों तरफ गूंजने लगती हैं।

''तमीज नहीं क्या आपके पास, बहुत लंबी हैं न ? मुंह देखा है अपना, जैसे कोढ़ी लगती हो; आयी हो मेरी दीदी को देखने!'' आकृति झपट के अदिति के सामने आकर बेहद चिढ़ते हुये बोली।

''यार मैं तो बस मज़ाक कर रही थी!'' बेबी की हंसी अचानक रुकी थी ''अदिति यार दिल पर न लेना!'' तब तक अदिति वहाँ से जा चुकी थी। प्रिन्सिपल ऑफिस के सामने लगे नारियल पेड़ के पास वो दोनों पहुंची। वहाँ पहले से मौजूद इंग्लिश वाले सर और उसके क्लास में पढ़ने वाला हाशिम उसे देखकर मुस्करा पड़े। नजरों में कुछ था खिल्ली सा।

''कितना बड़ा टिफ़िन लाती हो अदिति तुम'' हाशिम ने कहा।

''तुम्हारा तो नहीं खाते हैं न'' अदिति ने जवाब दिया।

''कम खाया करो, हाइट भी छोटी है ढ़ोल हो जाओगी'' सर और हाशिम हंसने लगे।

''पहले अपने आपको देखो, हाथी जैसा शरीर है खुद पर शरम करो फिर दूसरे को बोलना कुछ।'' पीछे-पीछे आ रही आकृति फिर सामने आ खड़ी हुई थी। हर बार अदिति चुप होकर सिर्फ परिस्थिति समझती रह जाती और आकृति उसका बचाव कर लिया करती। अदिति को चुभा था। दुबारा सर ने फिर उसका मज़ाक बनने दिया।

घर आकर आकृति कितना चिल्लाई थी अदिति पर ''ऐसे-ऐसे लोगों को तुम दोस्त बोलती हो, जो इज्जत भी न करें तुम्हारी; कहा था मैंने वो बेबी अच्छी लड़की नहीं है मगर तुम कभी नहीं मानी। कोई दोस्त किसी दोस्त का मज़ाक उड़ाता है क्या ? क्या तुम्हारी ज़बान नहीं है जवाब देने के लिए।''

छोटी हाइट वाली सारी बातें; एक-एक कर इस तरह उसके दिल में कहीं काली वाली काई बनकर जमने लगी थी कि क्लास में टॉप रहने वाली अदिति, कल्चरल प्रोग्राम में ट्राफीज जीतने वाली अदिति, अच्छा खाना बनाने वाली अदिति, अच्छा गाना गाने वाली अदिति, सबकी अच्छी सहेली अदिति, हर दिल अजीज अदिति की अपनी एक अलग दुनिया बस गयी अपने आप में ही, जिसमें

बस एक ही आवाज़ गूँजती थी। ''वो छोटी है, छोटी हाइट की वजह से वो बिलकुल अच्छी नहीं लगती। वो कितने भी अच्छे कपड़े पहन ले वो हमेशा गंदी ही लगेगी। छोटी हाइट जोकर के मज़ाक की तरह ही मज़ाक बन जाती है। जिनके अंदर कोई कमी होती है उनका कोई दोस्त नहीं होता।''

धीरे-धीरे हमेशा हंसने। बोलने,चहकने वाली अदिति एकदम चुप सी रहने लगी। उसने अब मुहल्ले में भी खेलना छोड़ दिया। मुहल्ले के बच्चे उसके कंधे से अपने कंधे को मिलकर हमेशा लंबाई नापा करते और हर बार उसे यही टैग मिलता। ''तुम तो अभी मेरे कान तक भी नहीं आती; कितनी छोटी हो तुम।''

उसकी जिंदगी होमवर्क और क्लास वर्क के अलावा *'वो नाटी है'* में सिमट गयी। जो अदिति सिर्फ पढ़ाई में लोगों से कॉम्पटीशन करके हमेशा आगे बढ़ती थी, उसने अब दूसरों से खुद की हाइट का कॉम्पटीशन शुरू कर दिया था। हर बढ़ते दिन के साथ उसका कान्फिडेंस inferiority complex के कीचड़ में सनना शुरू हो गया था। दिल वैक्यूम क्लीनर की तरह अच्छी-बुरी चीजों को फौरन आत्मसात करने के लिए तैयार हो गया था।

एक दिसम्बर को विश्व में एड्स दिवस मनाया जा रहा था। स्कूल में भी तैयारी ज़ोर-शोर से चल रही थी। सुबह आठ बजे जुलूस को पूरे इलाके में घूमने के बाद स्कूल वापस आ जाना था। पूरे शहर में जुलूस घुमाने की बात अदिति के मन को डरा गयी। वो कैसे सबके सामने जाएगी अपनी छोटी सी हाइट लेकर। लोग उसे देख यही सोचेंगे वो कितनी गंदी सी है। लोगों की नजरों में खुद के लिए घिन और नफरत वो कैसे बर्दाश्त कर पाएगी। दुनिया की आधी तकलीफ का बीज *'लोग क्या कहेंगे, सोचेंगे, बोलेंगे'* के खेत में खुद ही बो दिया जाता है। फ़र्स्ट पोजीशन वाली अदिति खुद को खुद की नजरों में फेलियर समझ रही थी। लोगों की बातों ने उसे समझा दिया था "physical aspects matters a lot~'' वो ऊंची हील वाली सेंडिल भी तो नहीं पहन सकती थी, जो उसने बैडमिंटन टीम से निकाल दिये जाने पर जिंदगी में पहली बार खरीदी थी।

अदिति ने स्पंज के दो-तीन मोटे शीट को स्कूल के जूते की साइज़ में काट लिया और दोनों जूते में स्पोंज की तीन तह, एक-एक कर बिछा दिया। जूता

पहनने पर वो खुद को अब कुछ लंबा महसूस करने लगी। अदिति के लिए यह शारीरिक कुंठा पर आत्मविश्वास की पहली जीत थी। उसे ऐसा लगा आम दिनों की लंबाई से दो इंच ऊंची हो गयी थी जबकि ऐसा कुछ नहीं था। जूते में पैर जाते ही स्पंज दब गया और अदिति जैसे हर रोज़ थी उस रोज़ भी वैसे ही लगी। मगर खुद के प्रति खुद का नज़रिया ही इंसान को ऊंचा या नीचा बनाता है। खुद को inferior समझने वाले लोग superior बनना तो चाहते है मगर ये नहीं जानते कैसे? और कैसे का जवाब न जान-पाना ही उन्हे super inferiority में ढकेल देता है।

सच्चाई आत्मसात न कर पाना भ्रम के करीब ले जाता है और भ्रम हमेशा टूटकर सच को सामने ले आता है। अदिति सच से दूर भ्रम से दोस्ती करती और भ्रम हमेशा उसे सच का पता दे देता। बढ़ती उम्र के साथ छोटी सी हाइट के लिए अब अक्सर लोग उसे *'नाटी हो, एक्ससर्साइज़ किया करो, लटका करो, लंबाई बढ़ाओ नहीं तो चर्बी जल्दी जमने लगेगी...'* जैसी नसीहत देने लगे। यानी कि हर कोई उसे शिद्दत से एहसास करा रहा था की अदिति उनके समाज से मेलखाती नहीं है और अगर अब भी उसने मेल खाने की कोशिश नहीं की तो उसे, उनके माप-दंडों और तारीफ़ों के शहर से बर्खास्त कर दिया जाएगा। उसकी सहेलियाँ भी तो उसे फुटबाल बुलाने लगी थीं। उसे ताकती हर नज़र उसके शरीर का जायजा लेते हुये उसे बेचारी या मखौल बनाते नज़र आती। अदिति को ऐसा लगने लगा कि लोगों की छोटी सी पुतलियों में वो अमीबा जैसी भी नहीं दिखती होगी।

हर शाम ढलते सूरज और निकलते चाँद की रौशनी में जब टीनएजर्स के इनबॉक्स उनके डेट्स, गर्लफ्रेंड्स/बॉयफ्रेंड्स के मैसेजेस के साथ पटे जा रहे थे। जब स्कूल के कोने की बेंच पर हर रोज़ दिल के आकार में लड़के लड़कियों के नाम साथ-साथ खोदे जा रहे थे। जब किसी नुक्कड़ पर कोई लड़की लवलेटर का जवाब अपने झुके सिर के साथ दे रही थी। जब बहुत सारे गुलाबी दिल एक दूसरे को समझने की कोशिश में लगे थे, उस उम्र में डिप्रेशन ने अदिति को सबसे पहले प्रपोज़ किया और अदिति ने भी *'सामने की प्लेट कभी हटानी नहीं चाहिए'* की तर्ज पर उसके प्रपोजल को एक्सैप्ट भी कर लिया था। फिर हर रात वो

डिप्रेशन के आगोश में समाई रहती। उसे बड़ी तकलीफ होती, उससे उम्र में छोटी, दीदी कहकर बुलाने वाली लड़कियां लंबाई में उसकी दीदी लगने लगीं। उसे अलमारी में ऊपर के शेल्फ में अपने कपड़े निकालने के लिये स्टूल की मदद लेनी पड़ती है। उसके कुर्ते, उसकी उम्र के लड़कियों के कुर्ते के मुक़ाबले कितने छोटे होते हैं, उसे अभी भी बच्चों की साइज की जीन्स लगती है।

टीवी चैनल बदलते हुये अदिति को अचानक होम शॉप पर Yoko Height Grow का ऐड दिखा जो कुछ ही महीनों में लंबाई को 3-4 इंच बढ़ा देने का दावा कर रहा था। ये प्रॉडक्ट होम डिलीवरी पर उपलब्ध नहीं था। सिर्फ कुछ खास मार्केट में ही available था। कुछ दिन बाद पापा खुद शहर जाकर उसके लिए yoko height grow ले आए। डिब्बा खोलते ही उसका आत्मविश्वास घर लौट आया। गुलाबी रंग के चिपटे से फ्लैक्सिब्ल प्लास्टिक के दो तलुवे पर आधे-आधे इंच के कांटे उभरे हुये थे। तलुवों पर पाँच जगह छोटे छोटे चुंबक लगे हुये थे। ये एक्यूप्रैशर पद्धति पर डिज़ाइन किया गया था। अदिति के पहनते ही वे कंटीले नोक उसके तलवे में गड्ढे बनाकर गुलाबी कर गए। वो फिर भी उसे पूरा दिन स्कूल में, घर में पहनकर घूमती थी। इसके साथ ही साथ अदिति ने रोज़ एक घंटे की स्किपंग और योगा भी शुरू कर दी।

पहली बार ताड़ासन के लिए जब उसने तलवे को जमीन से ऊपर उठाया और लंबी सांस भरते हुये दोनों हाथों को बांध ऊपर की तरफ खींचा, संतुलन बिगड़ने की वजह से वो बेड से जमीन पर धड़ाम से गिरी। चोट उसकी जांघों के साथ सीने पर भी लगी। वो रो पड़ी। ऐसी चीज के लिए उसे इतनी मेहनत करनी पड़ रही है जो और सभी लोगों को बिन मांगे ही मिल गया है।

घर के पीछे वाले आँगन के टीने में, मम्मी ने पापा से कहकर अदिति के लटकने के लिए झूला लटका दिया। ये झूला अदिति की लंबाई से कई इंच ऊपर था जिसे पकड़ने के लिए अदिति को कूदना पड़ता था, या फिर वो पैर के नीचे पीढ़ा रखकर हाथ और पैर दोनों भरसक ऊपर करके उस झूले के गोल पाइप को पकड़ती और फिर पैर से एक झटके में पीढ़े को धकेल देती। लटकते-लटकते खिंचाव के कारण अदिति के कंधे, पैर, बांह सब बहुत दर्द करने लगते। उसकी

हथेलियों में गाँठे पड़ गयीं और अब गांठें छाले बनकर और भी दर्द देने लगी थी।

महीनों का अथक प्रयास कि अदिति 4'2'' के बजाय अब साढ़े चार फुट की हो चुकी थी। वो बहुत खुश थी कि दादी के कंधे तक आने वाली, वाशबेसिन पर लटककर हाथ धुलने वाली अदिति अब दादी के बराबर हो चुकी है। मगर हीनभावना चेचक का वो दाग है जो हल्का हो तो जाता है मगर हमेशा के लिए खत्म नहीं होता।

अदिति अब भी अक्सर मम्मी से उदासी भरे मज़ाक में शिकायत किया करती ''मम्मी आपने अपनी लंबाई के लिए कभी कुछ क्यूँ नहीं किया, आज अगर आप भी लंबी होतीं तो मैं भी बिना रुकावट के लंबी ही होती जाती''

''मुझे मेरे पाँच फुट की हाइट से कभी शिकायत ही नहीं रही; मैंने कभी इतना सोचा ही नहीं इसके बारे मे। वैसे भी इंसान का कद नहीं पद बड़ा होना चाहिए। बच्चों का लंबा या छोटा होना मायने नहीं रखता बल्कि एक्टिव होना फ़र्स्ट priority है। देहाती लोगों के पास कोई healthy टॉपिक नहीं होता। पढ़े लिखे ओपेन माइंडेड सभ्य लोग, किसी के फ़िज़िकल एपीरियेंस से किसी को जज नहीं करते। जिंदगी में इंसान को अपनी नजरों में उठना ही उसे लंबा बना देता है। कभी खुद को ऐश्वर्या से कम नहीं समझना चाहिए।''

''ऐश्वर्या बहुत सुंदर नहीं लगती मुझे।'' अदिति उदासी से बोल देती।

पापा भी उसे समझाया करते ''बेटा कहाँ छोटी हाइट है? एकदम जापानी गुड़िया जैसी है मेरी बेटी; कुछ करने की जरूरत नहीं है, जो बोलता है उसे बोलने दो। कोई और लड़कियों की तारीफ भी करता है क्या, सब लोग तो मेरी अदिति की तारीफ करते हैं।'' अदिति जानती थी पापा उसे प्यार से बहला रहे हैं क्यूंकि वो उसे कभी उदास देख ही नहीं सकते। बदले में वो मुस्करा देती।

बहुत जिद पर आज वो तान्या के साथ उसके घर गयी थी। तान्या उसके कोचिंग की नयी लड़की थी जो उससे बहुत घुल-मिल गयी थी। उसने बड़े गर्मजोशी से अपनी मम्मी से उसका परिचय करवाया।

''देखो मम्मी, यही हैं अदिति!'' तान्या ने अदिति नाम कुछ ज्यादा ही लंबा

खींचा था। ऊपर से नीचे स्कैन करती तान्या की मम्मी अजीब नजरों से मुस्करा पड़ीं और तान्या को किनारे के कमरे में बुला लिया। पलक झपकने भर का पल था ये। वो खामोशी से उठी और उनकी बातें सुनने लगी।

"तान्या ये कौन सी लड़कियों में इन्टरेस्ट आ चुका है तुम्हें। ऐसे गूठी लड़कियां तुम्हारी चॉइस है बेटा? दोस्ती करनी है तो अपने स्टैंडर्ड के लड़कियों से करो। क्या है अदिति में जो तुम प्राउड के साथ सबके सामने इंट्रड्यूस कराओगी?"

दोस्ती में फ़िज़िकल स्टैंडर्ड भी होता है? अदिति घर आकर बाथरूम में बहुत रोयी। हीनभावना ने उसके जीने की चाहत को घेर लिया। अदिति बाथरूम से निकल कर उस कमरे में गयी जहां ढेर सारी एक्सपायरी दवाइयाँ फेंकने के लिए पन्नी में रखी हुयी थीं। उसने दवा के तीन पत्ते एक साथ उठा लिए जिसमें कुल मिलाकर ९ गोलियां थीं और पास में पड़े थर्मामीटर को तोड़ दिया। एक घूंट पानी के साथ दवाइयों, पारे और ढेर सारे आँसू को गले के अंदर सरका लिया। अदिति ने साइन्स की क्लास में पढ़ा था कि पारा खाने से इंसान की मौत हो जाती है। हाँ! वो सुसाइड की कोशिश कर चुकी थी। लिखने की आदत भी उसे अकेलेपन ने ही दी। ज़्यादातर बातें उसकी हाइट से ही जुड़ी लिखी थीं।

डायरी

लोग क्यूँ वही नस दबाते हैं जहां से खून का रुकना बंद हो जाता है?

कल पल्लवी आई थी। सीढ़ियों से अंदर घुसते ही उसने मुझसे कहा "अदिति तुम तो दिन ब दिन छोटी होती जा रही हो" मैं मुस्कराकर बस इतना कह सकी "हाँ तुम लोग जो दिन ब दिन बढ़ती जा रही हो" मैं प्रतिकार करना चाह रही थी, मैं बोलना चाह रही थी "तुम्हारे देखने का नजरिया छोटा हो गया है मैं नहीं।" मगर नहीं कह पायी।

कोई नहीं समझ सकता, मज़ाक-मज़ाक में चशमिश कहकर किसी को चिढ़ाना उसके दिल पर क्या असर डालता हैं। वो चशमिश लोगों के सामने जाने

से कतराने लगती है। चश्मा उतारने पर उसके लिए सब धुंधला हो जाता है और चश्मा लगाने पर हिदायतों का पहाड़ उसके चश्मे के शीशे को चेहरा देता है।

बचपन के गोल-मटोल शरीर को लोग बड़े प्यार से गूगली-बूगली-वुक्स करके अपनी आँख और गोद सेकते हैं। बड़े होते-होते स्लिम होने का फ़ैशन, गूगली-बूगली-बुक्स वाले लोगों को आउट ऑफ फ़ैशन करार करके कुंठित मानसिकता में धकेल देता है। स्कूल में वो बच्चा सारे आन्सर जानते हुये भी अपनी ही सीट पर बैठा रहता है, कभी हाथ नहीं उठाता और सबसे कमजोर स्टूडेंट करार दिया जाता है क्यूंकि मोटुवा, भटुली, डमरू, धरती का बोझ, शब्द उसे 'कमजोर स्टूडेंट है' से ज्यादा तकलीफ देता है।

हीनभावना में सफर करना आकस्मिक प्रक्रिया नहीं है। हीनभावना स्लो पॉयजन की तरह सबसे पहले अंदरूनी खुशी को, दिल के सुकून-ठंढक को गलाकर, फिर पूरी सोच पे तेजाब फेंक देती है। लोगों का काम तो तेजाब फेंकना ही है, उसके बाद वो कहाँ देखने आते हैं कि तेजाब ने छाती पिघलायी या रूह जलायी। सेल्फ कॉन्फ़िडेंस खो रहा इंसान, कॉन्फ़िडेंस खोजता भर रह जाता है। वो अपने आपको बैक बेंचर, बैक सीटर, बैक टाकर, बैक thoughter, समझ खुद को ही जिंदगी के हर पहलू में बैक कर देता है, जैसे मैंने खुद को कर लिया। मैं जानती हूँ मैं जो कर रही हूँ वो मेरे साथ नाइंसाफी और बहुत गलत है पर ये अपने आप हो रहा है।

मैंने जीन्स पहनना छोड़, सूट और दुपट्टे का दामन थाम लिया। लोग कहते हैं सूट में हाइट सही लगती है; जीन्स में मैं अदृश्य हो जाती हूँ। मैं लोगों की नजरों से खुद को तौल रही हूँ। चाहे सेंडिल पहनूं या सूट लोगों को फिर भी कहना ही पड़ता है कि कितनी छोटी हो तुम। लोग बोलेंगे, कितनी मोटी हो गयी हो, पेटी पड़ती है कमर पर, लोग बोलेंगे, शादी से पहले, बच्चे होने से पहले ही कितनी फैल गयी।

मेरी आँखें जब भी किसी को देखती हैं आह के साथ यही निकलता है ''इसकी हाइट कितनी अच्छी है'' फिर मुझे छोड़कर दुनिया के बाकी सभी लोग जिनकी हाइट अच्छी है, सबसे ज्यादा खुश लगते हैं। मेरा तो कोई कुसूर नहीं है

न कि मैं आम हूँ, या आम से भी नीचे हूँ, सिर्फ सीरत से तो कुछ नहीं होता न! मैं अधूरी हूँ। पता नहीं ऐसा क्यूँ सोच रही हूँ मैं।

बोलते बोलते जाने मैंने कब चुप रहना सीख लिया। लोग समझते हैं मुझे बोलना नहीं आता, वो मुझे दब्बू बुलाते हैं एक डरी सहमी हुई लड़की, जिसे जितना चाहो बोल-बोलकर दबा दो। मैं किसी ऐसी जगह भाग जाना चाहती हूँ जहां सब एक जैसे हों। कोई किसी की शारीरिक बनावट को देख मीन-मेख न निकाले।

अदिति अक्सर कॉमिक्स के चाचा चौधरी-साबू, नागराज, बांकेलाल-मुच्छड़, डोगा, पिंकी के पात्रों में खो जाती और सोचा करती। ''काश! वो भी इन किताबों के अंदर इन पात्रों के साथ ही जी सकती। जिसकी परेशानियां, कॉमिक्स के 15-25 पन्नों में ही खतम हो जाती है। जिनके पास चेहरे की बनावट, शारीरिक अक्षमताओं, और भी सारी कमियों का न तो कोई रोना होता है और न ही वो उन पर ध्यान देते हैं।'' कॉमिक्स के चाचा चौधरी उसके रोल मॉडल थे। शहर से दूर बना, उनका छोटा सा, अकेला घर, अदिति को बहुत पसंद था एकदम वैसे ही जैसे वो अब अकेले कमरों तक सिमट गयी थी। वो सोती तो कमरे में अंधेरा कर देती, काले रंग से इश्क़ हो चला था उसे। मानसिक तनाव और कुंठा उसके चेहरे पर आंखों के नीचे काले घेरे और सांवली पड़ती रंगत बन अपना दर्द चीखने लगा था।

हम जिन चीजों पर एकाग्रचित होते हैं बेझिझक वो चीजें हमारी बन जाती हैं। अदिति ने अपनी कमी पर मन एकाग्र किया और कमी उसका हाथ पकड़ के अपनी ही दुनिया में घसीट ले गयी। उसके साथ रहने वाले लोग भी कभी कभी चिड़चिड़ा जाते ''अदिति के साथ जो रह ले वो भी डिप्रेशन में चला जाएगा! कमी न हो तो भी वो अपने अंदर कमी खोजने लगेगा!''

मम्मी फिर समझातीं ''काम ऐसा करो कि नाम हो जाए और नाम ऐसा करो कि लोग खामियों में नहीं खूबियों में ही खो जायें। सौ कमियों पर एक खूबी ही भारी हो सकती है, लोगों का काम है एक शब्द निकालना, हमारी चॉइस है उसे डस्टबिन में डालना है या जिंदगी में। अगर लगता है तुममें कमी है तो खुद की

कमी को खुद के अंदर ही रखकर दुनिया के सामने जाओ। दुनिया किसी के कमी का नहीं बल्कि उसके कम आत्मविश्वास का मज़ाक उड़ाती है। अगर तुम खुद को नीचा देखोगी तो तुम्हें ऊंचा उठाने वाला कोई नहीं मिलेगा।'' मगर अदिति का मन और दिल बौनी, नाटी शब्द पर आकर pause हो चुका था।

अदिति ने डायरी की कविताओं को यूं ही न्यूज़ पेपर और मैगजीन्स में भेजना शुरू किया। सबसे पहली बार जब उसकी कविता मैगज़ीन के तीसरे ही पन्ने पर छपकर आयी, अदिति ने पूरे घर को घूम-घूमकर दिखाया।

किसी टूटे हुये इंसान को कितना भी बातों से बहला लिया जाए समझा लिया जाए मगर वो तब तक नहीं उठ सकता जब तक वो खुद उठना न चाहे। उस दिन अदिति का कॉन्फ़िडेंस wheelchair से उठकर खड़ा हुआ था। कुछ इंतज़ार के बाद उसका दूसरा आर्टिकल भी छपकर आ गया। दूसरी बार में अदिति का आत्मविश्वास कुंठा की पट्टियों को निकालकर फेंक चुका था। अदिति ने अब बकायदा अपनी कवितायें छपने के लिए भेजनी शुरू कर दी। अदिति सामान्य जीवन जीना चाहती थी। वो अब चलने लगी थी। उसने भी कोशिशें और सपने बड़े कर लिए। उसने अपनी सोच को कलम और पन्ने के साथ बिजी कर लिया। मैगजीन ने अदिति की लिखी कविता ''कुछ खूबसूरत लोग'' की तारिफ में 200 रुपये के साथ बधाई पत्र भेजा था जिसमें लिखा हुआ था।

अदिति जी, आपकी लिखी कवितायें उत्कृष्ट होती हैं, मगर 'कुछ खूबसूरत लोग' पढ़कर भाव विभोर हो गया। दिल से निकली बातें हमेशा दिल को ही छू लेती हैं। आशा है आप दिल की भावनाओं को ऐसे ही कलमबद्ध करती रहेंगी और लोगों का मनोबल बढ़ाती रहेंगी। धन्यवाद।

भविष्य की उज्ज्वल कामना के साथ

- संपादक

बधाई पत्र पढ़ने के बाद वो बहुत रोयी। ये बधाई पत्र उसके लिए, उसके

कद को बहुत ऊंचा बढ़ाता हुआ लगा।

महीनों की मेहनत, ढेर सारी एडिटिंग, क्रॉपिंग के बाद उसने अपनी कविताओं का कलेक्शन प्रकाशक के पास भेज दिया। प्रकाशक के पास नए लेखकों के किताबों के प्रचार, प्रसार के अपने माध्यम और सुविधाएं थीं। उसकी किताब की प्रीबुकिंग अब शुरू हो चुकी थी। जानने वाले, फेसबुक के फ्रेंड्स ऑफ फ्रेंड्स, unknowns, जिसे भी उसकी किताब की एक झलक मिली उन सबने उसके inbox को मैसेज से पाट डाला। तमाम बरसती हुई मुहब्बत देख अदिति का सेल्फ कान्फिडेंस अपने inferiority complex को भूल चुका था।

फेसबुक चेक करते करते अदिति को प्रकाशक के पेज की पोस्ट दिखी।

''हमारे प्रकाशन में, वैसे कविताओं की किताब का पहला संस्सकरण एक हजार प्रतियों का नहीं छपता, मगर प्रीबुकिंग में लोगों की बढ़ती मांग की वजह से 'कुछ खूबसूरत लोग' संग्रह, का प्रथम संस्करण एक हजार प्रतियों का छापा जा रहा है। कवयित्री अदिति दिनों-दिन सफलता की ऊंचाई तक पहुंचे।''

लाल स्ट्रेट सूट और खुले बालों के साथ, अदिति ने आज हल्की सी लिपस्टिक और काजल लगाया था। आज उसकी किताब लांच होने वाली थी। खुद को आखिरी टचअप देने के बाद अदिति ने फिर अपना हाइहील पहन लिया, मगर ये हाइ हील कॉन्फ़िडेंस का नहीं आज उसके श्रृंगार का हिस्सा था। वास्तव में सफलताएँ उनके लिए नहीं बनीं जिनके पास लंबी भाग्य रेखा है अपितु उन पुरुषार्थी लोगों के लिए है,जो सारे खतरों का मुक़ाबला करके अपने भाग्य को खरीद लेते हैं।

पूरा हॉल साहित्य में रुचि रखने वाले लोगों से भरा हुआ था। सारे के सारे चेहरे उसके लिए नए थे। इतनी भीड़ वो पहले देखती तो शायद भागकर बाथरूम में छुप जाती मगर आज अदिति की चाल में अलग सी चमक और विश्वास था।

''अदिति मैम, आपकी कविता संग्रह की कुछ पंक्तियाँ हम सुनना चाहते हैं!'' सामने कुर्सी पर बैठे लोगों में से किसी ने कहा था। अदिति ने अपनी किताब खोली और माइक संभाल लिया।

''कुछ खूबसूरत लोग,

जाने क्यूँ गूँथ लिया करते हैं

खुद की जिंदगी में, कांटे नागफनी के

कुछ खूबसूरत लोग,

रोकते हैं खुद को

मुस्कराने-खिलखिलाने से,

कुछ ऐसा करने से जिससे

दुनिया फहर जाती उनके ही आगोश में

धक-धक का हर पम्प धकेलता है

उस पार, जमाने से मिलकर चलने को, अपने सपने जीने को

गुमनामी की पगडंडियों से, पहचान के सड़क पे दौड़ने को

मगर न जाने क्यूँ, कुछ खूबसूरत लोग

अपने 'मैं' को छुपा लेते हैं 'न' 'नहीं' की कोशिका-भित्ति में

लोग क्या कहेंगे, सोचेंगे, बोलेंगे के गुब्बारे में

खुद के, कैसे, क्या किस तरह की हवा ज्यादा वजनी हो जाती है

बचपन में लकड़ी की काठी, माँ की लोरी में थिरकने वाले पैर

जवानी के चार बोटल वोड्का में भी बैठ जाते हैं तली पे

जाने क्यूँ कुछ खूबसूरत लोग,

खुद से, खुद को बाँट देते हैं

नाटेपन, दुबलेपन, मोटेपन, सांवलेपन, बदसूरतपन में।

जाति-धर्म, देश-विदेश, काल-कालांतर,

प्रजातन्त्र-राजतंत्र के साथ साथ

किसी ने तोड़ डाला खूबसूरती का पैमाना भी
आधा अधूरा बंटवारा कश्मीर के मुद्दे सा असंतोषजनक
सूरत से ज्यादा सीरत मायने रखती है की तर्ज़ पर भी

कुछ खूबसूरत लोग नकार दिये जाते हैं
समाज के ऊल-जलूल दिखावटों में
छह किलो का ज्यादा वजन उन्हे अटा देता है ढ़ोल के चमड़े मे
दो इंच छोटा कद उन्हें बुन देता है
नाटे, गुठे, बटुली, ड्रम, तबला से निरर्थक सलाई में
सांवला रंग डंक मारता है
काले कलूटे, करिक्खी जैसे जहरीले फुंफकार से कि
कुछ 'खूबसीरत' वाले 'खूबसूरत' लोग प्रवेश पा जाते हैं
समाज के निचले तबके में रुला देने के लिए

सुनो खूबसूरत लोगो ...
चेहरा, शक्ल, वजन सब बातें आनी जानी हैं,
बुढ़ापा उन सभी को आयेगा जिनके पास जवानी है
जो इतराते हैं इतराने दो पंख फैलाने पर,
कल छः फुट का कद सिमट चार फुट रह जानी है
गेंहुवा, सांवला, काला, गोरा,
दो दिन की रंगत झुर्रियों में सिकुड़ जानी है
मिट्टी तले दब जाएगी दंभ की आवाज़,
सफ़ेद कफन में लिपटी सबकी जिंदगानी है

दुनिया खूबसूरत है, खुद की खूबसूरती गढ़ो,

तडपेंगे वो जिनके दिल में काला पानी है

रचना है तो रच डालो इतिहास की मीनार,

वर्तमान के जय-जयकार में दब जाती

अतीत की कहानी है।

8

पर्मानेंटली ब्लॉकड

"पहला प्यार आइसक्रीम की तरह होता है जिसकी पहली और थोड़ी सी बाइट से पूरा शरीर सिहर जाता है। पहला प्यार करवाचौथ का वो चाँद है, जो चेहरे पर लालिमा ले आता है और उसकी एक झलक पूरे दिन की थकान दूर कर देती है। पहला प्यार रुई के फाहे से भी ज्यादा मुलायम और गुदगुदा होता है। पहला प्यार माँ की गोद का वो पहला बच्चा है जिसे संभाला कैसे जाए नहीं पता होता। पहला प्यार बांसुरी की सुरीली मीठी तान है। पहला प्यार खुद के अंदर दबे एहसासों का आईना है। पहला प्यार इंसान या हैवान बनने की पहली सीढ़ी है।"

मैगजीन में "पहला प्यार" आर्टिकल पढ़ते ही जाह्नवी का 15 साल का दिल दो मिनट के लिए रुक ही गया। अचानक बड़े-बड़े अक्षरों में कोई नाम उसकी आँखों के आगे लहरा गया। वो साया जो उसके सपने में भी आधा-अधूरा ही आता था, बिना चेहरे के खाली धड़ लिए; जिसकी नाक, कान, आँखें वो

जोड़ती थी। जाह्नवी ने मैगजीन के उस पन्ने को ऊपर से मोड़ दिया।

2 साल पहले जब जाह्नवी को रजत के नाम के साथ जोड़ा गया, सीधी साधी मखमली जाह्नवी बहुत रोयी थी कि रजत नाम का कोई लड़का, उसे उसके पापा से दूर कर देगा, उसकी पढ़ाई खत्म कर देगा, उससे घर के काम करवाएगा जबकि वो पापा के बिना रह ही नहीं सकती, पापा से ज्यादा उसे कोई और प्यार ही नहीं कर सकता, जबकि वो पापा के अलावा किसी और से प्यार ही नहीं करती और न ही कभी करेगी। नफरत करने के लिए जानने समझने की जरूरत ही कहाँ होती है, एक अनदेखी खटास ही काफी होती है दिल तोड़ने और कुढ़ने के लिए। उम्र का तेरहवाँ साल मुहब्बत आजमाने का साल तो नहीं होता मगर अब तो वो क्यूट 15 में पहुँच चुकी थी।

रजत, जाह्नवी के पापा के दोस्त 'सिन्हा अंकल' की पत्नी की बहन का बड़ा बेटा है जो शहर में पढ़ता है। शायद मुहब्बत भी जाह्नवी के हक में थी कि सिन्हा अंकल का घर उसके घर के सामने ही था। 2 साल से वो ये बातें मम्मी, बुआ, मौसी के मुंह से सुन रही थी कि जाह्नवी की शादी रजत से ही होगी। इन दो सालों में उसे रजत नाम की आदत पड़ चुकी थी और वो शरमा कर सबसे कन्नी काटने लगती या मुस्करा के भाग जाती। अब शायद किसी का नाम सुनकर शरमाकर भाग जाना ही प्यार होता है जाह्नवी के नजरों में, मगर लोग उसके इस बचकानी हरकत पर हँस पड़ते।

आज भी जाह्नवी के साथ यही हुआ। फ्रिज से बोतल निकालते-निकालते उसके पैर अचानक से वहीं के वहीं जम गए, दिल एक बार फिर मिल्खा सिंह बन गया। कमरे में सोफ़े पे बैठी बुआ और मम्मी के घरदारी की बातें रेंगते-रेंगते शादी की बातों तक जा पहुंची।

''दीदी जाह्नवी की शादी तो रजत से ही करेंगे। अच्छा लड़का है, खाता-पीता घर है, हमारे घर से बीस ही हैं वो लोग'' मम्मी का चेहरा हर बार रजत की बात करते ही दक्क से 100 वाट का बल्ब हो जाता।

''पर भाभी, अभी तो जाह्नवी बहुत छोटी है, मुश्किल से 14-15 साल की'' बुआ ने ऐसे आश्चर्य के साथ कहा जैसे जाह्नवी का बाल विवाह कराया

जाएगा।

"हम ये नहीं कह रहे है दीदी कि शादी अभी ही करना है। हम लड़की वाले हैं, सौ घर ढूँढ़ना हमारा काम है। आज से ही नज़र में नहीं रखेंगे तो आगे मनपसंद घर भी हाथ से चला जाएगा। बाकी तो भगवान की मर्ज़ी है, लड़कियां अपना-अपना नसीब लेकर आती हैं" अभी से शादी देखने का मकसद समझते हुये बुआ ने भी अपना सिर हाँ में हिलाया। बुआ और मम्मी पिछले एक घंटे से रजत-चालीसा पढ़े जा रही थीं, ये जाने बिना की कोई वहाँ होकर भी वहाँ नहीं है। जाह्नवी के होश फिर गायब होने लगे। अभी भी उसे घर-परिवार-खानदान-रईस इन बातों पर कोई ध्यान गया ही नहीं। उसे इतना भी होश नहीं रहा कि पिछले एक घंटे से वो फ्रीजर का दरवाजा खोले उसमें अपना हाथ डाले खड़ी है, जिससे उसके हाथ ठण्ढे हो चुके हैं। उसने रजत को कभी देखा नहीं था मगर वो उसके नाम से जुड़ चुकी थी।

सामने वाले घर को सजाया गया था। फुल चकाचक लाइटिंग-शाइटिंग की गयी थी। सिन्हा अंकल के बेटे का तिलक था। पड़ोसी होने के नाते मुहल्ले का चुल्हिया-उखाड़ उन्हीं के घर था। ट्रांस्परेंट झीने-झीने मेरुन रंग की टॉप, ब्लैक रंग की फिटिंग डेनिम जीन्स, ब्लंड स्टाइल बाल, कानो में छोटी-छोटी बालियाँ, होंठो पर लिप-ग्लास कुल मिलाकर मासूमियत में सजी-सँवरी अच्छी लग रही थी जाह्नवी।

"तुम लोग यहाँ क्यूँ बैठे हो?" घर से निकलते-निकलते जाह्नवी ने पड़ोस के तुषार से कहा जो बरामदे में गेट के पास बैठा था। तुषार के साथ कोई और भी था जिसने पहले नजरें जमीन पर टिकायी थी और जाह्नवी की आवाज़ पर एकदम से नजरे उठाकर उस पर टिका दी। वो कौन था जाह्नवी नहीं जानती थी। वो जो कोई भी था लगातार बस उसे ही देखे जा रहा था। ये घूरना नहीं था, ये बस किसी को पहचानने जैसा था। तुषार की किसी बात पर जाह्नवी बड़ी ज़ोर से हंस पड़ी, और उस लड़के की नज़र जाह्नवी से हटकर फिर जमीन में गड़ गयी।

सुबह से ही मौसम गरजने-बरसने लगा। बंजारे घने बादलों और उनकी डरावनी गड़गड़ाहट ने शाम सात को रात बारह जैसा बना दिया। बारिश की वजह से इलाके की बिजली सप्लाई बंद कर दी गयी और पूरा मुहल्ला मानो

किसी भूतिया इलाके में तब्दील हो गया था। बारिश अभी-अभी बहुत ज़ोर से होकर रुक चुकी थी और हवायें बिछड़े प्रेमी की तरह एकदूसरे से गले मिल बहकने लगी थीं।

''मम्मी बाहर आओ देखो मौसम कितना अच्छा हो रहा है'' ठण्ढी हवाओं और टिप-टिप करते पानी को हाथों में रोकना उसे बचपन से ही बहुत पसंद था। जाह्नवी, मम्मी के साथ बाल्कनी में खड़ी अंधी लड़की का किस्सा सुनने लगी जो उसकी मम्मी ने एक बार इतवार के दिन आने वाले न्यूज़ पेपर के रंगीन कॉलम में पढ़ा था।

''एक बार एक अंधी लड़की अपने घर के बाहर फुहारों का मज़ा ले रही थी। सबने उसे अंदर रहने को कहा मगर वो वहीं बाहर हथेलियों में बारिश इकट्ठा करने में व्यस्त थी कि अचानक से एक जोरदार गरज के साथ बिजली आसमान से सीधे आकर उसकी आंखों पर जा गिरी। आंखों में बेतहाशा जलन से वो वहीं बेहोश हो गयी। जब कुछ घंटे बाद लड़की ने आंखे खोली तो उसकी आंखों कि रौशनी उसे वापस मिल चुकी थी। अब वो एक अंधी लड़की नहीं रह गयी थी।'' जाह्नवी को कभी यकीन नहीं हुआ, ऐसा भी होता है क्या।

अचानक ही जाह्नवी हड़बड़ाई थी। लाल रंग की छड़ जैसी बिजली उसपर एक सीध में गिरी थी और पल भर में गायब भी हो गयी। उसने आस-पास देखा अब कुछ नहीं था। जाह्नवी को लगा ये बिजली का गिरना शायद उसका वहम है। कुछ मिनटों बाद लाल बिजली दीवारों पर गिरी, उसने पलटकर देखा भी, तब तक बिजली फिर गायब हो चुकी थी। जाह्नवी ने अंधेरे में सवालिया नजरों से माँ को देखा। लाल रोशनी अबकी बार दीवारों से होकर उसके चेहरे पर पड़ी और उसने झट उस लंबी सी रोशनी का सिरा पकड़ उसका पीछा किया। रोशनी का आखिरी सिरा सिन्हा अंकल के यहाँ जाकर थम गया। किसी के हाथ में लेजर टॉर्च था।

''कितना बदतमीज़ है जो भी है'' जाह्नवी ने गुस्से से कहा।

''ये तो रजत है!'' आसमान में बिजली फिर कड़की थी और उसकी रौशनी में साफ हुये चेहरे को देख मम्मी खुशी से चहक उठीं।

जाह्नवी का दिल एक बार फिर कुछ पलों के लिये रुक गया। रजत, मतलब उसका रजत। उसकी आँखें सिन्हा अंकल के घर पर टिकी रह गयीं कि सिर्फ एक बार बिजली फिर चमके और वो उस चेहरे को देख सके जिसे अभी तक सपने में वो पूरा जोड़कर रंग नहीं भर पायी थी। बारिश थम चुकी थी, बिजली थम चुकी थी, सामने से उस पर पड़ती लेसर लाइट की लाल रौशनी भी थम चुकी थी। सब कुछ थम चुका था मगर जाह्नवी का दिल बवंडर हो गया।

दूसरे दिन भी मौसम अपनी ही बदमाशियों पर अड़ा रहा। बाहर बारिश खूब झूम के नचनियों की तरह नाची थी और बच्चे-बच्चे का मन मिट्टी की सोंधी महक से भर गया। जाह्नवी अब भी रात की घड़ी में खोयी हुई थी। कैसे सिर्फ एक लाल रोशनी में वो किसी राजकुमारी की तरह महसूस करने लगी थी मानो कोई लाल कार्पेट उसके चलने की जगह पर बिछ गया हो।

काले बादल, अब कुछ-कुछ स्लेटी हो गए और नीले आसमान की चादर दुल्हन की चुनरी की तरह कुछ-कुछ लाल ही रही। एक हाथ में डेयरी मिल्क और एक हाथ में आर्ट की कॉपी लिए जाह्नवी, मम्मी और मौसी के साथ छत पर आ गयी। दुनियाभर की बातों से जब उसका दिल ऊबने लगा तो वो मम्मी को छोड़कर छत की बायीं तरफ की दीवार से नीचे झाँकने लगी।

2 मिनट भी बीता नहीं और कुछ बेहद गरम सा उसपर गिरा था, ऐसी गरम चीज जिसने जाह्नवी के दिल को झुलसा दिया। उसने नजरें उठाकर सामने देखा और किसी को बेधड़क अपनी तरफ देखते पाकर डरते हुए मम्मी के पास भाग आयी।

"यही है रजत, जिससे जाह्नवी की शादी के लिए कह रहे थे" मम्मी ने मौसी से कहा और जाह्नवी ने मुस्कराते हुये नजरें झुका ली।

"क्या बात है अभी से ही शरमाना शुरू... हाँ!" मौसी ने जाह्नवी का मज़ा लेते हुये कहा।

गोल गले की नारंगी टीशर्ट, क्रीम रंग की पैंट, छोटे बाल जिन्हें बायीं तरफ से सलीके से झाड़ा गया था, चेहरे पर गंभीर शरारत; कोई इतना भी मासूम हो सकता है क्या? रजत अभी भी उसे देखे जा रहा था, उसकी नजरों ने जाह्नवी

का दिल गुदगुदा दिया। काले रंग की चमकती टॉप जिसके नीचे से कई सारे पतले पतले लच्छे लटक रहे थे, घुटने तक आती रेड कलर की स्कर्ट, जिसे उसने दिवाली पर लिया था। कानों में छोटी-छोटी बालियाँ, जिसे सालों से उतारा नहीं गया था, गोरी रंगत जिसकी आंखों पर बिना फ्रेम के चश्मे ने अपना पहरा बिठाया हुआ था। गुड़िया लग रही थी जाह्नवी। रजत के साथ कोई और भी थी जो जाह्नवी की तरफ इशारे करके उसे कुछ बता रही थी और वो लगातार मुस्कराए जा रहा था। इण्ट्रोडक्शन टाइम शुरू हो चुका था।

''वैसे दीदी, दोनों एक जैसे ही हैं; हाइट और उम्र में भी ज्यादा फर्क नहीं, राम मिलाई बढ़िया जोड़ी, एक अंधा एक कोढ़ी'' मौसी और मम्मी ज़ोर से हँस दीं, तो वो 'हट्ट' कहकर नीचे भाग गयी। रात भर रजत उसे सपने में, घूरते, मुस्कराते मिला और वो रात भर शर्मायी सिकुड़ी हुई रही।

आदतानुसार जाह्नवी अब जब भी छत पर जाती, जाने कहाँ से रजत भी आ जाता। जैसे हवाएँ, धूप, चाँद की ठंढक, चिड़ियों की चहचहाहट रजत की गुप्तचर बन गयी थी, जो जाह्नवी के छत पर आ जाने का पता उसे दे देती। रजत अपनी छत से उसे देख जाता और जाह्नवी उसे देखकर नजरें झुका लेती। इससे पहले कभी जाह्नवी को किसी ने इतने गौर से नहीं देखा था और न ही जाह्नवी ने किसी को इस तरह सोचा था, अब जो भी था कुलबुलाता हुआ सबसे अलग था।

सामने वाली छत आज सूनी थी। जाह्नवी बार-बार छत की तरफ देखती मगर हर नज़र, दूर तक सिर्फ उदासी और सन्नाटा लेकर वापस आ जाती। मन बहलाने के लिए वो छत के दूसरी तरफ आ गयी। मम्मी छत के आगे वाली रेलिंग से टेक लगाकर बाहर देखने लगीं। कुछ ही पल बीता और वो अचानक ही फिर असहज हो गयी।

मुहब्बत या मुहब्बत का एहसास, जुड़ने या जोड़ने के तरीके खुदबखुद खोज लेता है न! दिल एक प्रिज्म की तरह अपने अंदर से प्रेम किरण को छितरा कर आसपास की दुनिया सतरंगी कर देता है। रजत अपनी छत के आगे वाले रेलिंग पर हाथों से टेक लगाए हल्के धानी रंग के जार्जेट के कुर्ते और गुलाबी चूड़ीदार गुलाबी दुपट्टे को गले से लटकाये जाह्नवी को देखे जा रहा था; जाने कब से। मम्मी और रजत एकदम आमने-सामने खड़े थे। मुहब्बत की कोंपल ने दो

घरों के बीच की बड़ी सी सड़क को भी पाट कर समतल कर डाला था, बाकी बचा तो सिर्फ एक सरपट रास्ता जिस पर से जाह्नवी और रजत की नजरें रोज़ अपनी यात्रा करके सुकून खोज लेती थीं।

''तुम्हें कितनी ध्यान से देखे जा रहा है, रजत नजरें भी नहीं हटा रहा है'' मम्मी ने हँसते हुये उससे कहा। उसे रजत पर झुंझुलाहट हुयी, कैसे वो मम्मी के सामने ही उसे बेहया की तरह देखे जा रहा है। वो जल्दी से नीचे आ गयी मगर मन वहीं कहीं पीले गोरे गालों वाले रजत में लगा रहा। वो छिटकते ही खिड़की पर आ गयी जहां से छत पर खड़ा रजत उसे साफ-साफ दिख रहा था। रजत की नज़रें भी अब छत से हटकर खिड़की की तरफ आ गयीं, जैसे उसे पता था कि जाह्नवी अब यहीं आने वाली है।

प्यार में पड़ा इंसान कोई न कोई कोना जरूर खोज लेता है, जहां से वो अपने प्यार को देख सके। चुपके-चुपके उसे मन के उस कटोरे में भर सके जो कटोरा कभी जी भर भरता ही नहीं। उसे दिल के जाले में बुरी तरह बुन सके ताकि सामने वाले को एहसास भी न हो कि वो किसी के नजरों की cctv में कैद हो रहा है, जिसे जब चाहे रिवाइंड करके हू-ब-हू उसी एहसास के साथ देखा जा सकता है। कोचिंग जाते समय किसी चौराहे का कोना, किसी मंदिर का कोना, स्कूल के कमरे के आखिरी बेंच का कोना, कैंटीन का कोना, किताब के बीच के पन्ने का कोना, किसी लड़की के दुपट्टे का कोना जिसे वो हर किसी के सामने तर्जनी में फंसाकर नहीं घूमती, चाय या पान की दुकान वाला कोना, छत पे फैले किसी कपड़े का कोना जिसे थोड़ा सा सरकाकर किसी को नजरों के आलिंगन में भर लिया जाता है, या फिर खिड़की का कोना। जाह्नवी और रजत ने भी अपना कोना खोज लिया था। रजत छत के कोने पर मिलता और जाह्नवी खिड़की के कोने पर।

हर शाम रजत के साथ कई लड़के छत पर क्रिकेट खेला करते। खेलते समय उनका शोर जाह्नवी के लिए निमंत्रण बन जाता। वो आज भी खिड़की के पास चाय लेकर खड़ी हो गयी और रजत क्रिकेट खेलना छोड़, छत के रेलिंग पर खड़ा हो गया। पीछे से उसे खेलने के लिए आवाज़ें आने लगीं मगर जाने रजत ने फिर सबसे क्या कहा कि सब खेलना छोड़, छत के ऊंचे वाले टीले पर जाकर बैठ गए। रजत फिर जाह्नवी को देखने लगा और वो दोनों मुस्करा दिये। जाह्नवी

ने सामने पड़ी आर्ट की कॉपी पर एक गुलाब, सिर्फ रजत के नाम से ड्रॉ कर दिया। रजत की मुस्कराहटों ने उस पर हाँ का मुहर लगा दी।

गुलाबी कुर्ती और डेनिम जीन्स के साथ हल्का फाउन्डेशन, हल्का पाउडर और हल्की गुलाबी लिपस्टिक के साथ जाह्नवी सामने वाले घर में जाने के लिए तैयार थी। जाह्नवी का बचपन ख़ुशबुओं से भर गया वो सुंदर लग रही थी। आज मम्मी ने उसे बड़ी खुशी-खुशी तैयार किया था। सामने वाले घर से उसका बुलौवा आया था। वो खुश भी थी और थोड़ी डरी भी कि अगर रजत फिर से उसे घूरने लगा तो वो कहाँ भाग के जाएगी, कौन से खिड़की के पर्दे हटाएगी, किस छत से नीचे भागेगी। जाह्नवी जैसे ही सीढ़ियों से ऊपर चढ़ी, सामने ही बेड पर अध-लेटा रजत उसे दिख गया और वो फिर अपने में उलझ गयी और बेड के बगल में रखे सोफ़े पर बैठ गयीं। किसी फिल्मी सीन की तरह अचानक से सारी औरतें जाने कहाँ चली गयीं। अब कमरे में बस रजत और जाह्नवी ही बचे रह गए थे। जाह्नवी बाएँ हाथ की उँगलियों को मसलते हुये रजत को देखने लगी। अध-लेटा रजत उठकर बैठ गया।

क्लिक की आवाज़ के साथ सफ़ेद रोशनी ने जाह्नवी के चेहरे को दूधिया बना डाला। उसने नजरें उठाकर देखा, रजत अपने मोबाइल के साथ खेल रहा था। एक दूसरी क्लिक पर भी जाह्नवी इसका विरोध नहीं कर सकी।

"बरसात के दिन आए, मुलाक़ात के दिन आए। हम सोच में थे जिनके उस रात के दिन आए" बाहर DJ पर, गाने की ऐसे तिकड़म बोल पर जाह्नवी और रजत की सर्प्राइज़ वाली नज़र अचानक से भिड़ी और दोनों ही नज़रों की खरोंच से शरमा गए।

रजत की बहन ने जाह्नवी के आगे बड़ी सी प्लेट बढ़ाई और जाह्नवी की सारी खुशी चिढ़ में बदल गयी। क्या वो भिखारिन थी जिसे थाली जैसे प्लेट में 2 लड्डू खाने के लिए दिया गया। मेहँदी लगाने के बाद भी रजत की बहन उससे खुश नहीं थी।

"इससे अच्छा तो मैं ही लगा लेती, पूरा हाथ गंदा हो गया, जल्दी छूटेगा भी नहीं" जाह्नवी को अपनी इतनी बड़ी बेइज्जती सहन नहीं हो रही थी। उसने तो

पूरे दिल और लगन से मेहँदी लगाई थी मगर अब उसे बहन के साथ-साथ रजत से भी नफरत हो गयी। अगले ही पल सीढ़ियों से नीचे जाते रजत की झलक ने उसे फिर पहले वाले ही एहसास में गूँथ दिया।

शादी खत्म हो चुकी थी और रजत भी जाने वाला था। सुबह से ही छत पर नजरें जमाये, काफी देर के थकाऊ इंतज़ार के बाद जाह्नवी को रजत दिख ही गया। हाथों में छोटा सा सूटकेस, माथे पर गर्मी से घिर आयी पसीने की बूंदें जिसे उसका सफ़ेद रुमाल सुखा रहा था।

अभी वो रजत को सही से देख भी नहीं पायी थीं और रजत तब तक चला भी गया। खूबसूरत एहसास के जाले में पहली बार गुंधी जाह्नवी को लगा उसका कोई अटूट भाग हमेशा के लिए चला गया। वो बेचैन हो गयी। उसे लगा कुछ हो जाएगा। वो आखिरी एक बार फिर से रजत को देखना चाहती थी मगर रजत जा चुका था। आधे घंटे बीत गए उसे खिड़की के पास बैठे, नजरें ग्लूगन कि तरह दरवाजे पर टिकी रहीं।

दिल से उड़ती-उड़ती दुआ शायद सटीक जगह जा पहुंची थी। रजत पूरे 45 मिनट बाद जाने कैसे, फिर उसके सामने वही छोटा सा सूटकेस, हाथों में रूमाल लिए दरवाजे के पास खड़ा था। जाह्नवी उछल पड़ी, देवदास के आँसू, सुदामा वाली खुशी में लिपट गए। आखिरी झलक उसके दिल में सालों का सुकून बनकर उतरी।

जाह्नवी का इंतज़ार अब महीनों-महीनों में कटने लगा। मगर उसके बाद न वैसी गर्मी की छुट्टियाँ आयीं और न ही रजत। सालों बीत गए रजत को देखे हुये, इस बीच सिन्हा अंकल का घर तीसरी बार हल्के बादामी रंग में रंग गया, दरवाजे वाली खिड़कियों की जगह अब स्लाइडिंग वाली खिड़की ने ले ली। खुद जाह्नवी की जिंदगी में कितना कुछ बदल गया था। ब्लन्ड कट बाल कमर तक लंबे हो गए, साँवली सी रंगत दमकने लगी, वजन 30 से 50 किलो हो गया, उसने जर्नलिज़्म में ग्रेजुएशन कर लिया और इस बीच कितने लड़के उसके दोस्त भी बने। वो रजत को और उस एहसास को तो नहीं भूल पायी थी मगर रजत का चेहरा कुछ-कुछ उसके मानसपटल से मिस हो गया था। घर में अभी भी जाह्नवी और रजत की शादी की बातें चलती थी। पता चला कि रजत Delhi से M.sc (biotech) करने के बाद अब JRF-SRF की तैयारी में लगा हुआ है।

मानसी फेसबुक पर पिछले दो साल से थी पर कभी रजत को सर्च नहीं किया। अब रजत के बारे में थोड़ी सी जानकारी मिलने पर वो उसे फिर से बस देखना चाहती थी। रजत नाम से सर्च करने पर रजत उसे कहीं नहीं मिला।

रजत का कोई दूसरा असली नाम भी था, जो उसे नहीं पता था। मम्मी से वो पूछ नहीं सकती थी, नाम उसे पता नहीं था अब क्या करे? उसे याद हो आया एक बार पापा ने रजत के शोरूम का नाम बताया था 'अन्तरिक्ष कॉम्प्लेक्स।' उसने अपना ही तुक्का भिड़ाते हुये जय माता दी करके सर्च-बॉक्स में ''अन्तरिक्ष सिन्हा दिल्ली'' डाला।

सामने कई सारे अन्तरिक्ष अपने स्माइल वाली प्रोफ़ाइल पिक्चर के साथ खड़े थे, किस-किस चेहरे में वो अब रजत को ढूंढती मगर दूसरे ही नंबर पर रजत का चेहरा देख उसके हाथ वहीं रुक गए। हाथ से पहले दिल, पॉपकॉर्न सा उछल सोफ़े पर, सोफ़े से उछल फिर लाल-पीले बल्ब वाले झूमर में लटक गया।

रजत का प्रोफ़ाइल तरीके से अपडेट भी नहीं था, इससे जाह्नवी को कोई मतलब नहीं था क्योंकि उसे पता था रजत के बारे में। उस रात जाह्नवी डेढ़ बजे सोयी। डेढ़ बजे तक सोफ़े में कंबल लिए सिकुड़ी जाह्नवी, रजत की एक-एक फोटो को देख सिर्फ अपना बचपन याद करने में बिजी रही। उसने रजत को न तो एड-फ्रेंड किया और न ही कोई मेसेज। पता नहीं उसका मन इस बात के लिए राज़ी क्यूँ नहीं था। वो बस रोज़ रजत के पोस्ट और उसके कमेंट चेक करती। रोज़-रोज़ उसके प्रोफ़ाइल को चेक करते-करते उसमें इन्टरेस्ट भी खत्म हो गया था। बचपन वाले एहसास कब्र में पैर लटकाए आखिरी दिन में थे शायद।

''Happy वाला birthday छोटे भाई को'' अन्तरिक्ष के वॉल पर किसी ''वैभव सिन्हा'' ने लिखा था।

छोटा भाई? रजत तो अपने भाई-बहनों में सबसे बड़ा है फिर उसे छोटा भाई कौन कह सकता है?

जाह्नवी ने सोचते हुये वैभव सिन्हा की ID ओपेन की। हंसी का ऐसा दौरा कि, सोफ़े पे लेटी जाह्नवी धड़ाम से फर्श पर आ गिरी। मोबाइल छटक-कर दूर

जा गिरा, बैटरी डाइनिंग टेबल के नीचे अपनी हंसी उलटती जा रही थी।

एक महीने से जिस अन्तरिक्ष को वो रजत समझकर गुनगुनाए जा रही थी, वो अन्तरिक्ष, रजत (वैभव) का छोटा भाई था। हूबहू शक्ल, हूबहू बाल, हूबहू रंग, हूबहू हाइट, फर्क सिर्फ बालों के रंग, आंखों के रंग और वजन में था। रजत की आँखें, बाल एकदम भूरे और अन्तरिक्ष के एकदम काले। रजत, पतला-दुबला बचपन जैसा ही था, अन्तरिक्ष मोटा था।

जाह्नवी अपनी फेक ID से और रजत अपने रियल ID से बात करते-करते एक महीने में अच्छे वाले दोस्त बन गए थे। जाह्नवी ने रजत को अपने बारे में, फैमिली के बारे में उसे फेक ही बताया जिसे सौ प्रतिशत रजत सच समझता रहा। जाह्नवी ने उससे अपने रिलेशनशिप के बारे में भी झूठ बोला कि वो अपने बचपन के दोस्त के साथ रिलेशन में है ताकि आगे रजत भी उसके उन सवालों का सौ प्रतिशत सच जवाब दे जो वो उससे जानना चाहती थी।

मानसी के मन में बहुत आया एक बार पूछा जाए, उसका पहल क्रश, पहला प्यार कौन है? कोई था या नहीं? बचपन में उसे कभी प्यार हुआ है या नहीं? शायद वो कहीं उसका नाम ले ले क्यूंकि उन दोनों ने चुप्पी में जो जिया वो झूठ नहीं था। नकली चेहरे के साथ अपनी बातें कहने या पूछने में संकोच, शरम, डर कुछ भी तो नहीं होता, हम टेप की तरह बजते है और सामने वाला रिकॉर्डर की तरह सुनते जाता है। मगर इन सब बातों को दरकिनार करते उसने इतना ही पूछा

Facebook chat

"वैभव क्या तेरी कोई गर्ल-फ्रेंड है?"

"यस! मेरी एक गर्लफ्रेंड है"

"कितने साल से साथ हो?"

"मैं जबसे दिल्ली आया हूँ तबसे साथ में हूँ, क्यूँ?

"तुझे बचपन में कभी प्यार नहीं हुआ?"

‘‘नहीं तो’’

‘‘सोचकर देख, हो सकता है हुआ हो। कोई ऐसी लड़की जिसे तू घंटो देखता रहा हो, दोनों मुस्कराते रहे हो’’

‘‘ऐसा तो कोई नहीं है, तुम ऐसे क्यों पूछ रही?’’

‘‘कैसा फट्टू लड़का है तू, इंट्रोवर्ट’’

‘‘हाहाहा फट्टू काहे बे, अभी तो मेरी गर्लफ्रेंड है न सिचुएशन और सब कुछ सही रहा तो शादी भी उससे ही करूंगा’’

जाह्नवी हैरान हो रही थी उसे इस बात का जरा भी दुख क्यूँ नहीं हो रहा कि रजत एंगेज्ड है। उसे तो रोना चाहिए था, उदास होना चाहिए था। दर्द वाली कवितायें पढ़नी चाहिए, सबसे अलग-थलग हो जाना चाहिए, मगर वो मुस्करा रही है। दिल से जैसे कोई बड़ा बोझ उतर गया था। वो भागकर फिर उस मैगज़ीन को उठा लायी जिसे उसने सालों से पलटा नहीं था और उसी मुड़े हुये पीले हो चले पन्ने को फिर खोल लिया।

‘‘अक्सर हम प्यार और आकर्षण को एक ही कैनवास पर रंग डालते है, जबकि प्यार साँस में खींची और छोड़ी गयी वो जिंदगी है जिसे कैनवास पर पेंट नहीं कर सकते मगर आकर्षण मूर्त है। अग्रेज़ी का वो ‘क्रश’ (आकर्षण) जो किसी की स्माइल पर, किसी की आँख पर, किसी के डांसिंग स्टाइल पर, किसी के ड्रेसिंग सेन्स पर, किसी के हंसने पर, किसी के छींकने पर, उस इंसान से थोड़ा एटेचमेंट जरूर हो सकता है मगर पूरा प्यार नहीं कि *‘दिल दे दिया है, जान तुम्हें देंगे, दगा नहीं करेंगे सनम’’* जैसे वादे निभाने की नौबत आ जाए।

क्रश मिले न मिले, दिन भर आपकी टोह ले न ले, अपनी जिंदगी में खुश रहे या उदास, बंट जाए या सिंगल रह जाए, आपको पहचाने या न पहचाने ज्यादा फर्क नहीं पड़ता’’

जाह्नवी ने लंबी साँस छोड़ी। बचपन से जिस रजत को वो प्यार का नाम दे रही थी वो तो महज उसका क्रश था।

"गुड लक यार, शादी में बुलाना जरूर"

जाह्नवी ने हँसते हुये एमोटिकन के साथ टाइप किया

"जरूर यार, तू आएगी न ?" वैभव ने स्माइल के साथ टाइप किया।

कुछ पुराने एहसास, अड्डी के कोने में पड़े पुराने धूसर रंग के बोरे जैसे हो जाते हैं, जिसके अंदर भरे एहसास, बैक्टीरिया के साथ नाक और साँस में खंखारने लगते हैं। जिसे सहेजा नहीं जाना चाहिए और फेंका भी नहीं जाना चाहिए, मगर हाँ! फिर वैसे का वैसे सिरे को गठिया कर कहीं कोने में पटक देना बेहतर होता है।

'कभी नहीं'

टाइप करने के फौरन बाद जाह्नवी ने सेटिंग में जाकर रजत की ID को परमानेंटली ब्लॉक कर दिया। ऐसे इंसान कि क्या जरूरत जो अब रत्ती भर उसकी जिंदगी में मायने नहीं रखने वाला था।

हरा लहंगा

गाँव-देहातों में बिजली-सड़क की जो तकलीफें लोग झेलते हैं वो तो जस की तस बनी ही है, साथ ही साथ पढ़ाई के मामले में जैसे सूखा पड़ जाता है। सबसे ज्यादा चिहराई बंजर सी पढ़ाई कस्बों की होती है। जहां गली-गली में खुलने वाली कोचिंग, केवल डिग्री दिलाने की जिम्मेदार होती हैं। कोई ऐसा गुरु नहीं मिलता जो टैलंट निखार सके।

दस तक की पढ़ाई। घुटने वाला दिमाग घिसट-घिसट के पूरा कर ही लेता है। ग्यारह में पहुँचते ही, शुरू का आधा साल ऐसे टीचर और कोचिंग खोजने में चला जाता है, जो कॉलेज में भी स्कूल के तरीके से रामायण, महाभारत जैसे मोटे-मोटे कोर्सेस को घोल के पिला दे। बाकी का आधा साल सिर्फ साइकिल या पैदल ही कई किलोमीटर को एक ही परिधि पर गोल-गोल घूमकर वहीं पहुँच जाता है जहां से चलना शुरू किया था। एरिया के सारे टीचर्स की टीचिंग स्टाइल

की क्रापिंग के बाद, आधा महीना नोट्स बनाकर पीछे छूटे कोर्सेस को रिकवर करने में चला जाता है। इतने में दूसरा साल शुरू। बाकी का अगला साल पिछले साल के कोर्स को दिमाग में बैठाने में, कौन सी लड़की किस लड़के को ज्यादा देखती है जैसे अगड़म-बगड़म वाले एकतरफा प्यार में ही भर-भष्ट्र हो जाता है और इंटर की पढ़ाई *बम-बम बोले नाग बाबा डोले* के फंड पर डोलने लगती है।

पढ़ाई, पढ़ाई न होकर भूकंप की कंपन बन जाती है। कुल मिलाकर कस्बे की इंटर, ग्रेजुएशन और पोस्ट ग्रेजुएशन वाली पढ़ाई उस टूटी छेदहा, फटहे नाव पर होती है, जिसकी तली को डुबा रहे पानी को, लोटे से भर-भरकर बाहर फेंका जाता है, ताकि नइया डूबे भी नहीं और जैसे तैसे पार भी उतर जाये।

सौम्या ने सबसे पहले। उसे इंग्लिश की कोचिंग में देखा था। वो उसकी दोस्त नहीं थी। बस कोचिंग में एक घंटे अजनबी की तरह नज़र टकरा जाने पर भाव के साथ घूरने वाला रिश्ता भर था। वो रोज़ चार बजे, वहाँ इंग्लिश पढ़ने आती और सौम्या उसे रोज़ देखा करती। बाद में उसने इंग्लिश के साथ-साथ उसी की कैमिस्ट्रि कोचिंग भी जॉइन कर ली। इंग्लिश की कोचिंग में कुल 10-12 लड़कियां थीं। जिनमें अलग-अलग लड़कियों का 3-4 ग्रुप बंटा हुआ था। जिसका दिल जिसके साथ लगता वो उस लड़की के साथ आती-जाती थी। सौम्या ने अपने ग्रुप में खुद के और शिवानी के अलावा और किसी का प्रवेश वर्जित कर दिया था। मगर कुछ और लड़कियों के घर के रास्ते एक ही होने के कारण घुसपैठिए की तरह सब जन, दो बेस्ट फ्रेंड के ग्रुप में घुस गयीं। शिवानी भी कुढ़ जाती थी भीड़ के वजह से कभी उन दोनों का कोई सेपरेट ग्रुप नहीं बन पाया। सारे ग्रुप कम्बाइन फैमिली की तरह ही कोचिंग आते जाते थे।

सौम्या ने कोचिंग में एक महीने लेट एडमीशन लिया था। एडमीशन क्या लिया था, वो बस इस शर्त पर आयी थी, अगर उसे इंग्लिश सर के पढ़ाने की स्टाइल और माहौल पसंद आया तो ही वो वहाँ पढ़ेगी। कोचिंग में लेट एडमीशन की वजह से पीछे छूटे नोट्स बनाने मे, सौम्या को कोई दिक्कत नहीं हुई। इंग्लिश वाले सर उसके पापा के दोस्त जो थे।

पढ़ाई पूरी-पूरी शुरू हो चुकी थी और सौम्या ने देखा कि उसने भी दो नयी

लड़कियों के साथ एडमीशन लिया। तीन लड़कियों का एक मुकम्मल ग्रुप था वो जो किसी से कोई मतलब नहीं रखता। काफी दिन तक सौम्या उन तीनों के नाम से, कहाँ से आती है, से अंजान रही। उसने तो पहले ही दिन चाहा था उन तीनों का न सही मगर उसका नाम जान ले जो बला की हसीन कोई नागिन सी खूबसूरत तो नहीं थी मगर उसमे कुछ अलग तो था जो शिवानी भी टोक पड़ी ''सौम्या क्या है इसमें जो इतने गौर से देखती हो?'' और सौम्या मुस्करा पड़ी।

बाद में, कोचिंग की दूसरी लड़कियों से पता चला उन तीनों का नाम प्रीति, रिया और मानसी है। सौम्या सोच चुकी थी अगर उन तीनों में से किसी ने भी उसका नोट्स मांगा तो वो फौरन दे देगी। इसलिए नहीं कि वो उनकी सच में मदद करना चाहती है, बल्कि इसलिए कि सौम्या को उनके ग्रुप की एक लड़की प्रीति पर लड़कियों वाला crush हो आया था और वो अपना इम्प्रैशन खराब नहीं करना चाहती थी। सर ने पहली बार अटेंडेंस पर उन्हें डांटा भी ''कहाँ गुम थी तुम लोग इतने दिनों से; अगले साल लिया होता एडमीशन।'' उन्होंने उनके नोट्स के लिए कोई जुगाड़ भी नहीं किया।

सौम्या को शिवानी के अलावा सारी लड़कियों से घुलने मिलने में थोड़ा समय लगा। अंतर्मुखी व्यक्तित्व, मन के साथ-साथ अल्फ़ाजों की दीवार भी बमुश्किल तोड़ पाते हैं। शिवानी से वो बचपन में भी मिल चुकी थी एक बार, इसलिए पुरानी पहचान कह सकते हैं। पढ़ने में तेज होने की वजह से सौम्या को सर की आंखों और लड़कियों के भी फेवरेट बनने में ज्यादा समय नहीं लगा और अब वो लड़कियों को उनके नाम से और लड़कियां उसे उसके नाम से जानने लगी थीं।

मगर ये तीन नयी लड़कियों का ग्रुप हमेशा अलग-थलग ही रहता। कुछ लड़कियों का मानना था वो तीनों बहुत घमंडी हैं। कुछ लोगो को वो ओवर स्मार्ट लगतीं। कुछ को लगता था उनके कैरक्टर अच्छे नहीं है उन सबके बॉय-फ्रेंड्स हैं। कुछ ने तो इसलिए जलन पाल रखी थी कि वो तीनों उनसे बोलती नहीं और अच्छे कपड़े पहनकर आती हैं। कुछ ने उन तीनों को ऐंवई अपना दुश्मन मान लिया कि वे उनके पसंद के लड़के को अक्सर नज़र भर देख लेतीं और उन्हें

नखरे वाली के साथ-साथ बॉयफ्रेंड चुराने वाली लड़कियां पसंद नहीं।

कोचिंग में तीनों साथ ही बैठतीं और कोचिंग खत्म होते ही साथ घर के लिए निकल जातीं। कभी-कभी सर को क्लास पहुँचने में देर हो जाती तो सारी लड़कियां एक साथ पंचायती सभा की तरह गुट बनाकर आपस में बातें करते सर का इंतज़ार करतीं। मगर इन तीनों से, कभी भी किसी ने और इन तीनों ने, कभी भी किसी से खुलने की कोशिश नहीं की। सौम्या सोचती थी हो सकता हो वो घमंडी हों, उनके आगे बाकी लड़कियां बेवजह और गैरज़रूरी हों, सौम्या को वो तीनों बहुत रहस्यमयी लगतीं। समय बीतते-बीतते सौम्या का मानसी और रिया से स्माइल पास करने वाला रिश्ता भी बन गया।

सौम्या को उनके ग्रुप में बस इतनी सी दिलचस्पी थी, कि वो तीनों आपस में शांत रहकर क्या बातें करती होंगी? वो तीनों किस बात पर हँसती होंगी? किस बात पर उनका झगड़ा होता होगा? कैसी बातें वो शेयर करती होंगी... लड़कों वाली, फ़ैशन वाली, घर गृहस्थी वाली? क्या वो तीनों बेस्ट फ्रेंड हैं या कोई दो बेस्ट और तीसरा मजगुल्ला?

प्रीति उस ग्रुप की सबसे सुंदर लड़की थी, ऐसा सिर्फ सौम्या को ही लगता। प्रीति का टिपिकल भारतीय लड़की वाला लुक सौम्या को कातिलाना लगता था। अक्सर वो नजरें चुरा के उसे देख लिया करती। सौम्या सोचती, अगर प्रीति को ताड़ते हुये किसी ने देख लिया तो पक्का उसे lesbian ही समझ लेंगे। हौले से उसका मुस्कराना, घुटने से ऊपर का कुर्ता और पैरलर सलवार, जब-जब प्रीति ये हल्के आसमानी वाले कपड़े पहनती, सौम्या एकदम खो जाती। भगवान ने भी फुर्सत से कितना जालिम अंदाज़ बनाया है हुज़ूर का।

मानसी उन सबसे अलग ऐसी कि पचास की भीड़ में भी कोई उसे आराम से पहचान जाए। उसे सबसे जुदा करती थी उसकी पाँच फुट दस इंच की लंबाई। एक लड़की के लिए इतनी लंबाई का मतलब है बांस का पेड़, जो अक्सर पीठ पीछे कोचिंग की लड़कियां उसे कहा करती थीं। बात-बात पर ज़ोर से हँसना उसकी आदत थी। कमर तक लटकती चोटी, हमेशा घुटने के ऊपर की कुर्ती और पंजाबी सलवार, ये उसका ड्रेसिंग सेंस था। वो उस ग्रुप की सबसे इंट्रेस्टिंग

लड़की थी, जो अक्सर आंखों से आंखों के मिलते ही मुस्करा लिया करती।

धीरे-धीरे कोचिंग में सौम्या का एक साल मानसी के ग्रुप के साथ मुस्कराहट की आँख मिचौली में ही बीत गया।

काफी खोजबीन के बाद सौम्या और मानसी के ग्रुप ने एकसाथ दूसरे सर के यहाँ biology, physics, chemistry की कोचिंग जॉइन की। पढ़ाई की जिंदगी पटरी पर आ गयी और अब तीनों कोचिंग में लगभग 3 घंटे बिताने से सौम्या और मानसी का ग्रुप एक दूसरे से कॉपी मांगने की हद तक घुल मिल गया। हर रोज़ की थोड़ी-थोड़ी हिचकिचाहट, थोड़ी-थोड़ी टूटती पुराने खंडहर की दीवार हो गयी। 10-12 लड़कियों के ग्रुप में रिया और मानसी सिर्फ सौम्या की ही सहेलियां बनी थीं। सौम्या का भ्रम टूटा। वो कोई घमंडी ग्रुप नहीं था, बस उनका ग्रुप अपने तीन बाशिन्दों के साथ मुकम्मल था जिसमें किसी और के hi, bye, goodbye, re-hi की जरूरत ही नहीं थी।

उस दिन रिया असहज सी कोचिंग में बार-बार अपने कपड़े सही कर रही थी। उसके कपड़ों में ऐसा कुछ भी अश्लील नहीं था जैसा उसे लग रहा था। रिया ने मानसी के कानों में कुछ कहा और मानसी मुस्करा पड़ी। मानसी ने फिर प्रीति के कानो में कुछ कहा। इन सबके दरमियान रिया बस उन दोनों का चेहरा देखती रही। एक मदद, एक आस, उसके साथ रहने की गुहार, उसके चेहरे के सिकुड़े आइब्रो और पसरे होंठो पर थी जो बार-बार प्लीज बोल रही थी। कोचिंग के बाद रिया ने दुपट्टे को पीछे से लेकर पूरा आगे तक खुद को ढक लिया। ''क्या हुआ रिया तुम ठीक तो हो न?''

सौम्या ने पूछा भी, मगर रिया की भरी आंखों ने सिर्फ ''कुछ नहीं हुआ'' की तसल्ली दी।

रिया, सौम्या से ज्यादा क्लोज़ हो चुकी थी। उसने बताया था कि उसे ये ग्रुप नहीं पसंद क्यूंकि मानसी और प्रीति दोनों बहुत हँसती है। उनके ग्रुप के साथ बने रहना उसकी मजबूरी है क्यूकि उन तीनों का घर अगल-बगल ही है। उसने बताया की मानसी का बॉय-फ्रेंड भी है और प्रीति बहुत नकचढ़ी है। तीनों अक्सर छोटी-छोटी बातों पर लड़ जाया करती है। लड़कियों की बातों और उनकी

खिल्ली उड़ाना उन्हें पसंद था।

रिया ने ये भी बताया कि स्टेनिंग के डर से, उसने हिचक के साथ मानसी और प्रीति से घर चलने की मिन्नत की, मगर दोनों ने एकदम से मना कर उसका मज़ाक बना डाला था। सौम्या का उन तीनों को स्पेशल देखने का तिलिस्म पूरी तरह खत्म हो चुका था। तीन अलग-अलग मिजाज के वजूदों का एक पूरी तरह बिखरा ग्रुप।

समय बीतने के साथ-साथ मानसी और रिया ने सौम्या के साथ नंबर भी शेयर किए। सौम्या और रिया का कोई पर्सनल फोन नहीं था। मम्मी का ही नंबर अदला बदला गया। मानसी के पास अपना पर्सनल फोन था। मानसी का बॉयफ्रेंड है उसने, सौम्या को उससे दूर कर दिया।

पेपर देख कर सौम्या को यकीन ही नहीं हो रहा था, ये कैसे हो सकता है? फोन पर रिया की भी हालत एकदम चौंकने के मुहाने पर थी। मानसी ने कॉलेज टॉप किया था, वो भी उस बैच में जब लोग सेकंड या थर्ड डिवीजन पास हो रहे थे और आधे से ज्यादा फ़ेल। उस साल के बैच के सबसे गंदे रिज़ल्ट को लेकर आत्महत्याएँ, पेपर और न्यूज़ चैनल पर सबसे ज्यादा पड़ी थीं।

एक सुसाइडल केस सौम्या के साथ के ग्रुप में भी घटा। कॉलेज की सबसे तेज कहे जाने वाली लड़की, जिससे सबने UP टॉप करने की आस लगाई थी। रिज़ल्ट में सेकंड डिवीजन ने उसे मार्टीन खाने पर मजबूर कर दिया था। औसत से भी कम तेज, मानसी का कॉलेज जिला टॉप करना सबके सोच में, बातों में कुलबुला गया था। UP बोर्ड एक बार फिर बदनाम हो गया। हर बार की तरह नकल पर पहरा कितना भी ज्यादा था मगर होनहार मार्टीन खाकर सुसाइड कर रहे थे और ऐवरेज स्टूडेंट जिला टॉप कर रहे थे।

मानसी B.Com करने के लिए नाना के यहाँ शहर चली गयी। प्रीति अपने गाँव चली गयी और रिया CPMT की तैयारी के लिए लखनऊ चली गयी। सारी लड़कियां इधर-उधर छंट गयी मगर सौम्या और रिया की फोन से बातें चलती रहीं। रिया ने बताया कि कॉलेज टॉप मानसी, B.Com के एंट्रैंस एक्जाम में फ़ेल हो गयी इसलिए उसका एड्मिशन डोनेशन देकर करवाया

गया। मानसी से University के सारे सर बहुत उम्मीद रखते थे मगर ऐसा कोई भी क्वेश्चन नहीं होता था जिसके सही सही आन्सर मानसी दे पाती। मानसी सिर्फ मज़ाक का विषय बन गयी थी कि नकल से तो कोई UP क्या इंडिया भी टॉप कर सकता है। कुछ महीने बाद रिया ने बताया कि मानसी B.Com फ़र्स्ट इयर क्लीयर नहीं कर पायी वो फ़ेल हो गयी और अब वो B.Com ड्रॉप करके BA में एड्मिशन लेने जा रही है।

पूरे दो साल बाद मानसी, सौम्या के घर आयी थी।

‘‘सौम्या एक ग्लास पानी दे दो मुझे!’’ सौम्या ट्रे में बिस्किट और पानी लेकर लौटी, तो मानसी को किसी से फोन पर कह रही थी ‘‘तुम आओ सामने, यहाँ जो कुन्द्रा स्टोर है न उसी के सामने। मैं सौम्या के यहाँ हूँ, अभी बाल्कनी में आती हूँ और फिर अभी घर जाने में दो घंटे हैं.... हाँ हाँ मम्मी को पता है... घर तो देर से ही जाना है कोई दिक्कत नहीं है।’’

इतना सुनते सौम्या के कान खड़े हो गए। उसे वैसे भी बॉयफ्रेंड रखने वाली मानसी कभी पसंद नहीं आई और अब उसके घर के सामने किसी के आने वाली बात बहुत नागवार गुज़री थी।

‘‘मानसी! कौन है जिसके लिए बाल्कनी पर जाना है तुम्हें?’’ सौम्या ने उखड़े लहजे से पूछा।

‘‘वो बुआ का बेटा है, वही पूछ रहा था कि मैं घर कब तक आ रही हूँ’’ मानसी खिसियाई सी, नजरें झुकाकर बोली। सौम्या सोचने लगी, क्या भाई बहनों में इतना ज्यादा प्यार है कि एक घंटा उसे बिन देखे नहीं रह सकता और उसे दुबारा देखने के लिए सहेली की बाल्कनी पर बुलाये।

मानसी तो चली गयी और सौम्या ने उलझे मन से ये बात रिया को बताई। रिया ने कहा ‘‘वो जरूर उसका बॉयफ्रेंड ही रहा होगा। अक्सर मानसी अपने घर की छत पर आकर उससे बात किया करती है और कई बार फोन पर ही उसे रोते देखा गया था। मानसी अपने मम्मी की भी नहीं सुनती। एक दिन उसे फोन पर किसी पर चिल्लाते हुये भी सुना गया।’’ रिया के मुंह से ये सब जानकर सौम्या

समझ गयी कि अब उसे मानसी से कोसों दूर रहना है, ये ऐसी लड़की है जो जाने कब उसे, किस बात में फंसा दे। सौम्या ने मानसी के फोन; उसके मेसेजेस को कायदे से इगनोर करना शुरू कर दिया।

मानसी के नाम से मम्मी के मोबाइल पर लगातार 4-5 कॉल मिस्ड हो चुकी थीं। काफी दिनों की कन्वरसेशन गैप और अब अचानक से इतने सारे इकट्ठे काल्स सौम्या का दिल पसीज सा गया। थोड़ी सी हाइ हैलो, मेसेज का रिप्लाइ नहीं देती, फोन नहीं करती की शिकायतों के बाद मानसी ने सौम्या से पूछा "सौम्या, क्या तुम्हारे पास हरे रंग का लहंगा है?"

"नहीं मानसी मेरे पास हरे रंग का क्या, कोई भी रंग का लहंगा नहीं है।" सौम्या के पास सचमुच में सलवार-सूट और जीन्स के अलावा कुछ भी नहीं था।

"सौम्या कहीं से अरेंज करा दो, गाँव में शादी है और मुझे हरे रंग का लहंगा पहनना है" मानसी ने फिर हरे रंग पर ज़ोर दिया।

"तुम्हें हरा रंग ही क्यूँ चाहिए मानसी, कोई और रंग क्यूँ नहीं?" सौम्या ने पूछा

"नहीं यार, कोई और रंग नहीं बस हरा ही चाहिए!" सौम्या ने सोचा, हो सकता है मानसी को हरा रंग ही पहनने का मन हो। हो सकता है गाँव की सारी लड़कियों ने शादी का ड्रेस कलर कोड हरा ही रखा हो। हो सकता है उसके बॉयफ्रेंड ने उसे हरे रंग में देखने की इच्छा जाहिर की हो। हो सकता है कि उसका बॉयफ्रेंड खुद हरे रंग के कपड़े पहन कर आ रहा हो और मानसी उसके जैसा दिखने के लिए हरा रंग पहन रही हो।

"सौम्या प्लीज यार, मैंने प्रीति से भी कहा मगर उसके पास भी नहीं है, कहीं से भी तुम दिलवा दो मुझे।" मानसी ने सौम्या से गुजारिश की और सौम्या ने उसे तसल्ली देकर फोन काट दिया। फोन रखते ही सौम्या लहंगे वाली बात पूरी तरह से भूल गयी।

दूसरे ही दिन सौम्या के नाना की अचानक मौत से सौम्या, उसकी मम्मी, उसकी बहन ननिहाल चले आए।

नाना की मौत के बाद बाल बनाने की रस्म में सब उस पार्क में जुटे थे जहां मरनी-करनी के काम कराये जाते थे। सामने बरगद के पेड़ के नीचे पंडित जी बैठे अपना करम कर रहे थे और सौम्या थोड़ी दूर पर बने चबूतरे पर बैठी उस काम को देख रही थी। इसी बीच मम्मी के फोन पर रिया का 3 कॉल पूरा-पूरा आया मगर सौम्या ने उसे तीनों बार सिर्फ रिंग होने दिया। चौथी रिंग भी मिस हो जाती मगर मम्मी के कहने पर उसने किनारे जाकर कॉल पिक कर ली। सौम्या हैलो भी नहीं बोल पायी थी

''सौम्या सौम्या! मानसी मर गयी'' रिया की रोती हुई आवाज़ आयी।

''क्या!'' सौम्या चिल्ला पड़ी। करम की तरफ ध्यान लगाए हुये पंडित जी के साथ सबकी नज़र उसपर चली गयी।

''हाँ सौम्या, मानसी मर गयी''

''रिया तुम मज़ाक कर रही हो न...!'' सौम्या के पैर कांपने लगे। वो वहीं जमीन पर धम्म से बैठ गयी।

''नहीं सौम्या, मैं मज़ाक नहीं कर रही। तुम्हारी तरह मुझे भी यकीन नहीं हो रहा, अभी प्रीति ने फोन करके बताया, मानसी ने आज दिन में जहर खा लिया!'' रिया ने और ज़ोर से रोते हुये कहा।

''नहीं रिया, तुम गलत हो; बोलो तुम गलत हो, ऐसा नहीं हो सकता!'' सौम्या को पाँच फुट दस इंच लंबी चौड़ी मानसी अपनी आंखों के सामने हँसते हुये छू गयी।

''ऐसे कैसे हो सकता है रिया अभी मानसी ने चार दिन पहले मेरे पास लहंगे के लिए फोन किया था। उसके गाँव में शादी है और आज...'' सौम्या को उड़े चेहरे और जमीन पर लस्त-पस्त हालत देख मम्मी ने उससे इशारे से पूछा भी की हुआ क्या, मगर सौम्या ने कोई जवाब नहीं दिया।

''कैसी शादी सौम्या, पागल हो क्या, उसके घर कोई शादी नहीं थी। वो तो अपने BA की क्लासेस के लिए हॉस्टल जा रही थी''

“क्या तुमने मानसी के घर फोन किया था?’’ सौम्या ने पूछा।

“नहीं मैंने नहीं किया और तुम भी मत करना, उसके घर पुलिस आई है, सबसे पहले दोस्तों से ही पूछताछ की जाएगी!’’ रिया ने सौम्या को समझाते हुये फोन रख दिया।

सौम्या की आखों के सामने मानसी की माँ का रोता हुआ चेहरा दिखने लगा। अपनी लंबी-चौड़ी, शरारती, शादी के लायक बेटी को चुनरी की जगह सफ़ेद कफन में लिपटे देख उन्हें कितना बुरा लग रहा होगा। उसके पापा, उसके पापा! की हालत कितनी खराब होगी। एक पत्नी सबसे ज्यादा अपने पति के करीब होती है और एक पति सबसे ज्यादा अपने बेटी के। क्या मानसी ने एक बार भी जहर खाते समय अपने पापा के बारे में भी नहीं सोचा होगा।

मानसी की मौत के बाद उसके घर पुलिस आयी थी और पूछताछ के लिए मौके पर उन्होंने प्रीति को पकड़ा था। प्रीति को जितना भी मानसी के बारे में पता था उसने सब बता दिया। मरने से पहले की रात मानसी फिर छत पर ज़ोर-ज़ोर से फोन पर किसी से बात करते हुये रो रही थी। वो बहुत परेशान थी। मानसी की मम्मी भी रोज़ उसकी आंखों के बढ़ते काले घेरों को देख परेशान थी मगर मानसी ने कभी अपना मुंह नहीं खोला।

रिया ने सौम्या को फोन पर बताया कि मानसी की मम्मी आधी पागल हो चुकी है। अलसाई सुबह वो उठ जाती हैं और पत्थर लेकर कौवों को मारा करती है, मारने के बाद उसे कपड़े फैलाने वाली रस्सी पर टांग देती हैं क्यूंकि मानसी के मरने के दिन उनके छत पर बहुत कौवे और चील उड़ रहे थे। अगले साल मानसी की शादी तय करनी थी। उन्होंने मानसी के लिए, चौड़ी वाली पायल, नथ, बिंदिया और चार सोने की चूड़ियाँ खरीद कर रख ली थी।

मानसी के गाँव में कोई शादी नहीं थी। सौम्या से उसने लहंगा क्यूँ मांगा था ये तो पता नहीं चला मगर मानसी और उसके बॉय-फ्रेंड का mms कस्बे के गली-गली पर खुले चाय वाली टिपरी, होटल, गेस्ट हाउस, दुकान, मानसी के पापा और खुद मानसी के मोबाईल पर फॉरवर्ड किया जा चुका था। मरने के दिन मानसी घर से निकल कर अपने हॉस्टल जा रही थी और वहाँ रेल्वे-स्टेशन पर ही

उसने जहर खा लिया। जहर खाने के बाद, उसी समय उसने अपने मोबाइल की बजाए PCO से घर पर भी फोन किया कि उसे बचा लें, उसने जहर खा लिया है वो मरना नहीं चाहती है। जब तक घर के लोग उसे बचाने पहुँचते, या मानसी हॉस्टल पहुँचती, वो मर चुकी थी। घर के लोग उसकी डेड बॉडी लेकर चले आए।

सौम्या उस दिन के बाद से इतना डर गयी कि उसने मानसी के सारे मैसेज डिलीट कर दिये, कॉल लॉग उड़ा दिया। सौम्या को लगता था जैसे मानसी मैसेज से निकल कर अभी उसके सामने आ जाएगी। मानसी को गए कितने ही साल हो गए मगर आज भी उसकी आवाज़ सौम्या को अपने कानों में गूँजती सुनाई पड़ती है

'सौम्या क्या तुम्हारे पास हरे रंग का लहंगा है? मुझे गाँव जाना है, शादी में।'

सुन पाओ तो लौट आओ

''बाबा फ्रेंड'' मैं उन्हें इसी नाम से ही बुलाती थी। लंबा 6 फुटा कद, पतली लंबी सुतवां नाक, चौड़ा माथा, सफ़ेद चाँदी के तारों जैसे मुलायम बाल जो अब गिर के हल्के हो चुके थे। चेहरे पर ठंढ में गिरने वाली धूप की तरह संतोषजनक सदाबहार मुस्कान। एक नज़र में देखने पर सीप में कोई मोती हाने का गुमान होता था। बाबा बहुत शांत स्वभाव के थे। वो और बुजुर्गों की तरह चिड़चिड़े नहीं थे। हर बात को प्यार से समझाना उनकी शख़्सियत की खास बात थी। वो हमेशा से ऐसे ही नहीं थे। किसी जमाने में उनका खूब रौब चलता था, मगर अब जाने उन्होंने खुद को बदला था या जमाने के रुख से कदम से कदम मिलाकर चलना सीख गए थे, दूरदर्शिता रग-रग में थीं।

तुलसी के पेड़ों को रोज़ फलते-फूलते देख जिस तरह एक घर खुशी का प्रयोजन माना जाता है, उसी तरह घर में बड़े बुजुर्गों का साया होना घर की खुश किस्मती का सबब होता है। ये बात पापा के आचरण ने हमें, बहुत अच्छे से,

बचपन में ही समझा दिया था। हर रात दुकान बढ़ाने के बाद, वो बाबा के सिर में ठंढा तेल लगाते, उनके पैर दबाते और दिन भर की बातें करते। धीरे धीरे ये, मेरी भी रोज़ की आदत बन गयी थी और फिर बाबा के कमरे में बहुत अद्भुत दोस्ती की शुरुआत हुई, जिसे जेनेरेशन गैप से भी कोई फर्क नहीं पड़ा। बाबा और मैं दोस्ती के हर adjective, adverb को परिभाषित करते थे मगर अपने तरीके से। मैं बाबा को राखी पर पतला-गुलाबी धागा बांधती थी और बाबा बहुत शौक से उसे पूरे साल बांधे रहते। बाबा कभी मुझे मेरे असली नाम 'प्रतिभा' से नहीं बुलाया, उन्हें मेरा दूसरा नाम 'सोनल' सबसे ज्यादा पसंद था।

बाबा का separate कमरा था; मगर वो कमरे के बजाए आँगन में खुले में सोना पसंद करते थे। कहते थे ''बिटिया बहरवा सोये से के आवत जात है पता चलत है, घरा मा सन्न-मसन्न रहत है, कमरवा बंधा-बंधा लागत है, घबराहट होत है''

फिर हमलोग ने भी कभी उन्हें कमरे में सोने के लिए जबरदस्ती नहीं किया, हर इंसान को उसकी इच्छानुसार जीने की पूर्ण स्वतन्त्रता होती है, बाबा को भी थी। बाबा के रहते कभी भी आँगन के मुख्य दरवाजे में ताला क्या कुंडी भी नहीं लगी, सोते समय वो अपने पास इक लाठी रखते थे।

''बाबा अगर कोई आ जाए रात में, तो एक लाठी से क्या होगा?'' और बाबा हँस देते ''हमरे रहते के आई बिटिया, बहरवे से देख के भाग जायी। केमा इतना हिम्मत है की ई घरा पे नज़र भी उठाइ के देखे'' फिर वो अपने जमाने के हर बहादुरी के किस्से सुनाने लगते कि, कैसे वो काम करने के बाद रात 12 बजे जंगल के रास्ते से होकर घर आया करते थे। उन्होंने बताया वो एक बहादुर माँ के बेटे है।

मेरी परदादी, जिन्होंने रात करीब 9-10 बजे नीम के एक सूखे टहनी से बिगौवा को मार भगाया था, जिसने मेरे पापा के ऊपर हमला किया था। मैं उनकी बातें सुनती जाती।

सुबह 6 बजे लाठी की खट-खट से पता चल जाता था कि बाबा उठ चुके हैं। आधे घंटे वो फिर घूमा करते और फिर आधे घंटे पेपर पढ़ा करते। 7 बजे वो

ऊपर आ जाते और उनके आने से पहले ही दादी बाथरूम सजा चुकी होती थीं। जिसमे बाबा का ब्रुश होता जिसकी पक्कड़ भूरे रंग की थी। रिन और लक्स साबुन एकसाथ साबुनदानी में रखा होता। रिन सर्फ उसके बगल में, साथ में पानी से भरी लोहे वाली बाल्टी और लोटा, बगल में पीढ़ा। चारपाई पर कलफ लगी सफ़ेद धोती और कुर्ता जो उनकी पहचान थी। जाने क्यूँ बाबा को रिन के प्रॉडक्ट से इतना प्यार था। बाबा कभी शैम्पू नहीं यूज करते, बाल धुलने के लिए भी रिन सर्फ का इस्तेमाल करते और हैरानी की बात, हर महीने अलग अलग कंपनी के कंडीशनर यूज करने के बाद भी हमारे बाल जितने मुलायम नहीं होते थे उससे कहीं ज्यादा बाबा के बाल हर धुलाई में चमक जाते थे।

नहा धो कर बाबा काली पट्टी वाली घड़ी हाथों पर लगाते जो बहुत पुरानी हो चुकी थी पर नयी ला देने के बाद भी बाबा ने कभी नए को हाथ नहीं लगाया। फिर बाबा अपने हाथों से लगाए गए पेड़ पौधों को निहारा करते। छत और बालकनी पर कुल मिलाकर 55 पौधे थे जिसमे गेंदा, गुलाब, तुलसी, गुड़हल सदाबहार और भी शो वाले पेड़ थे और उन सब में बाबा को सबसे ज्यादा गुड़हल पसंद थे। बाबा शौक से निहारते गुड़हल को मगर तोड़ते गुलाब को। शौक किसी भी चीज का हो, फलता फूलता अपनी छटा बिखेरते ज्यादा खूबसूरत लगता है।

''बिटिया जाइत हैन निचवा हम'' सुबह के साथ नियम से शुरू हुई अपनी दिनचर्या में नहा धो लेने के बाद बाबा नीचे दुकान पर जाते हुये मुझे आवाज़ लगाते। कितनी बार कहा था बाबा से, आप ऊपर ही चाय पीकर जाया कीजिये, मगर दुकान पर बैठकर चाय पीने का उनका अपना शगल था। दादी फिर 16 सीढ़ियों से एक हाथ में चाय और एक हाथ से दीवार पकड़तीं धीरे-धीरे नीचे उतरतीं। यहाँ भी हम दादी के हाथ से चाय लेने की गुहार करते पर उन्हें बाबा का ये काम किसी और पर सौंपना बिल्कुल नहीं पसंद था।

चाय में मुस्कान बिस्कुट डुबोकर खाने और फिर एक कैप्टन सिगरेट से उनकी खाने-पीने की दिनचर्या शुरू होती। 12 बजे खाना खाते जो दादी लेकर आती थीं। हम सबने फिर मना किया था कि खाना हम लोग ले आएंगे, दादी कितना सीढ़ियों पर दौड़ेंगी मगर बाबा हँसकर समझाते।

''देखो बिटिया दादी चलिहे नाहीं तो घुटना में दर्द होई, इही नाते हम

चाहित है कि वै चला करे नाहीं तो बीमारी पकड़ लेई।''

बाबा को सजी हुई खाने की थाली मन भाती थी। दादी भी पर्फेक्ट मास्टर शेफ की तरह उनके पसंद के मुरब्बे, बुकनी, बेसन की मोटी रोटी, सब्जी, दाल, चावल, दही के साथ पूरी थाली भर देती थीं.. दादी बहुत शौक से लहसुन लाल मिर्च के तड़के में गर्मी में सुखाई गयी खटाई और पपीते में गुड़, काला नमक मिलाकर मुरब्बा बनाती थीं। खाने के बाद बाबा काला नमक चाटते थे, कि इससे खाना खाने के बाद गैस नहीं बनती.. फिर बाबा आधा घंटे समाचार देखते और एक घंटे सोते थे।

रात 8-9 के बीच बाबा खाना खाते थे जो मैं ले जाती थी। इस एक समय बाबा को कोई ऐतराज नहीं था कि खाना मैं क्यूँ लेकर आती हूँ, क्यूंकि उसके बाद दो घंटे का समय हमारी दोस्ती के नाम होता था। 'बाबा-बिटिया' की दोस्ती के नाम। बाबा खाना खाते जाते और अपने बारे में अपने जमाने के बारे में बताते जाते थे। हर बार, हर दिन बातें कुछ-कुछ वही होती थीं मगर उनके चेहरे की हर दिन की ताज़ी खुशी बरबस उन्हें सुनने के लिए रोक लेती थी। मैं सवाल पे सवाल पूछती और बाबा मुस्कराते, खाना खाते जवाब देते जाते।

''जानत हो बिटिया, यहाँ अंग्रेज़ आवा करत रहे, घोड़ा पर बईठ कर, गोरे गोरे। जब विश्वयुद्ध भए रहा तब बहुत अंग्रेज़ यहाँ आए रहे और रात भर रुका रहें'' आगे वो और भी बताते जाते ''1978 के दौर में इन्दिरा गांधी भी आई रहीं, जो हमारे घर पे रुकी रहीं काहे कि ऊ समय ई नेताओं का डेरा भी हुआ करत रहा। बातें सुनते सुनते मैं फिर पैर दबाने लगती थी या सिर। घर में आठ बजे के बाद अगर मैं कमरे में नहीं पायी जाती तो सबको पता रहता था कि मैं कहाँ मिलूँगी।

बाबा के कमरे में बाएँ तरफ डबल बेड, दाएँ तरफ बड़ा बक्सा जिसमें दादी अपने मायके से लाये हुये पंखे, दु सुत्ती कढ़ाई वाली चादरें, अपने शादी की साड़ी और बहुत सी चीजें रखी हुई थीं। डबल बेड के सामने खूबसूरत सा बड़ा वाला शोकेस जिसके बीचों-बीच बड़ी वाली टीवी रखी थी।

1995 में, सबसे पहली कलरफुल टीवी खरीदी गयी, जो कि मुहल्ले में आने वाली सबसे पहली कलरफुल टीवी भी थी। इससे पहले भी घर में टीवी था

मगर ब्लैक एंड व्हाइट। अपने निश्चित समय से पहले ही मुहल्ले के बड़े भैया और अंकल लोग महाभारत और रामायण देखने आ जाते थे और बाबा का कमरा खाप-पंचायती सभागार में बदल जाता। टीवी, टीवी की ही शक्ल की थी, मगर उसके मोटे-मोटे काँच ऐसे लगते जैसे टीवी को दूर दृष्टि दोष हो और उत्तल लेंस का चश्मा लगा हो। आजकल के फ्लैट, स्लिम टीवी से बिलकुल अलग खाते-पीते घर की पच्चीस किलो वाली टीवी। बाबा रोज़ नियम के साथ अपने बेड पर राजशाही लेटकर, समाचार देखते। पच्चीस किलो की दादी-अम्मा वाले टीवी पर हम सबको, हर शनिवार जूनियर जी, टिम्बा रुचा और हर इतवार शक्तिमान का बहुत बेसब्री से इंतज़ार रहता था। तब के जमाने में यही हमारा कार्टून हुआ करता। हमारा बचपन उस टीवी के सामने बड़ा हो रहा था और बाबा का बुढ़ापा उस कार्टून के आगे बचपन जी रहा था। हमसे ज्यादा बाबा को इस बात की फिक्र होती कहीं हमसे ये कार्टून छूट न जाए बारह बजते ही हम सीढ़ियों से धड़-धड़ाते नीचे बाबा के कमरे में अपनी हाज़िरी लगा देते...उम्र की 80वीं दहलीज़ पर झूलते स्किन के साथ बाबा के अंदर अभी भी जिंदगी को पूरी तरह से जीने की कवायद बाकी थी जो वो हम बच्चों के साथ तन्मयता और लगन के साथ शक्तिमान देखते। बचपन सिर्फ बचपना है और बुढ़ापा समझदारी से भरा बचपना। जब कभी लाइट बीच में ही चली जाती तो पहले वो खूब ज़ोर से हँसते ''हई ल्यों गयी भईसिया पानी मा'' फिर झट्ट से जेनेरटर ऑन हो जाता। 15 साल से चल रही टीवी अब पुरानी हो गयी थी। समाचार तो अब भी पूरे नियम से आते थे बिना किसी दिन नागा किए मगर समय के बदलाव के साथ-साथ टीवी के कुछ बटन टूट गए थे, जिसे बाबा या तो पेन या तो पेंचकस लेकर उस बटन की खाली जगह पर अंदर डालकर चालू कर देते, पापा ने बहुत बार कहा था कि इसे अब बदलकर फ्लैट टीवी ले लिया जाए मगर बाबा को अपनी ही चीज से बहुत लगाव हो गया था। ईमोशनली जुड़े किसी भी चीजों का दूर जाना डिप्रेस कर देता है। एक दिन बाबा ने जाने क्या सोचकर कहा अब इस टीवी को हटा दो। नयी टीवी आने के बाद भी उनकी पुरानी टीवी उसी कमरे की कुर्सी पर रखवा दी गयी।

अक्सर खाली समय में बाबा मुझे एक चुटकुला सुनाया करते थे ''एक तोतला लड़का था, जब वो बड़ा हो गया तो घरवाले रिश्ते के लिए लड़की देखने

गए। वहाँ लड़के के पिता ने उससे कुछ भी बोलने से मना करके सिर्फ इशारों में बात करने की हिदायत दी। खाना खाने के टाइम लड़के ने एक कीड़ा देखा। वो कुछ बोलने ही जा रहा था कि माँ ने मना कर दिया। सबको लगा कि लड़का बहुत शर्मिला है और रिश्ता तय हो गया। आखिर में लड़के को फिर कीड़ा दिखा और वो ज़ोर से चिल्लाया ''अरेय्य दादा हौ देखो टियाँ-टियाँ'' बाबा खूब ज़ोर से हँस देते थे। मुझे इस चुटकुले में ठहाके जैसा कुछ नज़र नहीं आता फिर भी हँस देती थी। कुछ चीजें लिहाज और किसी की खुशी के लिए भी करनी चाहिये।

बाबा, पापा को बहुत मानते थे और आम के सीज़न में सबसे कड़ा और बड़ा वाला आम पापा के लिए अलग से छाँट कर रख देते थे। एक बार घर का गेट बंद करते हुये पापा को नाक पर चोट लग गयी। बाबा की आंखें आँसुओं से भर आई और उन्होंने अगले दो दिन तक खाना नहीं खाया था। अक्सर पापा को जब बुखार होता, बाबा खुद पापा के सिर में नवरत्न तेल लगाते। बाबा किसी डॉक्टर से कम नहीं थे। हर मर्ज की दवा को वो भूरे लिफाफे में रबड़ से बांधकर नाम लिख के रख लेते थे। रात 2 या 3 बजे इमेरजेंसी में भी लोग बाबा को ही आवाज़ लगाते कि फलां बीमारी की दवा चाहिए।

मुझे या बहनों को बुखार होता तो बाबा खुद दवा हाथ में लेकर आते और कहते ''का भए बिटिया बीमार हु, लाओ हम पैरवा दबाई दी।'' बाबा अपने हथेलियो को उल्टा करके माथे को छूते हुये कहते। हम लोग मारे शरम के बाबा के हाथ से अपना पैर हटा लेते ''बिटियन के पैर छूएब अच्छा होत है, बिटिये लक्ष्मी होत ही घर के'' बाबा फिर भी जिद्दी बच्चे की तरह हाथों को दबाने लगते। दिन का खाना भी साथ ही खाते। उस दिन समाचार के आदी बाबा अपनी नींद और दिन का आराम भी छोड़ देते। फिर उनके प्यार भरे शब्द और एहसास बीमारी को उड़ा ले जाते थे।

उम्र की 15वीं दहलीज पर कदम रखते ही जमाने की सबसे बड़ी बीमारी ने मेरे चेहरे पर कब्जा कर लिया था। हजारों की दवा पेट में चली गयी थी। जितनी दवा पेट में जाती पिंपिल उतने ही शिद्दत और जबरदस्ती चेहरे पर राज़ करने लगते थे। टीवी पर दिखाये जाने वाले हर क्रीम और अखबार, मैगज़ीन में निकलने वाले हर नुस्खों को चेहरे पर आजमा चुकी थी। फिर लोगों की बातें और

दाग धब्बो से भरा चेहरा लिए मैं हीनभावना से ग्रस्त हो गयी। जाने क्यूँ टीवी वाले पिंपल या उम्र के हर बदलाव को बड़ी सी बीमारी या कैंसर सरीखा दर्शाते हैं। बाबा मेरी इस परेशानी को जानते थे, मैं लोगों के सामने आने से कतराने लगी थी। मेरा बोलना अब चुप्पी में बदल गया था।

"बिटिया काहे उलझी हो एतना, ई कुल चेहरा के लइके परेशान नायी हुआ जात है, जे सुंदर रहत है उहि के ई दाना निकरत है। अभी कोचिंग जात हु, तुहे नज़र ना लाग जाए इहे खातिर ई कुल चेहरवा पे है, घर में रहबू तो कुल खतम होई जायी" मैं भी बहल जाया करती "हाँ बाबा सही तो कहते हैं" मेरे साथ पढ़ने वाली अनु, रीना ये सब सुंदर नहीं हैं तभी तो इन्हें दाना नहीं निकला है।

"सोनल बिटिया" बाबा को जब कुछ गहराई से समझाना होता तो इस शब्द को हमेशा खींचकर बोला करते थे "लड़केन के कब्बों आपन हित न समइयो, उ केहु के नहीं होत है। हमेशा लड़केन से दूर रट्यो खुश रहबू" बाबा कभी-कभी माँ बनकर भी बातें खुलकर समझा दिया करते थे।

<u>*28 फरवरी 2007 बेटियाँ पोटली हैं खुशियों की*</u>

इंटर में थी मैं और कॉलेज में साइन्स कॉम्पटिशन होने वाला था। स्पीच के साथ साथ मैंने स्लोगन राइटिंग, और पोयम में भाग लिया था। हमेशा से कम बोलने वाली "सोनल" हजारों लोगों के सामने भाषण कैसे देगी बाबा को चिंता हो गयी थी, उन्होंने कई बार कहा था कि मैं अपना नाम वापस ले लूँ। बाबा डर रहे थे कि भीड़ देखकर कहीं मैंने बीच में भाषण छोड़ दिया तो मेरी बेइज्जती हो जाएगी। डरी तो मैं भी थी, मगर बाबा का यही डर मेरी ताकत बन मुझे प्रेरित करने लगा थी "नहीं सोनल, अब बाबा का ये डर सिर्फ तुम खत्म कर सकती हो। अपने लिए बाबा को बहादुर सिर्फ तुम ही बनाओगी" सुबह-शाम, रात-दिन, खाते-पीते, जागते-सोते अपनी स्पीच तैयार करने लगी थी और बाबा हँसकर कहते "बिटिया, पगलाई जाबू। इतना न ज़ोर डालो दिमगवा पर जितबू तो तुही और क्यों नाही।"

जब 2 फ़र्स्ट और 1 सेकंड प्राइज़ बाबा के हाथों में देकर मैंने बाबा का पैर

छुआ तो वो रो पड़े। ''सौ ठो नालायक लड़केन से अच्छी, हमार इक टु सोनल बिटिया''

अब दुकान पर आने जाने वाले हर इंसान को वो मेरे ईनाम जीतने वाले किस्से बताते। मेरी स्पीच सुनने वाले और भी कई लोग, टीचर, कॉलेज में कॉम्पटिशन के दौरान मौजूद थे जिन्होंने बाबा और पापा को कई दिन तक बधाइयाँ दी थीं और बाबा गर्व से सीना ताने सब सुनते, मेरी खुशी मुझसे ज्यादा दुगने उत्साह से बाबा सबसे बांटते ''हमार सोनल बिटिया बहुत तेज ही हर मामले मा; कुछ ना कुछ तो बड़ा करी ऊ''

उस दिन के बाद से बाबा का रूटीन कुछ-कुछ बदल गया था। वो अब सोने से पहले मेरा 15 मिनट का भाषण सुनने लगे थे और पूछा करते। ''बिटिया जब तू भाषण देत रहू तब सभे बहुत तेज थापोड़ी बजाए रहे का?''

''हाँ बाबा सब एकदम शांत होकर दम साधे सुन रहे थे, हमसे पहले भी दो लोग भाषण दिये थे मगर एक तो भूल गयी थी और एक का कोई सुना ही नहीं दो मिनट में वो भाग आई थीं। मेरे भाषण में लोग बीच-बीच में बहुत तेज ताली बजाते थे!'' मैं भी उन पलों को याद करके बाबा के सामने पूरा-पूरा बताती।

''बिटिया डर नायी लगा रहा की कहू भूल जाओ तो का होई?''

''लगा था बाबा मगर फिर हो गया'' मैंने बाबा से कभी नहीं बताया कि आपकी इसी खुशी से भरे चेहरे की कल्पना ने मेरा डर पीछे रख दिया था। बाबा फिर खुद ज़ोर से ताली बजाकर पूछते ''अइसे ही तेज से बजाए रहे सभे?

''हाँ बाबा इससे भी तेज'' और वो खुशी से फूलकर गुब्बारा हो जाते।

HCL बनाम बाबा

समाचारों में ''सृष्टि की खोज कैसे हुई'' खूब चर्चा में थी और उसके रहस्यों को जानने के लिए HCL(hydrochloric) machine बनायी गयी थी। इस मशीन का प्रयोग बारह बजे होना था और प्रयोग के दिन दुनिया के खत्म होने की भी बात कही गयी। सुबह सात बजे ही बाबा जलेबी मँगवा लिए, उस

दिन बाबा ऊपर ही चाय पिये और बारह बजने से पहले सबको अपने कमरे में बुला लिया ''सब साथे रहो अगर दुनिया खतम होई तो सभे साथे मरी'' हम सब पीछे हँस भी रहे थे मगर बारह बजते ही सब डर से उनके कमरे में सिमट गए। दुनिया फिर भी बच गयी। ये शायद बाबा के उन अनदेखी दुवाओं का ही नतीजा था जो और जीना चाह रही थी। एक बार फिर जिंदगी मिल जाने की खुशी में उन्होंने शाम को अपना पसंदीदा सूजी का हलवा बनवाया।

''सोनल बिटिया के शादी में इन्हें सस्ते में लखटकिया नैनो करवा दईके निपटाई देब'' बाबा की बातें मज़ाक हैं फिर भी मैं अपना मुंह बना लेती ''इतने सस्ते हैं हम बाबा'' और मेरा बना उतरा मुंह देखकर वो कंधे से लगा लिया करते।

''अपने सोनल बिटिया की शादी में बरतिहवेन के चाँदी क सिक्का देकर विदा करब और इतना धूम धाम से बियाह करब की लोग देखिहें। पूरे जवरवा में अइसन शादी नाई भए हुयी आज तक''

वो सारी परेशानियां, जो बाबा, पापा से नहीं कह पाते थे मुझसे बताते थे। घर को नए सिरे से तोड़ तोड़कर बनवाया जा रहा था। बाबा ने देख-रेख में, बहुत मेहनत की थी। एक नींव से लेकर पूरा घर बनने तक। बाबा की वजह से पापा इस जिम्मेदारी से बिलकुल फारिग थे। घर का पिछला पोर्शन बनकर तैयार हो गया था और बरसात के मौसम में अचानक से उसकी छत चूने लगी थी।

''क्या हुआ बाबा, आप बहुत उदास है'' बाबा अपने कमरे में अंधेरा करके सोये हुये थे। मैंने लाइट ऑन करके उनके कंधे पे हाथ रख कर पूछा और वो मेरा हाथ पकड़कर रोने लगे। ''बिटिया हम बर्बाद होई गयेन। हाता एस घर बनवाएन और आज छता चुए लाग''

''बाबा फिर से छत बन जाएगा, आप इस बात के लिए रो रहे है? हमेशा हमको समझाते रहते हैं उदास होने से चेहरा काला हो जाता है और अब खुद अपना चेहरा सांवला कर रहे हैं; अगर आप फिर रोये तो हम भी रोने लगेंगे'' उदास सा मुंह करके मैंने भी नजरें नीची कर ली। मैं जानती थी अब इस मरम्मत में और कितने खर्चे होने वाले हैं। और मुझे किसी भी मामले में पापा के पैसे खर्च

होते देखना बिलकुल अच्छा नहीं लगता था। मैं उस उम्र में थी जो महसूस कर सकती थी कि टेंशन क्या होता है। मगर एक बहलावा अगर एक चिंता पर भारी है तो बहलावे अच्छे हैं। कई बिगड़े काम बहलावे की ओट में भी संवर जाते हैं क्यूंकि बहलावा हिम्मत लाता है।

''कहा रोइत हैं हम, देखो बिलकुल फिट-फाट हैन, हमार बिटिया हमरे साथ ही तब कौन चिंता। अरे सार, फिरु छत बन जायी, कौनु जिनगी खत्म होई गए का।'' बाबा एकदम अच्छे बच्चों की तरह आँसू पोंछते बोले।

बाबा को अक्सर खांसी आती था। कुछ उनकी उम्र का हिस्सा था और कुछ उनके हद से ज्यादा पिये जा रहे कैप्टन सिगरेट का नतीजा था। हर बार सीने को दबाते हुये खाँसते और खाँसने के बाद उनका हाँफना मुझे खुद हुए बुखार की तरह तकलीफ देता था। मैंने उनकी सिगरेट छुपा दी थी और प्रॉमिस लिया कि वो दिन में सिर्फ दो सिगरेट पियेंगे बस। बाबा बहुत हँसे थे ''हमार दादी बनी ही सोनल बिटिया, सिगरेट रोकिहें।'' मैं बाबा को अपनी किताब में छपी या टीवी पर सिगरेट के धुएँ से जले, गंदे काले रंग के फेफड़े को दिखाती शायद बाबा इससे ही डर जाए। मैं कल्पना में भी डर जाती, दिन में एक डब्बा सिगरेट पीने से बाबा का भी फेफड़ा ऐसे काला होता चला जाएगा।

सिगरेट न पीने की वजह से बाबा बहुत उदास और निराश हो चले थे। एक दिन मैंने खुद उन्हें सिग्रेट देते हुये, दिन भर में बस 4 सिगरेट की प्रॉमिस ली, बहुत खुशी-खुशी बोले थे बाबा ''बिटिया...'' इस बार फिर बिटिया शब्द कुछ लंबा हुआ था। ''तोहरेन की तरह टाफी-वाफी तो हम खाइत नायी हैन, इहे इकट्ठू लत है जोन चुबलावा करीत हैन।'' पुरानी लत थी जाती तो नहीं मगर बाबा ने अपनी आदत फिर सुधार ली थी और उनकी खांसी भी ठीक होने लगी।

बाबा को सर्दी हुई थी। कोई भी सीरप उनके खाँसते दिल और हाँफती जुबान को ठीक नहीं कर पाया था। ज्यादा दवा खाना या सुई लगवाना उन्हें ज़रा भी मंजूर नहीं था। मैं उन्हें दूध वाली चाय की जगह दिन में चार टाइम तुलसी, कालीमिर्च, लौंग, छोटी इलायची मिलाकर काढ़ा देने लगी थी। 3 टाइम अदरख के रस में शहद मिलाकर देती। बाबा का मनपसंद नाश्ता चूरा मटर या चूरा और आलू का भर्ता हुआ करता था। उस शाम अदरक का रस देने के बाद मैं

अपने हाथों से उन्हें चूरा-मटर खिला रही थी। रात वो बहुत चैन से सोये ज़रा सी भी खांसी चाहकर भी उन्हें नहीं आई, काढ़े ने असर कर दिखाया था।

''कल तुमने बाबा को रुला दिया बेटा'' सुबह-सुबह ही पापा बोले और मेरा दिल रुक सा गया। मैं हैरान थी। मैंने ठेस लगने जैसा कोई काम नहीं किया था कल। फिर पापा ने बताया कि बाबा ये कहते रोने लगे। ''सोनल बिटिया हम्में बहुत मानत ही, हम बहुत खुश नसीब हैं। उ बिटिया नायी हमार दोस्त होए, कल हम्मे अपने हाथ से नाश्ता करावत रही।'' मैं सोचती रह गयी, क्या सिर्फ हाथ से नाश्ता करा देना बाबा के लिए इतनी बड़ी खुशी की बात थी। ''बड़े बूढ़ो को सेवा की जरूरत होती है'' जैसे किसी सूक्ति से मेरा दिल नहीं पसीजा था। बाबा के साथ दोस्ताना व्यवहार मेरे अंदर अपने आप उपजा था।

सुबह से शाम तक, बाबा का इक ही बैठका था दुकान के बाईं तरफ वाली बेंच और ठंड के दिनों में सफ़ेद वाली कुर्सी जो प्लास्टिक रेशे से बीनी गयी थी। मैं स्कूल जाती या कहीं बाहर से आती बाबा हमेशा अपनी जगह पर मुस्कराते मिलते और देखते ही कहते।

''आई गयु बिटिया, काओ लायी हो हमरे लिए!'' और मैं बाबा के लिए पहले से ही खरीदे गए उनके मनपसंद पेड़े हाथ में पकड़ा देती थी। रसगुल्ले, छेना, तीन तार की चाशनी में खोवा, मिल्क केक उन्हें बहुत पसंद थी।

वो रोज़, बिना मांगे और बिना नागा किए स्कूल जाते समय 5 रुपए, आने के बाद 5 रुपए और शाम को 5 रुपए जेब खर्च देते थे। मंहगाई बढ़ने के हिसाब से हमारी पाकेट मनी 5 से बढ़कर 10 हो गयी। हम बहनों के पैसे की जरूरत केवल कुल्फी और फुल्की तक ही सिमटी थीं। हर दिन तीनों बहनों को अलग-अलग मिले पंद्रह रुपये में से बस 10 खर्च होते थे बाकी बड़े वाले गुल्लक में जाते थे। उस पर भी बाबा कहते बिटिया और चाहिए तो हमसे मांग लियो। 10th में पहुँचते ही बाबा मुझे बुलाकर रोज़ 100 रुपये देते, मैं आनाकानी करती इतने पैसे क्या करूंगी मगर वो कहते ''बिटिया घरा मा तु बड़ी हु और तोहार मुंहों बड़ा है, रखे रहा करो जानित हैं न कहुं खर्च नाई करबु, जमा कई लिहो''

गर्मी की छुट्टियां हुई थी और मैं, मौसी के यहाँ दो हफ्ते के लिए रहने गयी चली गयी। फोन से पापा-मम्मी से बात हो जाती थीं और बाबा का हाल-चाल पापा से पता चल जाता था। छुट्टियों के बाद जब मैं घर पहुंची, हाथों में बाबा के लिए मिठाई का डिब्बा लिए, तो बाबा कुछ उदास दिखे। उनकी मुस्कराहट भी फीकी थी। ''बाबा की तबीयत खराब है क्या पापा?'' मैंने पापा से चिंता में पूछा था।

''नहीं, सब सही है'' पापा ने भी कह दिया मगर मैं उलझ गयी, बाबा ऐसे असामान्य कभी नहीं थे। कमरे में टीवी देखते मैंने बाबा से पूछा ''क्या हुआ बाबा आप बहुत चुप है?''

''बिटिया तुंहे हमार याद नयी आवत रहा?'' बाबा ने टीवी का वॉल्यूम कम करते हुये सीधे आंखों में आँखें डालकर पूछा।

''आती थी बाबा, पापा से हम पूछते भी थे।'' मैंने सफाई देते हुये कहा।

''बिटिया तो हमसे बात करे मा काओ जात रहा। दुई हफ्ता रहिउ, हर दुसरीया फोन करत रहिउ, कब्बों नायी कहिउ के बाबा से बात कराई द्यो।''

बाबा की उदासी उनके बोल में साफ झलक रही थी।

''अरे चलो होई जात है, भूलाई जात है'' बाबा ने बात को बगल करते हुये जाने कैसे अपने लहजे को हद दर्जे नरम और हँसता हुआ बनाकर कहा। मैं बेहद शर्मिंदा थी। कितनी छोटी-छोटी उम्मीदें रखते है न, बाबा-नाना-दादी-नानी हम लोग से और हम लोग उसे प्राथमिकता भी नहीं दे पाते।

हर शाम, दीया जलाने के साथ, बाबा लालटेन जलाकर सीढ़ियों के एक कोने में रख देते थे। उस लालटेन की, जेनरेटर और इन्वर्टर के दौर में कोई जरूरत नहीं थी, फिर भी वो शाम को उसके शीशे को निकाल कर धुलते, उसे पोंछते और फिर तेल भरकर जला देते। हाथ जोड़कर आँख बंद कर लेते और लालटेन के आगे सिर झुका लेते थे। ये ज़िम्मेदारी वो किसी को नहीं उठाने देते थे।

''इसे क्यूँ जलाते हैं बाबा आप?'' मैं उनसे पूछती।

"बिटिया ई घर के लक्ष्मी हुये"

लालटेन के देर तक जलने के बाद काले हुये शीशे पर मैं अक्सर डिज़ाइन बनाया करती।

बाबा मज़ाकिया किस्म के भी थे। घर में काकरोच बहुत लगने लगे थे और हर दिन काकरोच मारने वाला, लाल हिट भी अपना काम नहीं दिखा पा रहा था। बुआ घूमने के लिए घर आई हुई थी। यहाँ-वहाँ परिवार के सदस्यों की तरह, लाल छोटे जीवों को देख मम्मी ने बता दिया कि वो आजकल उनकी जनसंख्या कम करने को लेकर परेशान हैं।

"भाभी न मारा करो काकरोचों को ये घर की लक्ष्मी होती हैं" बुआ ने दयनीय भाषा में कहा। "ऐसा करो मुन्नी, इक तु पन्नी लई लो और हमरे घर के कुछ लक्ष्मी तुंहु भर के अपने घरे लइके चली जाओ" बाबा ने बुआ से कहा और वहाँ बैठे सभी लोग हंस दिये।

बेहद प्यार में एक पक्ष शिकायतों का भी होता है और बाबा को भी मुझसे एक शिकायत थी। उनका कमरा नीचे बना हुआ था। हर रोज़ ऊपर के कमरे धुले-पोछे जाते थे और नीचे का कमरा नज़रअंदाज़ हो जाता था। मम्मी को पूरा घर संभालने की ज़िम्मेदारी रहती। मैं और छोटी बहनें अपने पढ़ने-लिखने में, नीचे आने की सोलह सीढ़ियों पर झाड़ू लगाना भूल जाती थीं। बाबा अक्सर खुद सीढ़ियों पर, अपने कमरे में झाड़ू लगाते और कमरे की वॉश-बेसिन साफ कर लेते। पापा देखते ही बाबा के हाथ से झाड़ू ले लिया करते और खुद ये काम करने लगते। बाबा अक्सर समझाया करते।

"बिटिया कब्बों कमरवों में झड़ुइया लगाई लिहा करो, भले क्यो आवत जात नायी है, मगर रोज़ कुल जगही झाड़ू लगावे से बरक्कत आवत है।" ये बात हफ्ते भर मन में रहती और फिर बचपन के छोटे से दिमाग में, झाड़ू की बात सिर्फ ऊपर कमरे तक ही रुक जाती थी। हफ्ते-हफ्ते में मैं अब बाबा के कमरे में झाड़ू के साथ पोंछा भी लगाने लगी थीं। बाबा सन्तुष्ट तो नहीं थे मगर उन्होंने दुबारा शिकायत भी नहीं की।

दादी का ये आखिरी करवाचौथ था। दादी हर साल करवाचौथ व्रत रखती थी, 74 साल की जुलजुल सी उम्र, में 85 साल के बाबा के लिये व्रत रखा था, फिर भी इतनी हिम्मत कि दिन भर भूखी प्यासी रह जाती थीं। दादी की जिंदगी में बाबा का होना ही उनकी खुशी और ताकत थी। मैंने और बहनों ने इस बार प्लानिंग की थी कि बाबा और दादी के साथ करवाचौथ पर कुछ नया किया जाये। चलनी से पति को देखना ये नया हो सकता था क्यूंकि चलनी से आसमान का चाँद देखने के बाद, खुद की जिंदगी के चाँद और चाँदनी को देखने का रिवाज हमारे घर में नहीं था। हम लोगों ने दादी को चटख लाल रंग की साड़ी पहनाई। यूं तो बाबा को दादी का लाल चटख रंग पहनना बिलकुल नहीं पसंद था। कितनी ही लाल साड़ियाँ बाबा ने ये कहकर बक्से में रखवा दी कि उम्र के हिसाब से ये रंग ज्यादा गाढ़ा है। दादी को लाल महावर, लाल पक्की चूड़ियाँ, लाल लिपस्टिक, लाल बड़ी बिंदी, लाल नेल पॉलिश, मोटा चौड़ी वाली पायल पहना दिया। मेहँदी तो रात में ही रख दी थी, जो आज उस झुर्री भरे सिकुड़े हाथों पर पूरे ज़ोर से लाल-काली होकर दहक रही थी।

''अरे दादी बड़ा मुहब्बत है बाबा और आप में तो, कैसे पटाई थीं आप बाबा को'' सबकी छेड़खानी की सुई इस बार दादी पर थी, दादी एकदम शरमा ही गयी।

''जाओ तोहरे लड़केन के, ई उम्र मा, मरे के जून पर काओ बनाए दिये हो हम्मे'' मगर हम लोग कुछ बेहया टिप्पड़ियां कर जानबूझ के जेनेरेशन गैप को एक ही बार में भरना चाहते थे।

पूजा के समय बाबा को ऊपर लाते हुये उनकी आंखों को blindfold कर दिया गया। वो कहते रह गए, उन्हें दिख नहीं रहा वो गिर जाएंगे मगर सबने उनका हाथ पकड़ 16 सीढ़ियाँ चंद मिनटों में पार करा दी। बाबा दादी आमने-सामने थे और आंखों से काला दुपट्टा हटाते ही कुछ समय तक वो दादी को देख बस मुस्कराते रहे और दादी ने नजरें नीची कर ली। उस दिन अपनी जिंदगी में शायद पहली बार बाबा ने हम बच्चों की बहुत जिद पर, दादी को अपने हाथों से पानी पिलाकर व्रत खुलवाया था। बाबा हंस रहे थे, पूरे दिल से। पहली बार दादी

ने करवाचौथ पर जब बाबा का पैर छुआ, बाबा ने ने झट्ट से उन्हे कंधे से पकड़ उठाया और गले से लगा लिया। दादी बाबा के सीने तक ही आई थीं। हम सब निहाल ही हो गए थे ये देखकर। एकटक दादी को निहारते हुये बाबा बोले ''सोनल बिटिया, दादी तोहार आज बहुत सुंदर लागत ही, दुलहिन जैसी!''

जीवन के पचासी साल यूं ही बीत जाने का कोई मलाल नहीं था बाबा के चेहरे पर

<u>*8-14 October 2010*</u> *आखिरी पल मोहमाया के*

वैसे तो बाबा अपनी हर बात और अपनी हर फरमाइशें बड़े प्यार से बोल देते थे, मगर इस गुजरने वाले हफ़्तों में बाबा बहुत अलग से हो गए थे। वो मुझे और भाई को कुछ ज्यादा ही प्यार करने लगे थे। पापा को उनके नाम के बजाए बाबू बुलाने लगे थे। हर सुबह छोला-पूड़ी और शाम में सूजी का हलवा बाबा के ही कहने पर बिना नागा किए बनने लगा। बाबा के मुंह में, ऊपर के मसूड़ो में असली वाले बस चार दांत बच गए थे। नीचे के दाँतों में टीथ सेट लगाते थे। जब वो खाना खाने बैठते तो अपने दाँत सेट निकाल कर मसूड़ों और चार दांत से चुबलाया करते। दाँत न होने की वजह से मैदे में, तेल या मलाई डालकर मुलायम पूड़िया बनाई जाती थी।

मंगलवार के दिन भूल से मैंने पूड़ीयों में तेल नहीं डाला और पूड़ियां सख्त हो गयी। बाबा ने बड़े शौक से खाया और खाते-खाते अचानक से रुक गए मैंने उन्हें गौर से देखा। एक चोर तो मन के अंदर था ही कि आज बाबा को छोले बिलकुल पसंद नहीं आएंगे...बाबा बीच से नाश्ता छोड़ वाश-बेसिन पर कुल्ला करने लगे और मुट्ठी में कुछ दबाते हुये मेरे पास आए। एक बड़ी ज़ोर की हंसी उनके मुंह से निकली। ''क्या हुआ बाबा आपको'' मैं डर गयी इस रिएक्शन पर''

''बाबू, बाबू हो यहर आओ तनी।'' पापा दौड़ते हुये आए। बाबा ने बंद मुट्ठी खोल हथेलियों पर रखा अपना एक टूटा दांत दिखाया और फिर हंस पड़े

''आज सोनल बिटिया हमार एक दांत तोड़ दिहीन, खोड़ी बनाए दिहीन!''

बाबा की हंसी के साथ अब पापा और मेरी हंसी भी पूरे कमरे में शोर कर गयी। उनके आगे का दाँत सख्त पूड़ियों की वजह से टूट गया था।

गाँव से खबर आई थी, पिछली रात चली तेज आँधी में खेत का पेड़ टूट गया है। बाबा उसी दिन खेत जाकर पेड़ों को कटवाकर घर ले आए, ताकि आने वाली ठंढ में हमारे अलाव का बंदोबस्त हो सके। छत पर चार साल से इकट्ठा कबाड़ कुछ मजदूरों को बुलाकर साफ करवाया। चौड़ी छत और चौड़ी लगने लगी। ''बिटिया हम चाहित हैं, कि हम छुट-पुट मर जायी, केहु के परेशान न करी। ऐसे चलत-फिरत भगवान उठाई ले हम्मे''

''बाबा ऐसे न कहिए, अभी आपको भाई की शादी भी तो देखनी है और मेरे शादी में बरातियों को चाँदी का सिक्का भी तो देना है!'' बाबा अक्सर बोलने लगे थे ये बात।

''तोहरे भाई के बियाहवा तक कहाँ ज़िंदा रह पाईब हम, अभी उ आठ साल के भै है, बिटिया अभी थोड़ी मरब हम, एक तु बियाहवा कई दी तोहार बहुत शौक है हमार तब्बे जाबे...'' वो मेरा हाथ पकड़कर हंस दिये।

बिटिया गुस्साओ न! इक तु और बात बताई हम। खाना खाने के बाद पपीता खाते हुये बाबा बोले ''जब हम मरब ना, तो हम्मे गंगा-अयोध्या न लई जायो हमें यहीं राप्ती नदिया पर जलायी दिहो, एहीं से हम आपन पूरा कुनबा देखा करब।''

''बाबा ये क्या हो गया है आपको, कैसी गंदी-गंदी बात कर रहे हैं'' बाबा की बातों से बहुत तकलीफ हुई थी। मैं उठ जाने को खड़ी हो गयी।

''अरे बिटिया नाराज होई गयु, हम तो मज़ाक करत रहें, बलवा नायी खिंचबू हमार।'' बाबा मुस्करा पड़े और दिल से दुआ निकली ''मेरे बाबा दोस्त का साथ हमेशा मेरे साथ बना रहे जनम जनम तक।''

बाबा के बहुत पुराने हमउम्र दोस्त आए थे। बाबा को, घर में किसी गैर पुरुष का आना कभी भी पसंद नहीं आया। खुद के दोस्तों का भी और पापा के सबसे करीबी दोस्तों का भी। इसका वो विरोध भी करते थे और एकदम खिलाफ थे, कि घर में बेटियाँ बड़ी हो रही हैं। ये उनका अपना सुरक्षात्मक रवैया था।

मगर उस दिन जाने कैसे बाबा ने बहुत खुशी-खुशी अपने दोस्त को पूरा घर घुमाया, सूजी का हलवा बनवाया और मुझसे उनके पैर छूने को कहा।

"ई होए हमार सोनल बिटिया!" बाबा ने अपने दोस्त से कहा।

"बिटिया सिगरेटवा लाओ तनी।"

"बाबा आपको खांसी आएगी हम नहीं देंगे।" मैंने उनके दोस्त की परवाह किए बिना, बाबा को मना कर दिया हर बार कि तरह। इन हफ़्तों वो फिर से एक दिन में आठ-नौ सिगरेट पीने लगे थे।

"बिटिया आज हमार दोस्त आए हैं, आज तो बेफिकर होई के पियेक है साथे मा।" मैंने आगे बिना कुछ बोले उन्हें पूरी पैकेट माचिस के साथ दे दी।

बाबा अपने दोस्त से बताते रहे कि, अब वो अपनी जिंदगी से बहुत और पूरी तरह संतुष्ट है, अगर अब वो मर गए तो उन्हें कोई गम नहीं होगा। परिवार पूरा है। भरा-पूरा नाती-पोतों और प्यार करने वाले बेटे है। सब अपने अपने पैर पर खड़े कमा खा रहे हैं, अपना परिवार जिला रहे है। उनके बेटे अपनी अम्मा को भी उनके जाने के बाद बहुत प्यार से आराम से रखेंगे।

<u>14 october 2010 आहट मोक्ष की</u>

नवरात्रि व्रत की अष्टमी थी। 2 साल से मातारानी के जागरण की प्लानिंग पूरी नहीं हो पा रही थी। कुछ न कुछ बुरा हो जाता था। पहले साल ऐन दिन जागरण ग्रुप का एक्सिडेंट हो गया था, दूसरे साल भी कुछ ऐसा ही हुआ बाबा हमेशा मना करते "ज्यादा पूजा-पाठ नायी करेक चाही, ज्यादा हंसे के नायी चाही, अति बहुत बुरी चीज होत है।"

भैया लोग दिन में बाबा के पास आए "बाबा आप इस मुहल्ले में सबसे बुजुर्ग है और हम लोग चाहते है की आज मातारानी के जागरण की पूजा में आप और दादी बैठें।"

"हम नायी कराई पाइब ई पूजा" बाबा ने फौरन मना कर दिया और अंदर अपने कमरे में चले गए। बाबा ने पापा को भी साफ शब्दों में कह दिया "हमसे

कौनों जबरदस्ती ना करो बाबू, आज कौनों चीज के मन नायी है।'' बाहर खड़े सारे भैया लोग मायूस वापस लौट गए।

बाबा कुछ खा भी नहीं रहे थे। सुबह भी सिर्फ सादा चाय पिये थे, मुस्कान और खारिक बिसकुट के बिना ही। दिन में सजी सजाई थाली भी वापस कर दी थी जबकि आज दादी ने उनके मन का आलू का भर्ता भी बनाया था।

''बाउ जी चलिये डॉक्टर को दिखा आएं, आज आपकी तबीयत सही नहीं लग रही'' बाबा को दिन में उतरे चेहरे के साथ दूध पीते देख, पापा ने कहा।

''हम्मे का भए है बाबू, कुछु नाहीं। मौसम है थोड़ा थका लागत है बस, अब्बे सोयी जाबे कुल ठीक होई जायी!''

शाम को बाबा, भाई को अपने कंधे पर बिठाकर बहुत देर तक घर के सामने घूमते रहे। बाल्कनी पर पापा के साथ खड़ी मम्मी, बाबा को देखकर बोली,''बाउजी इस उम्र में इतना चरफर है, भगवान करे हमारी भी उम्र उनको लग जाए और वो सालों तक हमारे साथ रहें...''

रात में होमगार्ड घूमते-घूमते आया, बाबा भी सड़क पर टहल ही रहे थे। जाने क्या सोचते हुये, बाबा ने उसे पचास रुपये देते हुये कहा ''लई लो बाबू, अब जाने कब मुलाक़ात हो हमार-तोहार। वैसे सुबह जरूर आयो देखे हम्मे'' होम गार्ड हैरानी से बाबा को ताकता रह गया। बाबा ऐसे बहकी-बहकी बातें कभी नहीं करते थे।

<u>*रात 8 बजे, पसलियों से जम्हाई लेता दर्द*</u>

नवरात्रि की वजह से, मंदिरों पर भक्ति गीत अपनी ज़ोर पर बज रहा था। घर में बैठे एक दूसरे की आवाज़ भी कान तक लाकर सुननी पड़ रही थी। बाबा अचानक अपना सीना मसलते चारपाई पर निढाल बैठ गए, उनके चेहरे पर बहुत भयानक दर्द सा था।

''बाबू इतना तेज आवाज़ है गाना के, बहुत घबराहट होत है'' उन्होंने पापा से कहा। पापा बहुत घबरा गए 'बाउ जी, अब आप चाहे जैसे चलो डॉक्टर के

पास, और गाना बंद करवा देते हैं।''

''ऐ मन्नु, गाना बंद करवा के आओ जल्दी से मंदिर पर'' पापा ने चीखते हुये घबराहट में भैया से कहा। बाबा पापा के बाहों में उनके सीने से लगे हुये थे।

''कुछ नायी, परेशान ना हो हम ठीक हैं अब।'' बाबा ने फिर खुद को डॉक्टर को दिखाने से मना कर दिया। मैं खाना लेकर आयी। बाबा ने खाने से भी मना कर दिया। हम सब बहुत परेशान हो गए थे। बाबा ने सिर्फ नींबू पानी पीने को कहा...सारा घर बाबा की खराब तबीयत का सुनकर इकट्ठा हो गया था। बाबा बाहर चारपाई पर लेट गए। मैं, पापा, दादी को बाहर छोड़ बाकी सब बड़े पापा, बड़ी माँ, भाई बहन, मम्मी, बच्चे अंदर बाबा के कमरे में चले गए।

पापा बाबा का सिर दबाने लगे और मैं बाबा का पैर। उस दिन मुझे अचानक से महसूस हुआ, बाबा कितने दुबले हो चले थे। बाबा के पतले पैर दबाते-दबाते सिर्फ उनकी हड्डियाँ हाथों में आ रही थीं, अंदर के मांस जाने कब पतली झिल्लियाँ बन चुकी थी। मैं रोने लगी। एक गंदा सा खयाल मेरे मन में आया ''बाबा न होंगे तो मैं रहूँगी कैसे। फिर अगले ही पल खुद को डांटा कुछ अच्छा नहीं सोच सकती क्या'' पर जाने कैसे बाबा मेरी मनोदशा समझ गए और बोले।

''सोनल बिटिया, चिंता न करो, इतनी जल्दी थोड़ी मरब हम, अभी तुहार बियाह करेक है, चाँदी के सिक्का लुटावे के है, वादा है न तुहसे'' मैं उनका मुंह ताकने लगी, आँसू और ज़ोर से बहने लगे। पापा और दादी ने उनसे कमरे में एक साथ सोने की ज़िद की, मगर बाबा ने उससे ज्यादा ज़िद करके सबको अपने अपने कमरे में सोने को भेज दिया। पापा बुझे मन से सोने तो चले आए मगर उन्हें नींद नहीं आयी। पूरी रात वो बाबा के पास चक्कर लगाते रहे।

''अगर आप अपने किसी खास को बहुत चाहते हो तो ये msg 10 लोगों को forward करो, सुबह कोई गुड न्यूज़ सुनने को मिलेगा'' संयोग था या क्या किसी ने मोबाइल पर मेसेज भेजा था। उस समय मुझे वो msg टूटते तारे को देखकर मांगी गयी दुआ जैसा लगा। रात के 3 बजे ही मैंने 10 लोगों को msg फॉरवर्ड कर दिया। मैं अब सुकून में थी कि बाबा की तबीयत अब कभी खराब

नहीं होगी।

<u>*15 october 2010 "इस दिल पे लगा के ठेस, कहाँ तुम चले गए"*</u>

सुबह के चार बज रहे थे। बाबा की नींद अचानक खुली। सबसे पहले वो फ्रेश होने गए और फिर वहाँ से आते ही सीढ़ियों से पापा को आवाज़ लगाई। पापा दौड़ते-दौड़ते बंडी और लोअर में उनके पास आए। बाबा अपनी चारपाई पर, उत्तर की तरफ मुंह झुकाये, हाथों से चारपाई के पाइप को पकड़े अपने को संभाले बैठे थे। पापा को देखते ही उन्होंने उनका हाथ पकड़ा और कहा।

"बाबू, अब हम नायी बचब, हम जाइत हैं, अपने अम्मा के देख्यो, खयाल रख्यो ओनके!" बस बाबा ने फिर अपनी आँखें बंद कर ली।

"दादा, दादा! पापा हदस गए। वो बाबा के बगल में बैठ उनके सिर को अपने कंधो पर रख बाबा के गालों को सहलाते हुये उन्हें पुकारने लगे। सामने ही सिर पर पल्लू लिए खड़ी मम्मी ने बाबा का नब्ज़ देखा और रोते चिल्ला पड़ी "बाउजी नहीं रहे, बाउ जी"

"उठो सो रही हो अभी तक। बाबा की तबीयत खराब है इतनी!" भाई मुझे झिंझोड़कर मेरे कानों में ज़ोर से चिल्ला रहा था। मैं लड़खड़ाते भागते, सीढ़ियों से दौड़कर बाबा के चारपाई के पास पहुंची। लोग भीड़ लगा के खड़े थे उनकी चारपाई के पास। पापा को यकीन नहीं हुआ, जो हो चुका था उस पर। वो सब जानकर भी किसी भी चीज पर यकीन नहीं करना चाहते थे। पापा, बाबा को हॉस्पिटल लेकर गए, जहां डॉक्टर ने वही सुनाया जो वो सुनना नहीं चाहते थे। पापा बुत बन गए थे। बाबा के निस्तेज, बेदम ठंढे शरीर को, पापा ने गोद में लेकर उतारा।

जमीन पर सफ़ेद चादर बिछी थी। बाबा को उस चादर पर लिटाया गया। उनके सिर के पास अगरबत्ती का धुआं था और पैर के पास कंडे सुलग रहे थे, नाक में रुई डली थी। बाबा शांत-चित्त आराम से लेटे थे, पुरसुकून नींद में। मर जाना और लाश शब्द बहुत भयानक और डरावना शब्द है, मगर सच में मेरे बाबा मर गए, मेरे बाबा की लाश मेरे सामने पड़ी थी। मम्मी बार-बार उनके मुंह

में गंगाजल डाल रही थीं। लोग रो रहे थे, दादी रो रही थीं, मैं रो रही थी, मगर बाबा को किसी के रोने का जरा सा भी फर्क नहीं पड़ रहा था। कोई दोस्त अपने उस दोस्त को कैसे रुला सकता है जिसकी हिम्मत, जिसकी मुस्कराहट, जिसकी जिंदगी, जिसके कई अनकहे पल, नोक-झोंक उसके साथ जुड़े हों, मगर दोस्ती भी तो एक न एक दिन तोड़ दी जाती है, या तोड़ ली जाती है..., बाबा ने भी मुझसे तोड़ ली।

"सोनल, ये अक्षत वाली थाल बाबा के हाथ से छुवा दो, दान है उनके हाथ का" किसी ने चावल, उरद दाल से भरी, अक्षत वाली थाल मुझे दी। मैं बाबा के लंबी उँगलियों वाले ठंढे हाथों को, अपने हाथों में लिए उसे गरम कर रही थी, कि एहसासों की गर्मी से अभी मेरे बाबा दोस्त उठ जाएंगे। मैं उनके कानों की लंबी 'लहर' देख रही थी। सुना था मौत के बाद कान की लहरें ऐंठ जाती हैं। हाँ, बाबा के कान सुनी बातों के जैसे हो गए थे। मैंने उनके हाथों को छोड़ दिया। कहीं सुना था "जन्म के समय इंसान मुट्ठी बंद करके आता है और मौत के बाद इंसान खुले हाथ जाता है।" मैं बस यकीन करना चाहती थी कि मेरे बाबा अभी आँख खोलकर उठ बैठेंगे और बोलेंगे "अरे सोनल बिटिया काहे रोवत हु हमरे रहते" पर नहीं, इस बार बाबा दगा दे गए। मैं बार-बार बाबा की पसरी हथेलियाँ मोड़ दे रही थी, की शायद बंद हथेलियों में जिंदगी का कुछ अंश, कुछ दिन के लिए तो ज़िंदा हो ही जाएगा। मगर पसरे आँसू और मरने के बाद पसरी हथेलियाँ दुबारा अपनी अवस्था में कभी नहीं लौटती. मैं बाबा के सीने को, उनके पेट को घूरे जा रही थी, कहीं तो सांस लेने की कुछ लहर उठ रही होगी, कहीं तो जीने की कोई तरंग, कोई तमन्ना अपनी हरकत में आएगी और फिर अचानक से रोने वाला माहौल हंसी में बदल जाएगा। मगर बाबा को अपना मूर्त रूप बहुत भा गया था।

"नहीं बाबा, आप ऐसे कठोर नहीं बन सकते। आप ऐसे मुझे नहीं छोड़कर जा सकते, मैं किसे अपना दोस्त कहूँगी, जब लोग मुझे पिम्पल्स के ताने देंगे तो कौन मुझे "गुड़िया परी बिटिया" कहकर बुलाएगा, दिल में बहुत से सवालों के साथ मैं बाबा के ढके चेहरे को चादर के ऊपर से देखे जा रही थी।

मेरे सामने से मेरा हाथ, बाबा के हाथ से छुड़ाकर, तीन कंबल के ऊपर

बहुत तंग सी जगह लिटा दिया गया जिसमें वो करवट भी नहीं बदल सकते थे। सफ़ेद और लाल कपड़े से उनकी टिकठी सजा दी गयी। मेरे बाबा, मेरे बाबा फ्रेंड को लोग मुझसे बहुत दूर ले जा रहे हैं; इतनी दूर, जहां से, वो अब कभी लौटकर नहीं आएंगे। जहां से वो मुझसे हर हफ्ते, हलवा और छोला-पूड़ी बनाने को नहीं कहेंगे..

नाती-पोतों से भरा घर बाबा को कंधा देने में जुट गया। लोग बाबा को चारों कोनों से पकड़ उठाने लगें। मैं बाबा को एक नज़र देखने के लिए उनके पास दौड़ पड़ी, मगर सबने मुझे पकड़ लिया। मैं आखिरी बार अपने दोस्त बाबा को देखना चाहती थी, बस एक नज़र। मगर मेरी ख्वाहिश, बस ख्वाहिश रह गयी। मुझे आखिरी बार उन्हें छूने भी नहीं दिया गया। मुझे आखिरी बार उनके एहसास को भी एहसास नहीं लेने दिया गया। बाबा की अर्थी बीच में थी और लोगों की भीड़ पूरे सड़क को लपेटे, आगे पीछे थी। दूर तक मैं बस बाबा को देखती रही। मैं दौड़कर छत पर गयी कि बाबा अभी भी कहीं दिख जाएंगे, मगर सब लोग जाने कहा बाबा को लेकर गायब हो चुके थे।

बाबा चले गए कभी न वापस आने के लिए। जाने कौन सा देश था कभी कोई खबर भी नहीं आयी.. मुहब्बत और दोस्ती अचानक से होती है और अचानक से ही हाथ छुड़ा के चली भी जाती है।

लोग कह रहे थे "बहुत अच्छी मौत मिली है, सोनल के बाबा को। भगवान ऐसी चुट-पुट मौत सबको दे, किसी को ज्यादा घुरचवाए नहीं। नवरात्रि की अष्टमी में मरे हैं। सीधे स्वर्ग में जाएंगे, बहुत किस्मत वाले है।" लोगों के लिए किसी की मौत बस बात और सहानुभूति होती है। मगर जो लोग मरने वाले इंसान से जुड़े होते हैं न, वो सहानुभूति उनको और ज्यादा तोड़ के रख देती है। एक-एक सहानुभूति के शब्द उस इंसान से उसे कोसों दूर जैसा महसूस कराते हैं, जैसे अब उन्हें यादों में भी महसूस न किया जा सके।

जिंदगी कब और कैसे हवा हो चली पता नहीं चला, कि आज छह साल हो गए बाबा को गए। उनके जाने के बाद बहुत कुछ बदल चुका है। मगर कुछ चीजें आज भी, बिन छुए वैसे ही रखी है, जैसा बाबा छोड़ गए थे।

बाबा की एक धोती, उनका रेडियो जिसे वो दिन में दो बार सुनते थे। उनकी घड़ी जो बाबा के हाथों की खुशबू आज भी लिए हुये है। बाबा की पॉकेट डायरी जिसमें कुछ लोगों के नंबर और उनके हाथों की लिखी कुछ और बातें है बाकी पन्ना सादा है। बाबा की मौत के समय उनके कुर्ते का समान-जेब का कड़ा-कड़ा पचास, सौ और पाँच सौ के नोट, बाबा का चश्मा। दो सिगरेट..

बाबा का कमरा मेरे और बाबा की दोस्ती का पुरजोर गवाह है। अगर कमरे की कोई जुबान होती तो, आज वो भी चीख-चीखकर रोता कि क्यूँ उसके दरो दीवार में एक मासूम सी दोस्ती खामोश हो गयी। क्यूँ अब वह कमरा, रोज़ दो घंटे वाले, दोस्त-दोस्ती के नाम नहीं होता। मेरी खुशी, मेरी स्माइल, मेरा रोज़ दोस्ती के दो घंटे का समय बाबा अपने साथ ही लेकर चले गए। लोग कितना गंदा झूठ बोलते हैं "मौत के बाद इंसान अपने साथ कुछ नहीं लेकर जाता" दरअसल जाने वाला इंसान अपने साथ अपना सबकुछ छोड़ तो जाता है मगर उनसे जुड़े लोगो की खुशियाँ, उनकी मुस्कराहट, उनके जिंदगी के कुछ पल बहुत बेरहमी से शहंशाही ले जाता है। जो खुशिया बिन बताए मिलती है उन्हें बिन बताए जाने में टाइम भी नहीं लगता।

मैं आज भी हर रात बाबा के सोने की जगह निहारती हूँ, कि बाबा मुसकाते सामने आ जाएंगे पर बाबा कभी नहीं आए। सीढ़ियों पर अब लालटेन नहीं जलती, वो कोना एकदम सूना हो चला है मगर तेल का पुराना धब्बा आज भी उस जगह के आबाद होकर बर्बाद हो जाने का मंज़र कहता है। कहीं बाहर से आते हुये कोने की बेंच पर नज़र जरूर जाती है, शायद बाबा अभी सामने से आकर पूछ लें "बिटिया काऊ लायी हु हमारे लिए।" करीब से गुजरते बाबा की उम्र के हर शक्स में मैं बाबा को खोजती हु। कभी किसी की लंबी नाक किसी के लंबे उँगलियो वाले हाथ, बाबा के गत्थेदार लंबे हाथों से मिल जाते है। किसी की लंबाई, किसी के हावभाव बाबा जैसे ही होते है। मगर अफसोस उनमें से कोई भी मेरे 'बाबा फ्रेंड' नहीं होते। कभी कभी मैं यूं ही कैप्टन सिगरेट कमरे में जला के रख देती हूँ, घंटो के लिए उस सिगरेट की खुशबू उन्हें मेरे आस-पास ही होने का पूरा एहसास कराती है। अभी भी बेड के किनारे बैठ मैं तकिये को देखा करती हूँ, अभी बाबा अपने जमाने के किस्से कहानिया सुनाने आ जाएंगे। मगर बाबा को

मुझे सताने में बहुत मज़ा आता है। बाबा अनंत में मिल चुके हैं, वो सपनों में भी नहीं आते। सीढ़ियों पर सोनल बिटिया की गूँजती आवाज़ शांत हो चुकी है। सबके लिए मैं आज, सोनल बेटा हूँ, सोनल बेस्ट फ्रेंड हूँ, सोनल दी हूँ, मगर बाबा के बाद मैं किसी की 'सोनल बिटिया' नहीं बन पायी..

''लौट आओ बाबा, कि दिल उदास है,
लौट आओ बाबा, कि दोस्ती की कायनात उदास है।
तुम थे जो संग मेरे, कहाँ किसी की दरकार थी,
दोस्ती थी, खुशियाँ थी, संग में जीता जागता एहसास था।
जब से गए हो मुझे छोड़कर, खून का हर कतरा उदास है,
लौट आओ बाबा कि दिल उदास है।

न कुछ सुंदर, न कोई लम्हा खास है,
दरकते लम्हों मे, एक घुटन भरा एहसास है।
दोस्ती के रंग में अब न होगा लाल ये दिल,
लौट आओ बाबा, कि फूलों का खिलता हर रंग बदहवास है,
लौट आओ बाबा, कि दिल उदास है।''

सेवाश्रम

स्कूल एसम्ब्ली में अनाउंस कर दिया गया है। इस बार ट्रिप आगरा-जयपुर की है। जो बच्चे जाना चाहते हैं वो 1400 रुपये जमा करा दें। कई स्टूडेंट्स जो पहले ही आगरा घूम चुके थे उनका कोई मूड नहीं है। एक ही जगह दो बार देखने के लिए, दूसरी बार पैसे क्यों दिये जायें। उनका भी सोचना सही है मगर इस बार पैकेज two in one का है एक ही दाम में दो जगह। पहले के मुक़ाबले इस बार दो जगहों की फीस ज्यादा है, पिछली बार सिर्फ आगरा 800 में घूम आए थे। 600 जयपुर के जोड़कर फीस 1400 बन गयी। ये स्कूल का side business है ऐसा सोचकर कुछ और बच्चे पीछे हट गए। मुझे भी ऐसा ही लगता है कि स्कूल हर साल पिकनिक ले जाकर कितना सारा पैसा कमा लेता है। फिर शुरू हुई इंटरवल में सहेलियों की पंचायत और मैथ्स की सादी कॉपी के पिछले पन्ने पर जोड़ घटाना।

अगर 50 बच्चे जाएंगे तो 1400 के हिसाब से 50 बच्चों का 70,000।

'बाप रे' वाला अमाउंट सामने आया। हिसाब आगे भी चलता रहा। खाने-पीने में मान लो बहुत हुआ 10 हजार खत्म हो जाएंगे, हर जगह घूमने में लगने वाली टिकट के 10 हजार लग जाएंगे। रहने की कभी कोई दिक्कत नहीं होनी है क्योंकि कान्वेंट स्कूल के ट्रिप वाले बच्चों का स्टे करना फ्री है। मतलब बहुत हुआ तो कुल 20,000 का खर्चा और 50,000 स्कूल की जेब में। हम लोगों ने आगरा जयपुर और फिर घर तक के सफर में हवा की तरह बहने वाले पेट्रोल का खर्चा कभी जोड़ा ही नहीं। ऊपर से 6 दिन की ट्रिप में पिक्चर हाल, पार्क और भी वगैरह-वगैरह के साथ जो टीचर्स जाने वाले हैं, उनके भी खर्चे बच्चों के जेबखर्च से निकलने हैं, उनका रिजर्व कोटा जो है।

खैर जो समझदार बच्चे हैं, उन्होनें यही सोचा कि किसी की जेब से इकट्ठे 70,000 तो जा नहीं रहे। फिर वो '1400 में आगरा-जयपुर देख लेंगे' वाली खुशी में गच्चा गए।

सूरज, अपने सिकुड़े से बिस्तरे पर अभी अंगड़ाई और जम्हाई ही ले रहा है। मैं, पापा और बहन 4:30 बजे ही स्कूल पहुँच गए। मम्मी ने रास्ते में खाने के लिए वेज बिरयानी 4 बजे ही बना दी है। हमारे इतने जल्दी पहुँचने से भी पहले कई सारे लोग स्कूल पहुँच भी चुके हैं। ट्रिप के लिए तैयार बच्चे दो-तीन बैग्स और घर के कपड़ों में हैं। स्कूल की ये सख्त हिदायत थी कि जयपुर और आगरा घूमने के समय सारे बच्चे बुधवार और शनिवार को पहने जाने वाले सफ़ेद ड्रेस में ही घूमेंगे, इससे आसानी होगी भीड़ में अपने स्टूडेंट्स पहचानने में और किसी के गायब हो जाने का डर भी नहीं होगा।

बस स्टार्ट हो गयी, पापा बहुत उदास हो गए, उनका चेहरा उतर गया है।

''बेटा, सर लोगों के साथ रहना, कोई कुछ दे रास्ते में खाना मत। कोई भी किसी भी बहाने से बुलाये तो कहीं जाना मत। खाने पीने पर ध्यान रखना और हाँ खाने वाला बैग साथ में ही रखना। हर्षिली का खयाल रखना।''

पापा को इस तरह उदास देखकर मन करता है तुरंत ही बस से नीचे उतर जाएँ और पापा की उंगली पकड़ फिर घर चला जाए, मगर दुनिया के कुछ कोने को देखने की चाहत ममता पर भारी पड़ गया। खिड़की के पास से हाथ हिलाकर

मैंने पापा को टाटा कहा और बैग को सीने से लगा लिया। बैग में इतनी जगह है, जिसमें आगरा और जयपुर की यादें साथ भरकर लायी जा सकती है। कई बार मना करने पर भी पापा नहीं माने और 5,000 रुपये जबरदस्ती थमा दिया।

दुनिया कहती है भगवान, हर जगह, हर समय उपस्तिथ होकर, एक साथ सबको एक जैसा प्यार नहीं कर सकते इसलिए उन्होंने दुनिया में अपने ही अक्स को उतार उसे माँ का नाम दे दिया। माँ का प्यार ममता बन गया और पिता का प्यार? गुल्लक के अंदर गुलल सिक्का? ममता से ज्यादा प्यार पिता के पितृत्व में होता है मगर वो जल्दी जताते नहीं, शायद ये उनका अपना तरीका होता है प्यार करने का। मगर मेरे पापा के संबंध में ये परिभाषा एकदम गलत हो जाती है। हर बार की तरह इस बार भी पापा का एक्सप्रेसिव प्यार बोल रहा है जिन्होंने सच में, कभी न गमों में बढ़ोत्तरी होने दी और न ही खुशियों में कोई कमी होने दी।

मै कंडक्टर वाली सीट के पीछे बैठी हूँ। सिस्टर दो किलो नींबू की पन्नी अपने हाथ में लिए खड़ी हो गयी। उन्हें सही से हिन्दी बोलनी नहीं आती है इसलिए वो अपने हाइब्रिड हिन्दी में बोलती हैं ''हल्ला बाद में करना सबलोग, जोन बच्चा लोग के उल्टी होती है, सब लोगी हाथ में नींबू ले ला, रास्ते मो कोई बस में उल्टी नहीं करनी चाहिए, कोई भी बच्चो लोग बस गंदा नहीं करेगी''

सारे बच्चे अपने-अपने सीट से खड़े होकर हाथ फैलाने लगे हैं। मैं जब तक एक नींबू निकालती कई सारे हाथ पन्नी में घुस के 4-5 नींबू एकसाथ ले चुके हैं। मुझे हंसी आ गयी, क्या 4-5 नींबू लेने वाले बच्चे उल्टियाँ करने के लिए ढेर सारा पानी और मेटीरियल पेट में भर के लाये है? हालांकि नींबू किसी ने खाया ही नहीं, वो पूरे बस में ''उड़न छु चिड़िया फिरंगी और बाल-बाल'' खेलने में ही पिचक गया।

ट्रेन में सबकी रिज़र्वेशन है। हम लोगों ने ट्रिप से कमाई वाले हिस्से में ट्रेन का खर्चा तो जोड़ा ही नहीं था। पचास बच्चे, आठ टीचर, दो फादर, एक ब्रदर और दो सिस्टर कुल तिरसठ लोग हो गए हैं। लड़कियों को मैडम और सिस्टर के साथ, लड़कों को सर और फादर-ब्रदर के साथ एडजस्ट कर दिया गया। सबके कंपार्टमेंट एक-दूसरे से सटे हैं और मेरा कंपार्टमेंट आखिरी से पहले है। आखिरी में फादर का कंपार्टमेंट है। सब लोग अपने-अपने डब्बे में अपने-अपने

तरीके से गाते-बजाते-मस्ती करते पैसा वसूल कर रहे हैं। लखनऊ स्टेशन पर देर तक हाल्ट करने से पहले ट्रेन कुछ देर के लिए बाराबंकी स्टेशन पर रुकी।

देखते ही देखते पहले फादर वाला डब्बा खुराफाती, हद दर्जे आवारा किसिम के, ऊलूल-जुलूल, यूनिवर्सिटी स्टूडेंट्स से भर गया। कुछ देर बाद सारे लड़के ट्रेन से उतर तो गए मगर पाँच लड़कों को शायद अभी और आगे जाना है। एक लड़के ने कान में बाली पहनी है, एक के हाथ में कॉपी की बजाय हॉकी है, एक ने पीछे से चुरकी रखी है। उनमें से सिर्फ एक इंसान की तरह है।

''जा सामने जाकर बैठ तू, हम लोग को बैठने दे'' चुरकी वाले लड़के ने खुशबू और रिंकी से कहा, जो सामने वाली सीट पे पालथी मारे ''आओ-मिलो सीलो सालो'' खेल रही थीं। दोनों बेचारी डर के मारे चिप्स की पैकेट बर्थ पे ही छोड़ सिस्टर के पास आ गयी।

''ये क्या कर रहा है तुम बच्चा लोग के साथ, डेरा रहा है, तुमको पता नहीं ये लड़कियों की डिब्बा है'' सिस्टर ने अराजक तत्वों को गुस्से से कहा।

''अपनी दादाई स्कूल में झाड़ना, बड़ी आयी सही गलत सिखाने वाली चुप से बैठ तू।'' पांचों लड़के बारी-बारी से सभी लड़कियों को घूरे जा रहे हैं। सिस्टर ने फिर बगल वाले कंपाट्र्मेंट में फादर से शिकायत की।

''आप लोग यहाँ इस डब्बे में कैसे आ गये? क्या आप लोगों के पास टिकट है जो रिज़र्वेशन वाली कंपाट्र्मेंट में चढ़ गए? फादर ने उन लड़कों से पूछा जो रिंकी की चिप्स खा चुके थे।

''अबे जा, जो टिकिट लेकर हम चढ़ने लगे तो ये ट्रेन बंद न करवा दें'' किसी एक ने कहा।

''आप लोग यहाँ से दूसरे कंपाट्र्मेंट जाकर बैठिए यहाँ हमारे बच्चे हैं'' उन्होंने गुस्से से कहा और फिर वो ब्रदर से बात करके उन लड़कों को इंग्लिश में गालियां देने लगे। पता नहीं उनको ये समझ आया या नहीं, अचानक से पाँच में से चार ने खड़े होकर फादर की कालर पकड़ लिया।

''ये तेरे बाप की ट्रेन है? नहीं है समझे, अपने घर जाकर रौब झाड़ियो,

यहाँ बस अपनी चलती है। अगर नहीं माने तो यहीं पूरे ट्रेन में घसीट के मारेंगे और कोई कुछ नहीं कर पाएगा।''

सिस्टर ''excuse me, excuse me'' कहते हुये उन लोगों को अलग करने लगीं। थोड़ी सी तमीज की चादर ओढ़ उन लोगों ने फादर का कालर छोड़ दिया, फिर रिंकी के सीट पर आकर बैठ गए। ट्रेन में चाय, चने, चिप्स बेचने वाले भी इकट्ठा हो गए हैं। हम सब ट्रिप की मौज की जगह, बेहद खौफजदा दृश्य देख डर गए। ऐसा लगा जैसे ट्रेन को हाइजेक कर लिया गया हो। खुशबू रोने लगी, रिंकी सिस्टर के कंधे से लग गयी बाकी हम सब एक दूसरे का हाथ ज़ोर से पकड़कर बैठ गए हैं, जाने अगला पल क्या हो।

''जाने दे यार बच्चे हैं, पिकनिक पर जा रहे हैं, चल यहाँ से'' इंसान की तरह लग रहे लड़के ने अपने दोस्तों से कहा। ये वो बंदा था जो पूरे सीन में सबसे शांत और बीच बचाव कर रहा था।

लखनऊ स्टेशन पर उन पांचों के उतर जाने के बाद चिप्स बेचने वाले अंकल ने बताया ''बड़े बाप की बिगड़ी औलाद हैं। आये दिन ये सब करना इनका रोज़ का काम है। कभी टिकिट लेकर नहीं चढ़ते और टीसी भी कुछ नहीं कर सकता; नौकरी नहीं गवानी है उन्हें। नेताओ के बेटों का बोलबाला है। कभी कभी वो सब इससे भी ज्यादा की संख्या में उत्पात मचाते हैं।

जेहन में भगवान और जुबान पर खैर रटते रटते हम बंजारे बोरिया-बिस्तर समेत रात के तीन बजे जयपुर उस कान्वेंट स्कूल में पहुंचे हैं, जो पहले से जमीन पर बिछे गद्दे, खुली खिड़कियों और आल्हा गाते मच्छरों के साथ सुसज्जित है। रात भर किसी को नींद तो ज़रा भी नहीं आई। ये जाने एक्साइटमेंट का असर है या मच्छरों के साथ एडजस्टमेंट नहीं हो पाया है।

आसमान में अभी एक भी चिड़िया ने रेंगना शुरू नहीं किया है मगर हम पूरे तिरसठ लोग अपने साजो-सामान के साथ ड्रेसअप हो चुके हैं। अभी सिर्फ पाँच ही बजे हैं और हमलोग कान्वेंट का वो कमरा छोड़ उस रास्ते पर आ गए हैं जहां से दस मिनट की दूरी पर हमारे नाश्ते की व्यवस्था की गयी है।

सामने बहुत बड़ा सा गेट अपने दोनों बड़े हाथों को खोले मानो हमारे लिए ही स्वागत गीत गा रहा है। गेट एकदम वैसा ही है जैसे फिल्म मुहब्बतें के गुरुकुल का गेट। केले, चीड़, चीलम के पेड़ अपने बड़े बड़े पत्तों से दीवारों को ढके हुये हैं, और गेट के ऊपर ही बड़े से बोर्ड पर लिखा हुआ है 'सेवाश्रम।'

फादर ने बताया कि इस आश्रम में मजबूर लोगों की निःस्वार्थ भाव से सेवा की जाती है। गेट को पार करके हम अंदर घुसे। हमारे बाईं और दायीं तरफ स्कूल के बेंच की ऊंचाई में काफी लंबे-लंबे चबूतरे बने हुये हैं। चबूतरे के सामने कई सारे कमरे और गलियारे हैं। अंदर के रास्ते लंबे, मगर चौड़ाई में कम है। हम तिरसठ लोगों का नाश्ता अभी शायद बना नहीं है, इसलिए फादर ने सबसे पहले सबको आश्रम घूम लेने को कहा।

सबसे पहले हम पॉंच-छः लड़के लड़कियों का मिला एक ग्रुप, गेट के दायीं तरफ, करीब बीस कदम की दूरी तय करके एक बड़े से हॉल में पहुंचा। हॉल के बीचों-बीच सीमेंट के दो पावा, छत की सपोर्ट के लिए बने हुये है। हॉल में करीब पन्द्रह बेड लगे हुये हैं। ये जैसे कोई अस्पताल मालूम हो रहा है। कोई प्राइवेसी नहीं। अपने-अपने चारपाई पे लेटे लोग अपने बगल और पूरे हॉल में लेटे लोगों को, कुछ भी करते देख सकते हैं। फादर ने बताया कि इस आश्रम में वो सब लोग हैं जिनका अपना कोई घर नहीं, अपना कहने के लिए कोई नहीं, किसी समय जिन्हें अपनी जिंदगी से रत्ती भर भी प्यार नहीं रह गया था। उन्होंने हम लोगों को, सबसे बात करने को, उनकी जिंदगी के बारे में जानने को कहा गया, जिसे सारे बच्चे होमवर्क समझ ''Yes father'' में सिर हिला दिये।

मैं उन सीनियर सिटिज़न के पास खड़ी हूँ जो काफी देर से मुझे ही देख रहे थे। उनके सिर पर ज्यादा बाल नहीं हैं, मगर जितने भी हैं सब सफ़ेद हो चुके हैं। गठा शरीर, प्रभावित करने वाली disciple पर्सनाल्टी और रंगत इतनी गुलाबी कि वो कोई रिटायर्ड आर्मी ऑफिसर लग रहे हैं।

''अंकल जी, आप यहाँ कैसे आ गए, आपका कोई भी घर नहीं है क्या?'' इतना पूछना और वो रोने ही लगे, उनका रोना सुन कुछ और बच्चों ने हमें घेर लिया। सब उन्हीं को देखे जा रहे हैं और अंकल जी सिर को नीचे किए अपने उभरी नस से भरे हाथों को, दूसरे हाथ से सहलाते बोले ''बेटा मैं कभी ऐसा नहीं

था। मेरे भी तुम जैसे नाती-पोते हैं''

"तो आप अपने घर क्यूँ नहीं रहते हैं? आपको याद नहीं आती अपने बच्चों की?'' भीड़ में से किसी ने पूछा है। इतने मजबूत दिख रहीं आखों से, आँसू गिरना बड़ा अजीब लग रहा है। इतना बड़ा आदमी भी रोता है क्या?

"मेरे लड़कों ने मेरा सहारा बनने के सपने दिखाकर, मुझसे बहाने से सारी प्रॉपर्टी अपने नाम कर ली फिर मुझे घर से निकाल दिया। मेरी वाइफ़ बेटों के आगे हाथ जोड़ती रह गयी और फिर इस सदमे में मेरी वाइफ़ को हार्ट अटैक आ गया। उन्होंने भी मेरा साथ छोड़ दिया, मुझे उनको आखिरी बार देखने भी नहीं दिया। अब मेरे बेटे मुझे खोज रहे हैं''

"अंकल जब वो आपको खोज रहे हैं, आप चले क्यूँ नहीं जाते बेटों के साथ घर?'' मैंने उनके बेड पर बैठते हुये पूछ रही हूँ। अंकल थोड़ा और खिसक गए हैं, बेड पर इतनी जगह हो गयी कि दो-तीन और बच्चे उनके पास बैठ गए हैं।

"वो मुझे घर पर रहने के लिए नहीं बुला रहे हैं, मुझे खोज रहे हैं कि वो मुझे मार डालें'' हम सब मुंह बाए बुत बने खड़े हैं, दुनियादारी के बारे में इतना नहीं पता है मगर बच्चे और पैरेंट्स का रिश्ता क्या होता है, दिल में कहीं बहुत अंदर तक संस्कारों के साथ धंसा हुआ है।

"सिर्फ मेरी बेटी को पता है मैं यहाँ हूँ, मगर वो मिलने भी नहीं आ सकती, मजबूर है अपने घर से।'' अंकल जी ने अपनी बात पूरी की, मैंने हाथ बढ़ाकर अंकल के हाथ को छू लिया और अंकल ये देखकर रोते-रोते मुस्कुरा पड़े हैं।

अंकल के पास अब और भी बच्चे अपने क्वेश्चन लेकर पहुँच चुके हैं, इसलिए मेरा ग्रुप वहाँ से हटकर, आगे वाली लाइन में उन भैया के पास पहुँच गया है, जिनके हाथ में ड्रिप लगी हुई है।

"क्या नाम है आपका?'' जिनसे मैंने पूछा, कुछ देर वो मुझे बस देखते ही रहे। मेरे साथ और भी बच्चे हैं, जिन्होंने बारी-बारी से उनका नाम पूछा मगर वो अभी भी चुप हैं, बस चुप। नाम पूछना या बताना इतना भी कठिन सवाल तो नहीं है। फिर जाने कहां से आँसू ने उनकी आंखों को पकड़ लिया

'दीपक' बस इतना ही कहा है उन्होंने।

''आप यहाँ कैसे आए दीपक भइया?'' मैं फिर पूछ रही हूँ।

भारतीय संस्कृति ऐसी ही है, जो अपनी और सामने वाले के उम्र के हिसाब से बिना किसी DNA मैच के, बड़े सटीक तरीके से अपना रिश्ता कायम कर लेती है। जैसे पके बालों वाले दादा या चाचा, काका या बुढ़ऊ हो गए और बाकी जो बचे, वो, ऐ भैया, बाबू, बाउ बन जाते है। बाकी जिनसे कोई रिश्ता नहीं जुड़ पाता वो दाढ़ी वाले मुल्ला जी, धोती वाले पंडित जी, कल्लू पान वाला, मजनू चाय वाला। फिर बाकी ऐसे लोग जिनसे ऐसा भी कोई रिश्ता नहीं बन पाता वो हमारे घर में या सामने वाले के घर में जितनी माँ-बहन-काकी-ताई-मौसी हैं, उनके उपनाम के आगे स्पेशल वाला सरनेम लगा कर या बे, अबे-साले-सरउ बुलाकर specified कर दिये जाते हैं।

''मैं घर से भाग के आया हूँ।'' दीपक भइया ने कहा। हम सब एक दूसरे का चेहरा देखने लगे हैं। गोरा सा गोल चेहरा, अच्छा खासा शरीर कपड़े भी अमीरों वाले और घर से भागने वाली बात किसी के पल्ले नहीं पड़ी। उन्होंने इसके आगे कुछ कहना या तो जरूरी नहीं समझा या तो कुछ बताना नहीं चाहते हैं। हम सब इतने बड़े नहीं हैं कि सोच पायें घर से भागने की क्या-क्या वजहे हो सकती हैं।

दीपक भइया के बेड के बगल में, बच्चों को झुलाने वाले दो झूलों में दो नवजात, चेहरे पे ठहरी हुयी नीले आसमान की शांति लिए सो रहे हैं। उनकी देख-रेख कर रही नर्स बता रही है कि उसमें से एक नवजात को पालीथीन में डालकर कोई यहीं आश्रम के दरवाजे के बाहर रख गया था। जब सुबह आश्रम का गेट खोला गया तो बच्चा पालिथीन में लिपटा अफना रहा था। दूसरे नवजात को, सेवाश्रम के हॉस्पिटल में किसी ने पैदा किया था। लड़की हुई है और लड़की मार डाली जाएगी इसलिए लड़की की माँ अपनी बच्ची को यहीं छोड़कर, कोई मरी बच्ची लेकर चली गयी थी। अपनी जिंदा बच्ची की बाकी जिंदगी के बदले, एक माँ को मरी बच्ची को अपनाना मंजूर था।

मेरा दिमाग एकबारगी सोच उठा है ''क्या हुआ होगा जब वो माँ, मरी

बच्ची लेकर सबके सामने गयी होगी। कुछ तो बहुत खुश हुये होंगे कि चलो बेटी ही थी मरी पैदा हुई अच्छा हुआ। कुछ ये सोचकर खुदा का शुक्रिया कर रहे होंगे चलो अच्छा हुआ बेटा नहीं था नहीं तो उसके मरने के गम में सदमा ही लग जाता। कुछ ने उसे समझाया होगा कि बेटी के मरने पे इतना नहीं रोते हैं, खुद ही मरी हुयी इसलिए पैदा हो गयी कि तुम्हारे सिर का भार हल्का हो जाए। कुछ ने शायद उसके साथ सहानुभूति जताई होगी कि बच्चे के मरने का गम सिर्फ एक माँ ही समझ सकती है, मगर वो बेचारी सबके होते हुये भी अकेली पड़ गयी होगी कि जीते जी उसकी बेटी को सबने मार डाला; सबके लिए वो मर गयी। रात में जब सो रहे होते होंगे तो वो उठकर रोती होगी, उसके सीने में दूध जमकर दर्द दे रहा होगा, कि उसकी बच्ची सपने में दूध के लिए तरस रही होगी और उसका पति शायद उसे बांहों में भर ये कहकर चुप करा देता होगा कि ''भगवान फिर दे देगा; हमारे नसीब में ही नहीं थी वो!'' जिंदगी इतनी भी भयानक होती है कि कभी भी कूलर, AC की हवा में जीने और भरे पेट ने कभी नहीं जाना था।

बच्चों के पालने के बगल में ही बूढ़ी दादी सोयी हुई हैं, जो हम लोगों को देख उठने की नाकाम कोशिश कर रही हैं। हम लोगों को अपनी तरफ बढ़ते देख वो रोने लगीं और खुद हाथ जोड़कर फिर मुस्कराने भी लगीं। भावों का ऐसा संगम मैं पहली बार देख रही हूँ।

''कैसे हो बेटा तुम सब?'' उन्होंने खुद पूछा। हम लोग मुस्करा दिये और बताया कि हम लोग यहाँ जयपुर आगरा टूर पर आए हैं। फिर किसी ने उनसे पूछा ''दादी आप यहाँ कैसे?'' सारे बच्चे ये भूल गए हैं कि अभी थोड़ी देर पहले उन्हें कितनी भूख लगी थी, मगर अब सब लोग बेड पर बैठे-लेटे, रोते-मुस्कराते लोगों से उनकी जिंदगी को कुरेदकर सब जान जाना चाहते हैं।

''हम तो, 3 साल से इसी बेड पर हैं; हमको पैर में फालिज़ मार दिया था'' दादी ने हाथों से अपने दायें पैर को दिखाते हुये कहा जो सफ़ेद रंग कि प्रिंटेड चादर से ढका हुआ था। उनके ढके पैरों पर तीन चार मक्खियाँ भी बैठी हुई हैं।

''कुछ साल तक तो बेटे ने सेवा की और एक दिन नींद की गोली खिलाकर मुझे फुटपाथ पर छोड़ आए। सुबह जब नींद खुली तो बहुत सारी भीड़ मेरे पास खड़ी थीं। शहर भी दूसरा था, पैर से लाचार थी।''

'दादी!' हम सब एक साथ बोल पड़े। मैंने देखा सबकी नजरें या तो नीचे बेड को देख रही थीं या तो फिर दादी पर थीं। रिंकी तो पलटकर रोने ही लगी है।

''बेटा रोते नहीं, मगर तुम लोग अपने मम्मी-पापा के साथ ऐसा कभी नहीं करना'' उन्होंने खुशबू का हाथ पकड़कर कहा

''आपको यहाँ कौन लाया दादी?'' मैंने पूछा

''बेटा यहाँ की सिस्टर लोग बहुत अच्छी हैं; हर जगह घूम-घूमकर जरूरतमंदों की मदद करती हैं। जहां कोई मुझ जैसा बदनसीब दिख जाता है अपने यहाँ ले आती हैं। फिर बारी-बारी करके सब लोग उनसे गले मिले, पैर छूए और दादी के हाथ वैसे ही जुड़े रहे।

दादी के सामने की लाइन में 2 छोटे बेड रखे हुये हैं और दोनों बेड पर करीब 10 साल के बच्चे लेटे हुये हैं, जिसमें से एक बच्चे के दोनों पैर नहीं है। मैं उस बच्चे के पास जा रही हूँ जिसके दोनों पैर हैं। हमलोगों को देखते ही वो हाथ जोड़कर मुस्कराने लगा। मुस्कराते हुये ही उसका मुंह ऐंठ गया है, वो बच्चा कुछ अजीब सा है। अपने दोनों हाथों को जोड़ते हुये वो कभी उसे माथे तक ले जाता है कभी हाथों को खोलकर दोनों हाथ ऐंठने लगता है।

''क्या नाम है तुम्हारा?'' मैंने उससे पूछा है। किसी investigator की तरह मैं सबसे पहले सबके नाम ही पूछे जा रही हूँ, इसके अलावा और कोई क्वेश्चन मेरे दिमाग में है ही नहीं। उस बच्चे ने अभी तक कुछ कहा नहीं बस मुस्कराता रहा है। मैंने उसे हाथ बढ़ाकर छू लिया।

ये पहली बार नहीं था। मैं यहाँ सबको हाथ बढ़ा बढ़ाकर छूकर देख रही हूँ। सब मेरे जैसे ही हैं मगर उनके दुखों की वजह से मुझे लग रहा है कि सब किसी और ग्रह से आए हुये हैं। नहीं, सब मेरे जैसे बिलकुल नहीं हैं। मेरे पास सहेलियों को भाव दिखाने को एक महलनुमा घर है, जिसे मैंने 'जन्नत विला' का नाम दिया है। मेरे पास मम्मी-पापा हैं, जो हवा की चोट भी नहीं लगने देते। मेरे पास मैं हूँ, सही सलामत, जो अपने पूरे दोनों हाथ दोनों पैर और मुकम्मल जुबान के साथ हँसती-खेलती और बोल पाती है। मेरे मांगने से पहले मेरी पॉकेट, मनी से भर दी जाती है। मेरे दादा जी मेरे घर की नींव हैं जिनसे पूछे बिना एक काम

नहीं होता। नहीं इन सबकी कोई दुनिया ही नहीं है। इनकी दुनिया, सिर्फ उस आश्रम का एक बेड और बहुत पीछे कभी अपनों के साथ जिया हुआ तकलीफ़ों से भरा माज़ी है।

"क्या नाम है आपका?" इस बार मेरे पीछे खड़े किसी और ने उस बच्चे की खामोशी देख पूछा, मगर जवाब में वो फिर मुस्करा पड़ा है।

"लगता है बहरा है" पीछे से फिर किसी ने कहा।

"चुप रहो, ऐसे कैसे किसी को कुछ भी बोल रहे हो" किसी और ने डांटते हुये कहा।

"ये बोल नहीं सकता दीदी क्यूंकि इसकी जीभ कटी हुयी है" उसके बगल वाले बेड पर सोये उस बच्चे ने कहा जिसकी दोनों टांगे कटी हुई हैं।

"जीभ नहीं है!" हम सब हैरत से बड़बड़ाए।

"कैसे हुआ ये? बचपन से ऐसे है? क्या तुम उसके भाई हो?" सबने अलग अलग क्वेश्चन एक बार में ही पूछ लिया है।

"नहीं हम दोनों भाई नहीं है, हम लोग सिर्फ एक ही स्टेशन पर बैठ के भीख मांगते थे। दीदी, ये शरीर से थोड़ा पागल था मगर सब काम करता था। वो जो हम लोग से भीख मँगवाते थे न, एक दिन इसने वो पैसे देने से मना कर दिया तब उन लोगो ने इसे सरिया से मारा था; ये देखिये इसके पेट पे निशान भी है।"

और उस बच्चे ने दूसरे लड़के की चादर हटा उसके कपड़े उघारकर वो काले गहरे दाग दिखाये। पीछे से किसी ने झट्ट से उसे फिर चादर से ढक दिया। सबके कलेजे लाल खून जमे घाव देख कांप गए हैं।

"और दीदी जब ये मार खाकर चिल्ला रहा था तब उन लोगो ने इसकी जीभ काट दी।" लड़का रोने लगा है।

"और तुम्हारे पैर कैसे?"

"भीख मँगवाने वाले लोगो ने हमको कुछ सुंघा के पकड़ लिया था और जब हम आँख खोले तो एक बंद कमरे में थे। वहाँ हमारे जैसे बहुत सारे बच्चे थे,

हम भी रोज़ भीख मांगते थे और पैसा उनको देते थे। एक दिन हम भागने लगे तो उन लोगों ने हमको पकड़ लिया और हमारे पैर काट दिये कि हम फिर भाग न पायें'' हम में से आगे किसी की हिम्मत नहीं हो रही कि किसी से कुछ और पूछा जाए।

हम सब कमरे से बाहर निकल अब हॉल के बाएँ तरफ बने चबूतरे की तरफ बढ़ रहे हैं। पीछे से फादर ने आवाज़ दी है कि अभी तो हम लोग केवल आधे लोगों से मिले हैं सबसे मिल लें, मगर सिर्फ मैंने ही नहीं हर किसी ने उनकी आवाज़ अनसुनी कर दी। शायद हर कोई मेरी तरह, हॉल के अंदर का दर्द देखकर घुटने लगा है। हम सभी लगभग तेरह-चौदह की उम्र के हैं, मगर उनके दर्द जो कटे पैर और कटी जीभ लिए थे हमें ज्यादा कचोट रहे हैं। दर्द महसूस करने की कोई उम्र नहीं होती न। हम सब भी उस बाईं तरफ के चबूतरे पर आकर बैठ गए। अभी हम आराम से बैठ भी नहीं पाये, दायीं तरफ से किसी कुत्ते के भौंकने की बहुत ज़ोर की आवाज़ आई। ये कोई आम भौंकने की आवाज़ नहीं हैं; सबकी नज़र वहाँ घूम गयी।

बेहद पतला-दुबला इंसानो जैसा आदमी जानवरों की तरह मोट-मोटे जंजीरों से बांधा गया है। गले वाली जंजीर थोड़ी पतली है मगर दोनों पैरों की जंजीर किसी भैंस को बांधने वाली ही है। उसे दरवाजे की कुंडी से बांधा गया है और वो रह-रहकर सिर्फ भौंक रहा है। मेरे साथ के कुछ बच्चे उसे देखकर हंस रहे हैं और कुछ बस मुंह खोले उसे हर किसी पर झपटते देख रहे हैं। उसके मुंह से लार गिर रही है। वो दरवाजे को नोच रहा है और फिर ज़ोर से भौंक रहा है, फिर शांत होकर बैठ जा रहा है और फिर भौंकने लग रहा है।

''इसको रेबीज हो गया है'' ये बात उन्होंने बताई जो हमारे चबूतरे पर बैठने के बाद, हम लोगों को मसाले वाले चने और सादा ब्रैड बाँट रहे हैं।

''इसको किसी पागल कुत्ते ने काट लिया था और घर वाले गरीब थे इलाज नहीं करा पाये; रेबीज का जहर इसके अंदर फैल गया'' चने वाले भैया ने मैथ वाले सर को ब्रैड देते हुये कहा है।

''तो भैया इनको यहाँ कौन लाया?'' हिस्ट्री वाले सर ने पूछा, जो हम

सबके साथ चने खा रहे हैं।

''सर जी, इसको गाँव वाले मारने के लिए इकट्ठा थे, क्यूंकि ये अब किसी को भी काट सकता था और ये जहर उसको भी फैल सकता था इसलिए जिस दिन इसे सब मारने इकट्ठा थे, इस आश्रम को किसी ने फोन करके बुलाया और आश्रम के लोग इसे गाँव के लोगों से छुड़ाकर यहाँ ले आए!'' भैया चने बांटने के साथ अब भी उसके बारे में बताए जा रहे हैं और मैं उसे मुंह से लार टपकाते और पास में रखे खाने को तितर-बितर करते हुये देख रही हूँ।

''भैया, तो जंजीर में बांध के रखने की क्या जरूरत है?'' सवाल मैंने किया मगर भैया मुझे नज़र-अंदाज़ करते हुये सर को ब्रेड देते हुये बोल रहे हैं ''सर जी, एक बार ये यहाँ, आश्रम से भाग गया था और किसी को काट लिया था, फिर सुबह जब आश्रम में पता चला तो सबने इसकी खोजाई की। ये नाली के पास मिला था, लोग इसे पत्थरों से मार रहे थे। शरीर से मांस दिखने लगा था। कैसे भी करके इसे यहाँ ले आया गया, तब से इसे जंजीर से बांध कर रखते है कि, ये अब कहीं फिर बाहर न भाग जाए। हफ्ते में दो बार इसे कमरे से बाहर लाते हैं'' भैया की बात तो खत्म हो गयी है मगर वो अभी भी ज़ोर ज़ोर से भौंके जा रहा है, जैसे सबके बीच वो हम सबको, अपनी भाषा में, अपनी कोई कहानी सुना रहा हो।

''आप इस आश्रम के मेम्बर हैं क्या भैया?'' मैंने उन्हें तल्लीनता से सबको चने बांटते हुये देखा और पूछा है, मगर भैया ने मुझे शून्य भाव से देखा है और बिना कुछ कहे वहाँ से आगे चल दिये। मुझे उनकी इस चुप्पी पर बुरा लगा है। अपना सवाल लिए बस उनकी पीठ देखती रह गयी।

''समृद्धि नाश्ता करो'' सर ने मुझसे कहा है। मैं सिर झुका के चने खाने लगी हूँ। भैया फिर वापस आए। मेरे बिना कुछ कहे ही उन्होंने हाथों में दो ब्रेड पकड़ा दिया है और आगे के बच्चों को भी बांटने लगे हैं।

''इन भैया को एड्स है''

'क्या?' के साथ, मैंने बहुत झटके में सिर उठाकर सर को देखा है।

''किसी ने दुश्मनी में भईया को एड्स का injection लगा दिया था और

फिर घर वालों ने इन्हें घर से और गाँव वालों ने गाँव से निकाल दिया। जब भैया ट्रेन के नीचे कटने जा रहे थे तो सिस्टर ने देख लिया और आज 6 महीने से ये यहीं हैं।'' चने खाते मेरे हाथ अचानक से रुक गए हैं। मैं जाने क्यूँ गिनगिना पड़ी। वो दो ब्रैड अभी भी मेरे हाथ में जस के तस हैं। मुझे भूख लगी है, लेकिन मैं उन्हें तोड़कर निवाला नहीं बना पा रही हूँ। हिस्ट्री वाले सर शायद मेरी मनोदशा भांप गए हैं। तभी पता नहीं वो क्या-क्या कह रहे हैं कि ''एड्स छूने से नहीं फैलता। एड्स के मरीजों से घृणा नहीं प्यार से पेश आना चाहिये। एड्स हाथ से सामान लेने से, हाथ मिलाने से नहीं फैलता, ये छुआछूत की बीमारी नहीं है।''

मैं लकवाग्रस्त हो चुकी हूँ। ये एक आश्रम के कुछ कमरों और कुछ बेडों तक सिमटा हुआ दर्द है। ऐसे कई लोग हैं जिनकी जिंदगी बंद के बंद कमरे में एक खाट पर खत्म हो जाती है जिन्हें हमारी जरूरत है। हम किसी का दुख एकदम से खत्म नहीं कर सकते, मगर बहुत हद तक खत्म जरूर कर सकते हैं क्यूंकि आदमी की आधी परेशानियाँ तभी खत्म हो जाती हैं जब उसे शौक से सुनने वाला कोई मिल जाता है।

सर अभी आगे भी कह रहे हैं ''देखो मैं भी उन्हीं के हाथ का ब्रेड खा रहा हूँ, कुछ हुआ क्या मुझे? कुछ नहीं होगा, खाओ सब लोग''

मगर मुझे ये सब सुनाई ही नहीं पड़ रहा है। पूरे माहौल में घुटन बहुत ज्यादा बढ़ गयी है। सबके सिर के ऊपर सुबह सात बजे का कोहिनूर सा नूर बरसाता आसमान फैल रहा है। बगल के चर्च में घंटों और प्रेयर की आवाज़ आ रही है। दरवाजे से बंधा वो अभी भी अपने ही मुँह के लार में लिपटा भौंक रहा है और आने जाने वालों पर झपट रहा है। मैंने अभी-अभी देखा है, उसने अपने बालों को नोचकर कुछ बाल उखाड़ लिए हैं और उन बालों को खा रहा है। उसने अपने पैरों को भी दाँत काट लिया हैं जिससे खरोंचने भर से खून निकल रहा है।

दर्द, दर्द और सिर्फ दर्द। चारों तरफ इतना दर्द क्यूँ है!

अरे! अभी-अभी तुरंत मेरे बगल से वो दीपक भैया, बूढ़े वाले अंकल, वो जख्मी बच्चा, बूढ़ी दादी का साया सन्न करके निकला है। अरे कोई सुन क्यूँ नहीं

रहा है मुझे, कितना शोर है यहाँ। वो-वो मरी हुई लड़की, वो देखो सामने गुलाबी फ्रॉक पहने, पैरों में पायल पहने, मुँह में दूध की शीशी लटकाए, दोनों हाथों को आगे किए मेरे पास दौड़ी आ रही है। वो! वो लड़के की कटी जीभ ठीक कैसे हो गयी, वो तो मेंटली रिटायर्ड था न, फिर वो कानों में आला लगाए सफ़ेद कोट पहने क्यूँ घूम रहा है। कितनी तेज चिल्ला रहा है वो। अरे नहीं, हटो दूर हटो! ओह उसके लार मेरे कपड़ों पर लग गए हैं, कितनी बदबू आ रही है सब जगह। सब मुझसे लिपट क्यों रहे हो। बहुत भारी हो रही है पीठ मेरी और सीना भी। सब मेरी पीठ पर क्यूँ चढ़ रहे हो, सब हंस क्यूँ रहे हो?

मैंने वो चने वाला दोना और ब्रैड नीचे रख दिया है और दोनों हाथों से कानों को बंद कर लिया है। मैं बिना बालों वाले, दुबले पतले, झुर्रियों के साथ उदासीन, और बाएँ हथेली के घाव में छुपे दो बिल-बिल करते कीड़े के काटने के दर्द में भिचे माथे वाले भइया को देखने लगी हूँ जो अभी-अभी मेरे सामने से गुजरे हैं और मेरे बेहोश होने से पहले बच्चो को बांटते हुये सिर्फ उनकी आवाज़ सुनायी पड़ रही है ''ब्रेड ब्रेड!''

9 789386 027306